세상에
없는
나의 집

세상에 없는 나의 집

초판 1쇄 발행 • 2015년 11월 20일

지은이/금희
펴낸이/강일우
책임편집/박지영
조판/신혜원
펴낸곳/(주)창비
등록/1986년 8월 5일 제85호
주소/10881 경기도 파주시 회동길 184
전화/031-955-3333
팩시밀리/영업 031-955-3399 · 편집 031-955-3400
홈페이지/www.changbi.com
전자우편/lit@changbi.com

ⓒ 금희 2015
ISBN 978-89-364-3735-0 03810

세상에
없는
나의 집

금희 소설집

차
례

세상에 없는 나의 집

닝을 처음 만나던 날, 도서관 바깥에는 겨울비가 내리고 있었다. 닝이 앉아 있는 책상 뒤쪽으로 내 키보다 훨씬 큰 책장들이 줄느런히 서 있었는데 책장들이 끝나는 곳에는 흰 벽 대신 바깥을 그대로 내다볼 수 있는 통유리 창문이 있었다. 바깥 하늘에서 추적이는 빗방울들과 복제품처럼 모양이 꼭 같은 검은 책장들, 그 책장 앞에 간간이 서 있는 학생들의 모습이 닝의 등 뒤로 펼쳐져 있어서 전체 분위기가 르네 마그리뜨의 「골꽁드」처럼 묘했다.

그날 내가 빌린 책은 무엇이었던가. 아마 대만 일러스트 작가 지미의 책이었던 것 같다. 닝은 「별이 빛나는 밤」이 그려진 뒤표지에서 도서관 바코드를 찾아내 딸깍딸깍 자판을 두드리며 일련의 숫자들을 컴퓨터에 입력했다. 매일매일 수많은 사람들과 그 사람들이 내미는 책을 상대해야 하는 닝은, 많이 지친 듯 보였다. 내 뒤에 섰던 학생이 자기의 책을 내밀 때 나는 옆으로 물러나서 내 책을 돌려줄 닝을 기다렸다.

닝에게서 책을 넘겨받는 순간 휴대폰이 울렸고 나는 급히 주머니를 뒤져 휴대폰을 꺼냈다. ……그래, 알았어. 어, 어…… 조용한 도서관에서 내 목소리만 들리는 것이 부자연스러워 나는 되도록 짧게 통화를 끝냈다. 닝은 자판을 두드리다 말고 전화를 받는 내 얼굴을 힐끗 올려다보았다.

─한국어과 선생님인가요?

그뒤로도 몇번인가 책을 더 빌리고 나서, 어느날 닝이 내게 말을 걸었다.

나는 그즈음 닝이 일하고 있는 대학교에서 한국어 강사로 뛰고 있었다. 학교에서는 강사들한테 잠깐 쉬었다 갈 수 있는 사무실 구석자리 같은 곳을 제공하지 않았다. 때로 교통상황이 좋아 버스가 예정보다 일찍 학교에 도착할 때면 나는 차라리 도서관에서 수업시간을 기다리곤 했다.

안면이 익어지고 보니, 닝은 나랑 같은 학교 버스를 타고 출근하고 있었다. 내가 오르고 나서 버스가 두번쯤 더 사람을 태운 뒤, 그 다음 간이역이 닝이 버스를 기다리는 곳이었다. 버스를 올라탈 때의 닝은 쾌활하고도 스스럼없었다. 아침을 먹지 못하고 나오는지 닝은 자주 한 손에 계란빵이나 찹쌀지짐이 같은 것들을 싸들고 올라왔다.

─어, 그, 한국어 선생님이네……

닝은 다른 자리에 앉은 선생님들과 인사를 나누며 지나가다가 차체가 심히 흔들리는 바람에 그만 내 옆자리에 주저앉고 말았다.

—그런데, 한국인…… 인가요?

계란빵을 다 먹고 나서 자일리톨 껌을 꺼내 씹으며 닝이 그렇게 물었다. 어딘가 의심스럽다는 표정으로.

—아니죠. 중국이에요, 조선족.

내 말에 닝은 아 하며 고개를 끄덕거렸다.

—어쩐지, 중국말 잘하신다 했어요.

가까이에서 본 닝은 갸름한 얼굴에 볼록한 이마를 가지고 있었는데 쌍겹진 눈맵시가 약간 처져 있어서 귀엽고도 날씬한 판다 아가씨 같았다.

—그럼, 한국이랑 말이 같나요?

이쯤 되면 어느 중국 사람이나 꼭 한번 궁금해하는 물음이었다.

—글쎄 뭐, 대만하고 대륙의 언어 같다고 할까. 기본은 같은데, 문법적으로 차이가 있죠.

나는 내가 어떤 식으로 설명해도 닝이 다 알아들을 수 없다는 것을 알고 있었다. 그러나 학교 울안까지 차를 같이 타고 가는 동안, 우리 사이에는 그것 말고 서로 알아들을 수 있는 얘깃거리들이 많고도 많았다.

나는 닝이 늘 내 얘기를 재밌게 들어주는 것이 좋았다. 닝은 소녀처럼 깔깔거리며 수다를 떨다가도 학교 근처에 다다를 때면 다시 도서관의 얼굴로 돌아가서 혁 — 한숨을 쉬었다. 닝은 본인이 가장 흠모하는 사람이 '짱구 엄마'라고 했다.

—얼마나 좋아요? 언제나 부스스한 헤어스타일을 해가지고 애들과 전쟁이나 치르며 사는 엽기적인 엄마라뇨?

의료보험에 연금까지 보장된 평생직장을 두고, 무슨 엽기적인 엄마 노릇을? 그것은 닝의 배부른 투정 아니면 단순한 호기심일 거라고 나는 이해했다.

2년 전, 닝과 나는 그렇게 서로를 알게 되었다.

하얀 도료를 포대째 뿌려놓은 듯한 폭설이 내린 날, 세상은 나한테 하얗게 비어 있는 도화지처럼 느껴졌다. 삼십이립(三十而立)이라고 했던가. 무엇이든 이제 새롭게 시작할 수도 있겠다는 생각이 그맘때의 나한테 문득 찾아왔다. 오랫동안 잊고 있었던 어느 옛 친구의 청첩장처럼.

—얘, 넌 모르지? 가끔 나는, 네가 되고 싶다는 거.

작은 마라탕(얼얼할 정도로 매운 쓰촨 성 유명 탕 요리)집 창가 쪽의 탁자 앞에 마주 앉아서 나는 닝을 건너다보았다. 남편 이름과 내 이름이 공동 서명된 아파트의 서류는 어제 모든 절차가 끝이 났다.

—왜?

벌써 군침이 도는지 닝은 주방 쪽을 향해 콧구멍을 벌름거렸다. 뽀얀 수증기가 무럭무럭 피어올라 우리 곁의 유리창은 한번 낙서라도 해보고 싶을 정도로 촉촉하니 부예졌다. 서류는 원본과 사본까지 합하여 수십 페이지나 되었다. 남편이 싸인하는 동안 나는 그 서류들을 한장씩 넘기면서 빨간 인주를 식지에 묻혀 손도장을 쉴 새 없이 눌렀고, 내가 싸인하는 동안에는 남편이 그렇게 손도장을 찍었다. 우리들의 이름 위에 찍혀 있는 지문 자국은 오랫동안 집을 기다려온 우리들의 심장처럼 붉었다.

―년, 니 집이 있잖아.

아줌마가 쟁반에 우리의 마라탕을 내왔다. 사천 촉국(蜀國)의 독특하고 자극적인 향신료 냄새가 나와 닝 사이에서 만연히 부유했다.

닝은 나무젓가락을 들고 딱! 소리 나게 갈라뜨리고는 자기 국그릇 붉은 국물 속에 잠복해 있는 당면 사리와 야채들을 노려보았다.

―너도 이제 생겼잖아, 니 집.

나는 나의 붉은 국물을 들여다보았다. 닝의 것 같은 투명한 당면 대신 나는 언제나 쫄깃한 밀냉면 사리를 주문하곤 했다.

―내 집이랑 니 집이 같니? 니 건, 완―전 니 거잖어.

헉! 한젓가락 당면을 입에 넣다 말고 닝이 급히 광천수 뚜껑을 틀어 열었다. 꿀꺽꿀꺽 물을 몇모금 마시고도 혓바닥이 뜨거운지 스읍스읍 연신 찬 공기를 들이켰다. 겨우 '보통마라' 정도를 가지고 저런 호들갑을 떨다니…… 나는 닝이 보라는 듯, 나의 '다마다라'식 마라탕 그릇에서 한젓가락 면발을 크게 감아 입안에 스윽 집어넣었다. 입천장까지 마비시킬 듯 얼얼해지는 산초의 맛과 혓바닥을 찌르는 듯한 매운 고추의 맛이 한데 어우러져서 내 모든 미각 세포들을 바짝 흥분시켰다.

―독한 것, 넌 맵지도 않냐? 참 조선족스럽다……

콧등에 벌써 잔잔한 땀방울이 송골송골 배어난 닝은, 나처럼 산초 맛과 고추 맛을 엄밀히 구분하지 못했다. 닝한테 있어서 그것들은 언제나 대충 모두 '매운맛'이었다.

─그래서 난 네가 부럽단 말이야.

마지막 한젓가락의 면발을 건져 먹으면서 나는 아직 건더기가 반쯤 남아 있는 닝의 그릇을 넘겨다보았다.

─뭔 말이야? 누구 집이면 누구 거지, 완전 아닌 것도 있니?

우리가 거리로 나왔을 때 세상은 어두워지기 시작했다. 모든 건물들과 길과 차들의 경계선이 옅은 어두움에 지워져서 가물가물 뭉그러지고 있는 중이었다.

─너 혹시, 대출금 때문에 그러는 거야?

전철 입구까지 걸어오다가 닝이 나를 돌아보았다. 닝네 아파트는 결혼할 때 시부모님이 사준 것이라고 언젠가 닝이 말한 적 있었다.

언제든 다 갚는 수가 있겠지…… 하면서 닝이 후─ 가볍게 한숨을 내쉬었다. 닝은 내 기분을 알 리 없었지만, 그러나 그녀는 또 무언가를 늘 알고 있는 것 같았다.

─그나저나, 인테리어는 겨울이 지나야 할 수 있겠네.

가고 오는 전철들이 갈리는 곳에 서서 우리는 서로에게 손을 흔들어 보이고 그만 헤어졌다.

그해 겨울 눈은 자주, 그리고 많이 내렸다. 세상이 자기 모습을 찾으려고 움찔움찔 무언가를 드러낼라 치면 곧바로 다시 폭설이 내려 모든 것을 원점으로 되돌려놓곤 했다. 봄이 오기를 기다려야만 하는 나는 다른 집들의 인테리어에 관심을 가지고 살피기 시작했으며 일없이 웹서핑을 하다가도 곧잘 인테리어 관련 싸이트를 기웃거렸다. 은은한 조명의 아늑한 침실, 반짝반짝 빛이 나는 깔끔한 화장실, 밥 해먹는 일과 상관이 없어 보이는 세련되고 우아한 부엌, 그리고 당장 클래식 음악이 흘러나올 것 같은 고품격의 거실까지…… 어느 싸이트에 들어가 보나 사진 속의 모델하우스들은 '모델'답게 그 인테리어들이 모두 뛰어나게 예뻤다.

아, 예쁘다. 음, 좋았어. 어머, 정말 기발하고 독창적이다! 나는 마음에 드는 사진을 만날 때마다 남편한테 보여주려고 '내 문서' 안에 열심히 저장해두었다. 그러나 정작 그 수많은 사진들이 컴퓨터 화면 위에 일시에 다닥다닥 나타났을 때, 남편은 탄성을 지르기는커녕 혼란스러워했다.

—그래서? 대체 어떤 스타일로 하겠단 말이야?

아니, 예쁜 걸로 하면 되지…… 하고 대꾸하려던 나는 화면에 대조적으로 떠 있는 두장의 사진을 보고 그만 입을 다물었다. 예쁘다고 해서, 과연 미니멀 모던한 인테리어의 거실과 이딸리아 빈티지 스타일의 주방이 한 공간에서 어울릴 수 있단 말인가.

—로맨틱에 클래식에 내추럴…… 이건 뭐 있을 수 있는 것들은 전부 다 모아놓은 식이네.

인테리어 시공회사 출신답게 남편은 그 많은 스타일들을 용케도 알아보며 내 문제를 한마디로 일축해버렸다. 그러니까…… 하고 일어서며 남편은 컴퓨터를 꺼버렸다.

—먼저 콘셉트를 정하라구. 그렇지 않구서는 아무것도 할 수가 없어.

세상을 하얗게 지워버리던 그 겨울의 눈이 그렇게 내 머릿속도

하얗게 덮어버린 것이었다.

　—근데 너는 네가 원하는 게 뭔지 그걸 알아내는 게 그렇게 어렵냐?

　마라탕을 먹던 날, 계림로 지하상점을 돌다가 닝이 그랬다. 내 스웨터를 한벌 사려고 둘이 모처럼 쇼핑하기를 장장 두시간 째, 여전히 어떤 것을 사야 할지 결정하지 못하는 나를 두고 답답하고 짜증스러워 뱉은 소리였을 것이다.

　—그걸 내가 알면 이 고생 사서 하겠니? 나도 이제 힘들어 죽겠다고······

　새로 나온 디자인의 옷들을 둘러보는 즐거움도 잠시, 두 다리가 뻣뻣해지고 허리가 시큰해오도록 걷다보니 이젠 한시 급히 이 짓거리를 그만두고 싶다는 생각만 연속 갈마들 뿐이었다.

　어느 가게 앞이던가. 안에서 애티 나는 젊은 연인 둘이 옷을 고르고 있는 게 보여서 잠깐 멈춰 섰다. 나풀거리는 레이스가 포인트인 공주풍의 셔츠를 입은 귀염성스러운 여자와, 모자 달린 갈색 점퍼를 걸치고 멋스럽게 커트한 예쁘장한 남자였다. 그 어린 여자가 들고 있는 스웨터가 예뻐 보여서 나도 몰래 주춤하다가 그 안으로 발길을 옮겨갔다.

　—저건 너무 유치한 거 아냐?

　내 뒤에서 한 소리 하려던 닝이 이내 말머리를 돌려버렸다. 아니, 네가 좋다면야 뭐······ 들어가 입어봐. 그러나 정작 가게 안으로 들어간 나는 벽에 걸려 있는 여러 스타일의 옷들을 올려다보며 또다시 머뭇거리기 시작했다.

—자기야, 이거 어때? 나랑 잘 어울려?

여자는 어느새 새 옷으로 갈아입고 나와 남자친구 앞에서 모델처럼 허리를 틀어 보였다. 옷이 여자의 몸 위에서 원초에 설계된 자신의 아름다움을 그대로 한껏 뿜어내고 있었다.

—정말 예쁘다!

남자가 연인의 얼굴을 사랑스럽게 보듬으며 감탄을 연발했다. 여자가 옷의 아름다움을 깡그리 드러내준 것처럼, 옷의 매력에 힘입어 여자의 내면에 있던 생기발랄한 기질도 원 없이 발산되고 있었다. 코디에 무딘 나 같은 사람마저도 느낄 정도로.

봐라 하고 닝의 눈빛이 내게 말하고 있었다. 아, 진짜. 누가 저래야 하는지 모르냐고! 괜히 심사가 뒤틀려버린 나는 그 연인들이 가게를 나서기 바쁘게 옷걸이에 걸려 있는 옷들을 촤락촤락 소리 나게 헤집었다.

—봤죠? 세상이 어찌 될라는지…… 멀쩡하게 생겨가지고는 남자 행세를 하고 다니니, 나 원.

가게 아줌마가 다정한 '연인'의 뒷모습에 대고 나지막이 혀를 끌끌 찼다. 엥? 뭐야, 그럼 쟤들이 말로만 듣던 그 레즈비언……? 나와 닝은 동시에 눈이 둥그레졌다. 여자랑 키가 비슷한 '남자'가 왠지 모르게 예쁘장하다 했더니……

—그러게, 사람이란 어떻게 생겨먹었든 생긴 대로 살아야 하는 기라…… 지가 뭔지 모르니 사는 게 저 모양이지……

아줌마는 무슨 도를 터득한 불자마냥 팔짱을 끼고 서서 연신 머리를 저어댔다.

—출출하지? 우리 마라탕 한그릇씩 먹고 가자. 내가 아는 집이 있는데, 정통 쓰촨식이야.

옷을 사고 나와 바깥의 매서운 눈바람을 쏘이고 나니, 닝은 뜨끈하고 얼큰한 마라탕 국물이 사무치게 그리워졌던 모양이었다. 그래 그럼 하고 나는 닝을 따라 닝이 안다는 그 정통 사천집을 찾기 위해 계림로 부근의 비좁은 골목길을 한참 헤맸다. 운남 쌀국수집, 국물 넣은 찐만두 가게, 터키 불고기 버거, 그리고 전주비빔밥집 등 자그만 먹거리 가게들이 즐비하게 늘어서 있는 그리 낯설지 않은 골목이었다.

설마 하는 생각이 들던 찰나, 닝이 과연 맞은편의 한 가게를 가리켰다.

—찾았다, 저기야.

'천초 마라탕'이라고 쓴 빨간색 간판을 올린 작은 가게였다. 어쩜…… 나는 그 순간 나도 모르는 사이 연주를 떠올리며 혼자 속으로 웃었다. 맛있는 마라탕을 가려내는 입맛은 한족 사람이나 한국 사람이나 어찌 이리 비슷할까.

전 냉면요. 양념은 '다마다라'식요! 내가 앞장서서 이렇게 주문할라 치면, 연주는 내 뒤에서, 저두 냉면요. 제 건 '소마다라'로 주세요! 하고 주방 아저씨한테 소리 지르곤 했다.

나보다 한살 아래인 연주네는 딸을 두었는데 우리 준표 녀석이랑 같은 어린이집 같은 '사랑반'에 다녔다. 중국 유학생 시절 같은

학교 유학생 선배를 만나 결혼하게 되었다는 연주는 이 도시에서
애를 가지고 낳고 키워온 덕분에 '한국인 거리'라 불리는 계림로
부근의 골목골목을 이젠 나보다 더 잘 알고 있었다.

—애, 넌 그렇게 시키면 맵지 않아? 나는 한번도 그렇게 먹어본
적 없는데……

내가 주문하는 걸 지켜보더니 갑자기 도전 의욕이 생겨났는지,
나도 '다마다라'로 해볼까? 하고 닝이 중얼거렸다. 나는 한심스럽
다는 듯 닝을 돌아보았다.

—아까 아줌마 말 들었지? 그냥 생긴 대로 살라고…… 아저씨,
얘 건 '정상'이에요.

—언니, 내 거도 '다마다라'야!

먼젓번 한국 슈퍼에 들러 액젓이며 마른 고사리를 사던 날, 연주
는 지겨운 한식 대신 마라탕을 즐기자며 나를 이 가게로 끌고 왔
다. 어느새 연주는 아주 그 살벌하게 얼얼한 산초의 마니아가 되어
있었다.

—언니, 나 정말이지. 나중에 중국 뜨게 된다면 이 마라탕 맛이
제일 그리울 것 같애.

콧물을 훌쩍거리면서도 열심히 면발을 감아 입에 넣는 연주는
그 환상적인 맛의 지경 속에 푹 빠져서 몹시나 행복해했다.

—참, 너도 한국스럽다……

나보다도 먼저 그릇을 뚝딱 비우는 연주를 보고 있자면 나는 그
녀 앞에서 닝이 된 것 같은 느낌이었다. 하고많은 중국요리들 중에
서도 유난히 강하고 자극적인 매운맛의 사천요리를 선호하는 한국

인들. 어른들만 그런가? 이제 겨우 유치원생인 연주의 딸내미도 준표가 물에 씻어 먹는 김치를 그냥 밥에 얹어 먹곤 했으니.

—넌 참 좋겠다……

외할머니가 보내준 학습지로 받침 없는 한글을 거의 뗐다는 연주네 딸내미, 그 어린것이 발음하는 '표준 한국어' 억양을 들을 때마다 소위 한국어 선생님이라는 나 자신이 슬그머니 무색해지곤 했다.

—그러지 말고 준표는 한족 유치원으로 보내지그래? 초등학교 입학할 때는 어떡하려고?

또래 한국 애들보다는 한국말이 처지고, 동갑내기 중국 애들보다는 중국어 표현력이 부족한 준표를 놓고 내가 걱정하는 걸 지켜보더니, 남편이 한 소리 했다.

—특히 남자들이란 '빤썰(辦事, 일을 처리하다)'해야 할 때가 얼마나 많니? 중국 사람들이랑 같이 자라지 않으면, 중국말이 어디서 티가 나도 나는 거잖아, 에잇.

한동네 살던 친구가 우리 집에서 술을 마실 때 잠깐 흘리던 푸념에 남편도 많이 공감했던 모양이었다.

—왜? 난 언니가 부러운걸?

연주는 택배 기사가 주소를 확인하는 전화를 걸어올 때마다 한참을 버벅거리다가 나한테 휴대폰을 넘겨주며 투덜댔다.

—아, 답답해. 룽리루 후퉁(골목)…… 이봐, 나도 언니처럼 하잖아. 근데 왜 내 말은 못 알아듣는 거냐고?

닝도 가끔 내게 그런 말을 하곤 했다. 어느 금요일 저녁 우리 집에서 샤부샤부를 해먹던 날, 위성으로 한국 방송을 보며 그 분위기를 깊이 즐기는 나를 신기하게 바라보면서, 어쨌든 두 나라 말을 다 하니 넌 참 좋겠다,고 부러워했다.

그러나 그들이 모르고 있는 것이 하나 있었다. 나는 때로 차라리 그들처럼 한가지 말만 '제대로' 했으면 좋겠다고 생각한다는 것. 만약 그랬더라면 나는 그 둘 중의 한사람이 되었을 것이고, 준표의 학교 문제 따위를 가지고 머리를 썩일 일은 절대로 없었을 것이었다.

나는 연주와 본능적으로 많이, 아주 많이 닮아 있었지만, 같은 배경 속에서 살고 있지 않은, 곧 분화의 위기에 놓인 두마리의 도롱뇽 같아서 도무지 같은 시각으로 함께 현실을 해석할 수 없었다. 반면 닝과 나는 애초부터 한 배경 속에서 살고 있는 오리와 닭이었다. 우리는 우리의 시대와 배경을 충분히 공감할 수 있었지만, 그럼에도 불구하고 가장 개인적인 습관과 취향을 송두리째 공유할 수는 없었다.

매번 그들과 만나고 돌아올 때면, 나는 어느 누구하고도 같지 않은 나 자신을 더 또렷이 느끼곤 했다.

─넌 완─전 너잖아.

마라탕을 먹으면서 사실 나는 닝한테 그렇게 말하고 싶었다. 절대로 연주나 다른 나라 사람들을 닮지 않았기에 닝은 온전히 닝 자신이었다. 연주가 온전히 연주인 것처럼. 그렇다면, 나는 온전한 내가 아니고 또 무엇이란 말인가.

아기자기한 한국 소품들로 가득 찬 연주네 집 거실 마룻바닥에 앉아서 연주가 사온 '코리안빵집'의 앙금빵에 믹스커피를 마시며, 책장 옆에 붙은 '한국지도'와 거기 그려진 무궁화를 구경하다가 나는 속으로 문득, 아 그렇구나, 나는 아무리 해도 그녀들이 될 수 없는 거구나 하는 것을 깨달았다.

이도 아니고 저도 아닌 사람이 있을까. 그런 사람이 있다면 그는 바로 '이도 아니고 저도 아닌' 그 자체일 것이다. 우리가 말하는 '이'와 '저' 사이에 존재하는 무수한 회색지대들, 그 지대마다 완전히 그 지대에 속하는 것들이 있을 수도 있는 것이다. 두개의 완전수 사이에 확실하게 존재하는 무수한 소수들처럼.

봄이 거의 다가올 무렵, 나와 남편은 우리들 이름으로 서류를 작성한 최초의 '우리 집'으로 가보았다. 삐걱하고 둔중한 철제문이 눈앞에서 열리는 순간, 나는 중국이 우리에게 마련해준 '우리의 집'을 처음으로 보게 되었다. 아직 차가운 겨울의 공기가 텅 빈 집 안을 가득 메우고 있었다.

엷은 회칠로 간신히 몸을 감싸고 서 있는 벽 몇장 말고는 사실 더이상 시야를 가리는 것도 없었다. 바닥과 천장 어느 곳이나 일단 울퉁불퉁한 시멘트로 대충 마감한 상태였다. 공사장 철거현장을 방불케 할 정도로 발밑에는 모래와 먼지, 시멘트 덩어리와 나뭇조각들이 되는대로 뒹굴고 있었다.

그것은 집이라기보다 집의 틀, 집의 뼈대라고 하는 편이 더 정확했다. 여러 문화의 사람들이 같이 어울려 사는 이 나라에서는 오히려 이런 식의 분양법이 더 인간적일 수도 있었다. 입주자의 취향대로 설계하고 인테리어하고 채워넣을 수 있는, 소위 중국 대륙식 '모피집(毛坯房, 기초 공사만 해놓은 주택 건물)'. 나는 손을 내밀어 그 차갑고도 딱딱한 시멘트 벽체들을 가만히 만져보았다. 그 불변하면서도 확실한 '우리 집'의 현실이 내 손가락 끝에서 견고하게 버티고 서 있었다.

—이제, 여기에 우리가 들어가야겠지?

남편은 미터자로 각 방의 길이며 너비며 높이를 꼼꼼히 재어보았다. 남편은 이곳에 우리가 무엇을 채워넣어야 비로소 '우리 집' 다워질지, 그것을 알고나 있을까.

두꺼운 겨울눈이 간 곳 없이 녹아버린 어느 봄날, 나는 혼자 기차를 타고 연길로 가게 되었다. 옌볜에 가믄, 내 조선오스 좀 맞차 주우…… 하고 시어머니가 당신 몸 치수 적힌 종이쪽지를 내게 쥐여주었다. 종이에는 몇개의 숫자 말고도 고사리, 더덕, 도라지, 미역, 마른 명태 같은 연변특산품 이름들이 여러개 더 적혀 있었다. 내가 아무리 여기 계림로 한국 슈퍼에 가면 다 있어요,라고 말해주어도 연변에서 나서 자란 그녀는 매번 내 말을 귓등으로 흘려버리곤 했다.

한번도 연변에 가보지 못한 나는, 창밖 내가 나서 자란 넓고 반듯하고 평평한 논밭을 고즈넉이 바라보았다. 이제 곧 밭갈이를 시작할 듯 축축해 보이는 땅, 그 검은 땅들을 지나칠 적마다 그곳에 딸린 마을 집들이 멀리 보였다. 붉은 벽돌에 주황색 기와를 얹은 집, 하얀 타일벽의 평지붕 집, 그리고 아직 볏짚 이엉을 쓰고 선 검은 흙집…… 내게 있어서 그것들은 너무 익숙한 풍경이었다.

어느 논밭 가운데 자리 잡은 자그만 동네 하나를 지나치다가 나도 모르게 창문에 얼굴을 바짝 붙였다. 붉은 벽돌집이나 하얀 타일을 붙인 집, 그리고 볏짚 이엉의 흙집까지 그 모양새들이 얼핏 다른 동네들과 비슷해 보였지만, 나는 그 정체를 금방 알아볼 수 있었다. 크지는 않지만 조선동네가 틀림없었다.

여기에도 있었네…… 나는 멀리 사라지는 조그만 동네를 떠나보내며 혼자 흡 웃었다. 내가 알지 못하는 곳에도 조선동네가 있었다는 사실보다, 그 많은 동네들을 지나치며 유독 조선동네를 한눈에 알아본 나 자신이 더 신기했다.

높은 담이 아닌 안팎이 서로 보이는 개방식 바자? 깔끔하게 정리된 마당? 아니면 유난히 가쯘한 텃밭 이랑들이나 상추씨 따위를 뿌렸을 낮은 하우스 때문이었을까? 더 확실한 게 있었을 것이다. 맞배형 조선식 초가지붕 같은……

나는 덜컹거리는 기차에 앉아 흔들거리면서 오래오래 갔다. 넓고 평평한 땅이 거의 끝나고 백두산 줄기가 시작되는 돈화를 지나면서부터는 도무지 피곤을 물리칠 수 없었다. 창문 밖으로 어느새 짙푸른 색의 밤장막이 드리워지기 시작했고, 그 거울 같은 창문 속에 건너편 의자에 앉았을 어느 여자의 옆모습이 환상처럼 희미하게 비쳐 있었다. 동그스런 얼굴형이 조선족 같은데…… 이제부터 연변인가…… 하는 생각이 든 다음 순간, 나는 미끄럼틀에서 손잡이를 놓친 아이처럼 스르르 잠 속으로 미끄러졌다.

몇시간을 잤을까. 일행이 없는 나는 창문에 머리를 기대고 비스듬히 몸을 누인 채 깊은 잠 속에 빠져 혼자 이리저리 헤매었다. 나는 정말 아이가 되어 있었는데, 어렸을 때 살았던 우리 집 앞에 서 있었다. 앞마당에 높이 자란 늙은 백양나무, 인(人)자 형으로 둥글게 말린 지붕 마구리, 담장을 타고 그 지붕까지 올라간 푸른 떡잎의 호박 넝쿨, 싸리빗자루 자국이 선명한 마당과 설익은 토마토 바가지를 내밀던 이웃집 할머니네 격자식 나무 바자…… 그 와중에 우리 집 진돌이가 뚫어놓은 바자 구멍까지 둥그러니 보이는 것이 무엇보다 신기했다.

나는 무엇을 찾고 있었을까. 잠 속에서 나는 계속 초조한 마음으로 뭔가를 찾아다니고 있었다. 정주간 문을 열고 들어가서 동그란 가마솥이 세개 걸린 입식 부엌을 지나 봉당에 신을 벗어던지고 노란 구들장을 넓게 편 방에 올라가 드르륵 미닫이를 열어 윗목을 여기저기 기웃거리기도 했다. 내 색동저고리를 뜯어 누빈 무릎덮개가 아랫목에 반듯이 펴져 있었고, 크게 낸 창문으로 유감없이 들어온 밝은 햇빛이 온 방 안에 따뜻하니 가득 차 있었다.

펄럭펄럭 소리가 들려서 바깥으로 달려나가보니, 엄마가 풀을 먹인 하얀 광목 이불안이 빨랫줄에서 바람에 날리고 있었는데, 맑은 하늘에서 쏟아지는 햇빛이 모두 그 이불안으로 빨려들어간 것마냥 광목천은 눈이 부실 정도로 하얬다. 내가 어망결에 손을 내밀어 그 하얀 것을 잡는 순간 그것은 하얀 날개처럼 되어서 둥글게 열린 하늘 위로 가볍게 날아가버렸다……

연길에 내려 일을 다 마치고 나서 그 유명한 서시장에 들러 고사리, 더덕, 도라지, 미역과 마른 명태들을 샀다. 나는 조선말 간판을 올린 가게들을 새삼스럽게 올려다보면서 지나갔고 그 가게 안에서 장사하는 한족 상인들의 연변 사투리에 당황스러워했다.

돌아가는 기차에서는 그곳의 산도 구경했다. 내가 맡기고 온 '조선옷'처럼 선이 아름답게 굽이쳐 흐르는 산이었다. 하얀색의 동정과 깃은 예리한 직선으로 삼각을 이루었고, 추녀처럼 휘우듬한 저고리의 배래선은 끝동이 으레 하늘을 향해 올라가고 있었다. 옷은 평면재단 되었는데 사람이 입어주어 주름이 잡혀야만 비로소 살아 있는 입체로 완성이 된다고 했다.

풍성하게 볼륨을 넣은 치맛자락처럼 넉넉하고 푸근한 산 하나를 에돌다가 나는 아직 푸름에 물들지도 않은 마른 산골짜기에서 선연한 핑크빛의 꽃들이 잎새 먼저 만발한 것을 보았다. 진달래였다. 『조선어문』 교과서에서 열사들의 피로 물들었다던, 아니, 시어머니가 보았더라면 화전을 부쳐 먹기에 안성맞춤이라고 했을 그 진달래.

그때 '우리 집' 인테리어 콘셉트의 어떤 실마리가 내 머릿속에서 피끗 떠오르는 것 같았다. 밝고 정겹고 따듯하고…… 자연의 굴곡과 원색의 색감을 그대로 들여온, 살아 있는 것들의 조화와 역동이 느껴지는 그런 분위기……

붓으로 찍어놓은 듯한 진달래 숲속으로 단원 김홍도의 그림 같은 시골마을 집들이 언뜻언뜻 지나가고 있었다. 하얀 회벽의 물매 낮은 초가집들과 하얀 타일벽의 팔각지붕 기와집들이.

여행에서 돌아온 그다음 날, 나는 하얀 도화지를 꺼내 좁은 마룻 바닥 위에다 활짝 펴놓았다. 연필을 들고 그 도화지 앞에 서서 한참을 망설였다. 설계도를 그려보기는 내 평생에 처음이었다. 어떻게 그려넣어야 내 머릿속의 느낌이 그 종잇장 위에서 살아날 수 있을까. 나는 네모난 방들을 그리다가는 지우고, 지웠다가는 다시 그리기를 반복했다. 남편이 돌아올 즈음까지 혼자 깝자르다가(일이 뜻대로 되지 않아서 낑낑거리다가) 나는 결국 그 큰 종잇장에다 그림 대신 글자 몇개를 써넣었다. '옛날 조선의 시골풍'이라고.

남편은 나의 '설계도'를 보고 픽 웃었다.

—뭐 그래도 콘셉트는 나온 셈이니까, 그리 나쁜 설계도는 아니네.

웹사이트에서 본 인테리어 스타일의 종류 중에는 프로방스나 포크로어, 에스닉 같은 다른 나라의 시골풍 아니면 젠 스타일이라고 불리는 동양 미니멀리즘 스타일이 있었을 뿐, '옛날 조선의 시골풍' 같은 것은 애초에 나와 있지도 않았다. 그래도 굳이 나의 콘셉트랑 가장 가까운 인테리어를 꼽으라면 한국 싸이트에 나오는, 한옥 인테리어가 유일했다.

남편은 나의 불충분한 설명을 거듭 듣고 나서, 하얀 도화지에 '우리 집' 설계도의 초본을 그려 보였다. 일단 최상층이면서 복층 아파트라 경사도가 심한 불규칙 면의 천장 특성을 고려하여 그 면들 위에 그대로 중고 나무판자를 대주는 것으로 옛 초가의 천장 같은 느낌을 살려보도록 했다. 벽체는 밝은 톤의 황토 빛깔 도료로 칠하고, 계단이 나 있는 거실 한쪽 벽 아랫단은 큼직한 돌무늬가 그려진 벽지를 붙여보기로 했다. 배경이 돌담 같은 분위기니 계단도 광을 내지 않은 원목동아리를 주워 쓰자고 남편이 말했다.

—그게 좋겠다. 베란다에도 그런 나무를 깔아볼까?

옛날 집의 바깥 마루처럼. 그런 마루라면 올방자를 틀고 앉아서 책을 읽거나 커피를 마시거나, 것도 아니면 그냥 빨래를 개키고 있어도 너무 좋을 것 같았다. 남편은 이것저것 쓱싹거리며 열심히 그려넣더니 마침내 종이를 감아쥐고 일어섰다.

—이렇게 하자. 테이블이랑 식탁이랑 걸상하고 소파 같은 가구들 말이다, 소박하고 간단하게 원목 자투리 재료를 얻어와서 우리가 직접 만들자.

그뒤로 연 며칠, 나는 시간이 날 때마다 남편과 함께 장식재료 시장을 훑으며 발품을 팔았다. 재료들이 하나둘 구체적으로 결정되면서 내 머릿속의 하얀 도면도 조금씩조금씩 채워지고 있었다. 잠들기 전 침대에 누워 눈을 감으면 인테리어가 완성된 우리 집이 망막 안에서 영화 속의 한 장면처럼 붕— 떠올랐다.

빨간 주련을 문설주에 붙인 중국인 이웃들과 고개를 끄덕거리며 인사를 하고는 계단을 올라가겠지. 그리고 현관문을 여는 순간에는, 옛날 조선동네로 돌아간 것 같은 분위기에 푹 빠지겠지. 준표는 맨발로 이 방 저 방 뛰어다닐 거고, 나는…… 그다음 나는 어떤 모습으로 살아가고 있을까……

사람이 입어주어야 비로소 입체로 완성된다는 '조선옷'이 소포로 날아왔다. 나는 포장을 뜯고 옷을 꺼내 마루 위에다 놓고 우리 집의 설계도가 그려진 도화지처럼 반듯하게 펴보았다. 저고리는 두 팔을 곧게 벌렸고 치마는 에이자 형으로 잠잠히 펼쳐져 있었다. 영혼의 회생을 기다리는 육체처럼.

    집의 인테리어가 얼추 완성되어가던 날, 나는 수업을 끝내고 오래간만에 닝이 있는 도서관으로 올라갔다. 닝은 여전히 햇살 가득한 통유리 창을 등지고 검은 무늬의 책장들이 줄느런히 열을 지어 선 앞에서 자신의 낮고 작은 사무책상 앞에 앉아 있었다. 물건 배치들이 그러하다보니 그 큰 유리창이 있음에도 불구하고 닝의 얼굴에는 늘 그늘이 져 있었다. 닝은 그 도서관의 풍경을 빗대 '빛의 제국'이라고 불렀다.

    —자, 선물! 낙랑공주의 자명고다!

    나는 닝의 책상 위에 북 모형이 달린 휴대폰 고리를 불쑥 꺼내놓았다.

    —정말?

    신화 속의 자명고를 누가 본 적이 있겠냐마는 닝이 그 얘기를 알 리도 없었다.

    —예쁘다! 고마워!

    나는 닝의 곁에 의자를 가져다놓고 볕이 좋은 유리창 쪽을 향해 닝과 마주 앉았다.

    —있지, 나 말이야, 내가 찾던 게 뭐였는지 좀 알 것 같기도 하다?

    나는 여행길에서 얻은 아이디어와 그 아이디어로 콘셉트를 짠 우리 집 인테리어의 설계도를 자랑했다. 점심시간이 끝나가고 있어서 닝의 책상 앞에 줄지은 학생들의 대열이 다시 조금씩 길어지기 시작했다.

─그래? 넌 좋겠다. 원하는 게 뭔지 알아서…… 다 완성되면 집들이 꼭 해라. 보고 싶다, 얘.

닝은 자판을 두드리다 말고 고개를 돌려서 나를 상긋이 쳐다보았다. 닝의 책상 앞에 서 있는 학생들의 기다란 줄 때문에 그녀 얼굴의 그늘은 더 깊고도 길어졌다.

그때 나는 처음으로 닝의 그늘을 생각해보았다. 누구랑 다를 바 없이 지낸 평범한 학창 시절, 전공보다 점수 때문에 선택했을 모모 대학의 중문과, 부모님 주선으로 차지하게 된 대학 도서관 실무자 자리, 매일같이 이어지는 바코드 숫자들과의 무의미한 씨름, 다만 진급을 위해 계속해야 하는 지루한 연구생 공부…… 나는 아무도 대신 정립해줄 수 없는 나만의 혼란스러운 문제를 가지고 있었지만, 닝 또한 아무도 채워주지 못하는 그녀만의 허무를 가지고 있던 것이다.

─처음 널 만났던 날에 말이다.

닝이 마우스를 딸깍거리며 말했다.

─사실 그때부터 너를 알고 싶었어.

그녀의 등 뒤에서 내가 책을 한권 골라 뽑아냈을 때 닝이 그랬다.

─나는, 네가 네 '말'을 하는 모습이 참 보기 좋더라.

나는 책을 닝 앞에 내밀었다.

─넌 뭐 네 '말'을 할 줄 모르나?

그 말에 닝이 헛 하고 웃었다.

—글쎄, 나비는 나비의 세계가 있고 까마귀는 까마귀의 세계가 있다고 했던가? 나는 왠지, 내가 여태 나의 세계가 아닌 다른 곳에서 살고 있었다는 느낌이 들어⋯⋯

　닝의 책상 유리 아래에 끼워진 파란 메모지가 내 책 옆으로 빼끔히 보였다. 헤겔의 명언 '자기 세계'였다.

　—넌 내 기분을 알겠지?

　닝은 일련의 숫자들을 타닥거리며 입력하고 나서 책을 돌려주었다. 나는 책을 받아들고 도서관을 나가려다가 돌아서서 닝을 향해 한마디 던졌다.

　—언제 그 집 마라탕 먹으러 가자. 제대로 된 '다마다라'로.

　준표를 조선족 유치원에 보내고부터 우리는 취침시간을 여덟시 반으로 앞당겼다. 온 시내에서 단 하나뿐인 조선족 유치원은 우리가 지금 살고 있는 집이랑 멀리 떨어져 있었다. 새집으로 옮긴다 해도 반시간 정도 유치원 차량을 타고 가야 했다. 유치원 측에서 요구하는 예방접종 수첩이랑 신청서를 들고 가던 나에게 연주가 전화를 걸어왔다.

　—언니, 잘 있었어? 준표네 새 유치원은 어때?

　나는 흔들거리는 버스에서 한 손으로 손잡이를 찾아 쥐며 어깨와 턱 사이에 휴대폰을 끼웠다.

　—그래, 지금 서류 들고 유치원에 가는 길이야. 넌? 넌 어때?

　한번씩 역에 들를 때마다 내리는 사람들보다 올라오는 사람들이 더 많아서 버스 안에는 서 있는 사람들이 점점 더 많아졌다.

─시간 나면 계림로에 한번 오지그래. 우리 마라탕 먹으러 가자.

연주가 쭈뼛거리다가 말했다.

─언니, 나 아무래도 중국 뜰 것 같아. 이달 내로……

몸을 돌리기조차 비좁은 차 안에서 나는 사람들에게 이리저리 떠밀려 간신히 부여잡고 있던 손잡이마저도 놓쳐버렸다.

─뭐라고? 뜬다고? 왜? 어디로?

버스가 끼익─ 급정거를 하는 바람에 내 휴대폰이 누군가의 팔꿈치에 스치면서 디리릭 통화가 끊어져버렸다.

확실한 비전이 있어서라기보다 확실한 무엇이 없었던 탓으로 주위의 풍문을 따라 유학 온 연주, 애를 가지면서 학업을 그만두는 바람에 중국 유학의 의미는 바래기 시작했고, 학업이 거의 끝나가는 남편의 막연한 행보는 그녀를 더욱 혼미스럽게 했을 것이다……

─언니, 나는 내가 왜 여기에 있는지 도무지 알 수가 없어. 나는 대체 어디로 가야 할까……?

부릉부릉 가방 안에 넣은 휴대폰이 울렸다. 연주는 다시 전화를 걸지 않고 대신 메시지를 보내왔다. 닝의 책상 유리 밑에 깔려 있던 헤겔이 무겁게 입을 열었다.

'사람에게 일어나는 가장 슬픈 일은 마음속에 의지하고 있는 자기의 세계를 잃어버리는 것이다……'

버스 바깥의 거리에는 사람들이 아무런 생각도 없는 듯 총망히 걸어가고 있었다. 버스 안에서는 모두들 저마끔 누군가에게 떠밀려 평형을 잃고 아슬아슬하게 버티고 서 있었다. 그 사람들한테 짓

눌려서 나도 그들처럼 답답해지고 피곤해졌다. 할 수만 있다면 그 속에서 나비로 변신하여 훨훨 날아가고 싶었다.

나와 남편이 '우리 집'으로 들어가던 날, 닝은 내게 줄 선물로 그림 한점을 들고 그 집 문간에 불쑥 나타났다. 나는 그림을 계단 아래쪽 돌담무늬 벽지가 발린 좁은 벽에 걸어놓았다. 예스러운 조선의 시골 분위기와 근대 유럽의 초현실주의 화풍이 생각보다 제법 어울렸다.

그림을 걸어놓고 그 앞에서 나는 커피를 마셨고 닝은 녹차를 마셨다. 닝은 마그리뜨의 팬인 모양이었다. 얼굴 앞에 푸른 사과 하나가 떠 있는 중절모의 신사, 익숙하면서도 낯선 듯, 말할 수 없는 묘한 매력이 있었지만 무슨 의미인지 당최 이해할 수 없는 그림이었다. 마그리뜨의 다른 그림들처럼.

—한가지는 분명하잖니? 다른 사람들이 당연시하던 것대로 무작정 그리지 않았다는 거.

닝은 남편이 손수 만든 나무 테이블 위에서 내가 그녀를 위해 씻어놓은 빨간 사과 하나를 집었다.

—이제, 내 차례인가?

닝은 나를 향해 익살스레 웃으면서 빨간 사과를 자기 얼굴 앞으로 가져갔다. 마그리뜨의 「인간의 아들」 속 남자처럼.

봉인된 노래

그로부터 수년이 지나도록 나는 외삼촌을 다시 보지 못했다. 대학을 졸업하고 직장을 잡는 등 인생의 중요한 일들에 둘러싸여 집안일에 무심한 탓도 있었지만, 가끔가다 어머니에게서 튀어나온 얘기들로 미루어보아 외삼촌 역시 우리 집안과의 연락을 몹시 절제하고 있는 눈치였다.

마지막 만남 이후 더이상의 방문은 없었다. 어머니와 아버지는 그것이 오히려 더 속이 편하다는 듯, 아니면 이미 이렇게 될 줄 짐작하고 계셨던 듯, 외삼촌에 대해 체념한 이들처럼 평화롭게 지내고 있었다. 아버지가 돌아가신 뒤 집안의 장녀로서 홀어머니와 함께 동생의 미래를 끔찍이도 위하셨던 어머니인 것을 감안하면 외할머니마저 저세상 사람이 된 마당에 남은 혈육이란 오로지 외삼촌 한사람밖에 없는데도 생각보다 태연스러웠다. 매년 설, 13억의 다른 중국인들처럼 친지 가족과 함께 모여 대단원의 전통명절을 쉴 때마다 나는 아무 번뇌도 없는 듯 평온한 어머니의 얼굴을 보며 그 속에 감춰진 단 한점의 그늘을 찾아보려 애썼다. 나는 또 그믐날 저녁의 밥상에 마주 앉을 때마다 무의식적으로 남아도는 빈자리 하나가 없는지 돌아보는 자신을 발견하고는 흠칫흠칫 놀랐다.

어쩌면 그것은 나 자신의 착각일 뿐 실제로는 그렇지 않았을 수도 있다. 가족들이 모두 함께 모이는 자리에서 혼자 외롭게 떠돌고 있을 외삼촌을 떠올릴 만큼 나는 그를 그리워해본 적이 없었다. 동정하거나 미워해본 적도 없고, 사랑 혹은 존경심 같은 것도 가져본 일이 없었다. 외삼촌을 생각나게 하는 어머니의 얼굴을 마주하고 있지 않다면 나는 거의 그의 이목구비마저 기억해내지 못한다. 늘 그를 둘러싸고 있던 투명하면서도 이질적인 분위기는 어슴푸레 기억하고 있다. 그것들과 다른 좀더 뚜렷한 것이 있었는데, 그것은 마지막 만남의 날 그의 얼굴에 비껴 있던 정체 모를 표정이었다.

우리 집 마룻바닥에 반듯이 누워서 천장 쪽을 유심히 올려다보던 고요한 눈, 차갑고 반듯한 이마, 약간 벌어진 입과 규칙적으로 오르내리던 가슴…… 아버지의 구부정한 허리가 배경처럼 그의 뒤편에 접혀 있었고 싸르락싸르락 잡음을 내며 돌아가는 축음기의 노랫소리가 그들 주위와 집안 곳곳에 고루 퍼져 있었다. 그런 유의 노랫가락은 TV 드라마나 「춘절야회」의 혁명가곡 코너에서 우연히 한대목씩 주워들은 적이 있을 뿐 그날처럼 생생하고 전율적인 음향효과로 처음부터 끝까지 들어본 적은 없었다. 혁명 1세대의 정권 시절이 지나고 중국 땅에 거대한 개혁의 바람을 몰고 온 등(鄧, 덩 샤오핑鄧小平)의 시절에 성장한 외삼촌이나 어머니, 아버지마저도 그런 노래에 온전히 노출되어본 적은 없지 않았나 싶다.

어머니는 주방에서 설거지를 하고 있었고 아버지는 자신의 손으로 직접 올려놓은 그 옛 가곡의 레코드판이 빙글빙글 돌아가는 모습을 물끄러미 바라보고 있었다. 그것이 발산하는 예상치 못한 힘에 아버지의 표정이 어떠했는지는 볼 수 없었다. 내가 기억하는 것은 임사의 순간에 놓인 말기 암환자나 또는 평생 처음으로 신비체험을 맛보고 있는 경건한 사제의 것으로 착각하기 쉬운, 외삼촌의 다른 차원에 있는 듯한 표정이었다.

나는 그 표정이 의미하는 바를 묻지도 않았고 이해하지도 못했다. 그럼에도 웬일인지 그것은 어느덧 내 머릿속에 각인되었으며 '외삼촌'이라는 호칭을 들을 때마다 본능적으로 꺼내보는 무엇이 되어버렸다. 그것은 그 자체로서 외삼촌의 본질은 아니었지만 결국 내게 있어, 혹은 어느정도 객관적인 의미에서 그의 이미지가 된 것이다. 나는 이제 외삼촌이라는 사람과 같이 그 표정을, 그리고 그 표정의 주위에서 울려퍼지던 노랫가락을 부득불 함께 기억하고 있다.

외삼촌, 1976년생 용띠. 어머니가 여섯살 되던 해 그는 외가의 둘도 없는 소중한 막내아들로 태어났다. 외할머니에 의하면 외삼촌이 태어난 해는 절대다수의 중국 국민이 느끼기에 우주적 종말을 맞은 것 같은 침울하고도 절망적인 한해였다. 그 한해 동안 무려

24만여명의 인명을 앗아간 탕산(唐山)대지진이 있었고, 개국장군 주덕, 국민총리 주은래, 그리고 '동방의 별'이라 칭송받던 모택동이 선후로 작고했다. 2천년 뿌리깊던 봉건왕조가 끝장나고 반세기 동안 정신적, 육체적으로 혼란한 싸움을 거치고 나서 기적적으로 다시 거대한 통일국가를 건립했던 쏘비에뜨 1세대의 시절이 그렇게 끝난 것이었다. 일개 대국의 강력한 리더이자 전국민의 유일한 이념적 기둥이었던 모, 말년의 모가 친히 일으켰던 문화대혁명의 붉은 풍파가 수습되기 전의 얼떠름한 분위기 속에서 사람들은 그렇듯 강대한 그들의 정신적 지주도 보통의 사람들처럼 죽을 수 있다는 사실에 얼이 반쯤 나간 상태로 눈물을 흘렸다. 까만 천과 하얀 종이꽃이 전염병처럼 전국으로 신속히 퍼져나갔고 공장에서나 학교에서나 모두들 그 침통한 라디오 방송으로 인하여 생기를 잃어버렸다.

외할머니는 병원에서 그 소식을 들었다. 링거 병을 들고 분주히 오가던 간호사들은 물론, 흰 가운에 청진기를 목에 건 의사들마저 눈물에 얼룩진 고통스러운 얼굴이었다. 그것은 어떤 단순한 개인적인 슬픔의 차원을 넘어선, 전국가적인 위기에 직면한 두려움과 막막함이었다. 외할머니는 산실에서 하룻낮 하룻밤 동안을 울며 부르짖었다. 간헐적으로, 그러나 점점 더 강렬해지는 무형의 고통이 그녀를 압제하고 그녀에게서 마지막 남은 한가닥의 힘을 앗아가기까지 괴롭혔다. 충실한 당원이자 모의 열렬한 지지자였던 외할아버지가 마을의 인민공사 사양실(飼養室)에서 추도식을 끝내고 달려왔을 때, 외삼촌은 네모난 꽃무늬 보자기에 싸여서 얼굴을 붉히며 으앙으앙 울어대던 중이었다. 외할아버지는 어렵게 얻은 이 소중한 막째아들에게 그 역사적인 날을 기억하라는 의미로 넘(念)이라는 이름을 지어주었다.

이넘(李念), 그리하여 바로 이것이 외삼촌의 공식 호칭이 된 것이다.

모가 죽은 이튿날에 태어난 외삼촌은 사실 모와 아무런 특별한 연고도 갖고 있지 않았다. 다른 아이들과 마찬가지로 외삼촌에게 있어서 모는 중국어과 교과서에 나오는 첫번째 글자, 1980년판 백원짜리 지폐에 인쇄된 네명의 초상화 중 한 얼굴일 뿐이었다. 외할머니 손에 잠깐 맡겨 길러졌던 어린 나에게 외삼촌이 그랬다. "헐, 난 말이지. 소학교 5학년이 되도록 모택동의 이름이 모주석인 줄 알았지 뭐니."

몸이 약하고 심성이 유해서 여느 집 사내아이들처럼 단단하진 못했어도 외삼촌은 나름 영특하고 총기있는 아이였나보았다. 소학교를 졸업하고 초중, 고중, 대학에 이르기까지 외갓집에서 그에게 건 기대는 장녀이자 여섯살 위 누나인 어머니를 훨씬 초과했다. 3호학생(三好學生, 지덕체를 겸비한 최고 학생)의 후보에 늘 오르내리던 외삼촌에 비해 어머니는 조용하고 순종적이며 특별한 재질이 엿보이지 않는 평범한 여자아이였다. 거기다가 그 집안에서는 벌써 어머니 위로 둘, 바로 아래에 하나, 해서 모두 세명의 아들을 잃은 터였다. 이런 경우 부모들이 쉽게 그러듯, 외할아버지와 외할머니는 어린 아들들을 잃은 슬픔과 원망을 살아남은 딸에게 억지로 씌워

주고 싶어했다. 그런 것들이 전혀 근거 없는 것, 무의미하다는 것, 그리고 불공평하다는 것을 알면서도 그들은 '상자(喪子)'의 상처를 치유할 도리가 없어서 사랑하는 딸에게 그 몹쓸 감정을 무의식간에 전가하곤 했다.

살아남기 위해 어머니는 자발적으로 집안의 '절대군주', 외할아버지가 가장 아끼는 동생의 봉사자가 되는 길을 택했다. 밥상에서 가장 맛있는 것, 구하기 어려운 것은 되도록 양보했고 자질구레한 집안일과 귀찮은 심부름거리도 도맡아서 해치웠다. 나이 차이가 있어서 어릴 때에는 동생을 업고 다니며 봐주었고 고등학교를 중퇴하고서는 읍내의 국영공장에 취직하여 쥐꼬리만 한 월급의 대부분을 동생의 학비에 보태주었다. 외할아버지와 외할머니는 그런 어머니를 당연하게, 때로는 자랑스럽게 생각했으며 동네 어른들은 어머니를 가리켜 "맏딸이 살림밑천이라더니……"라는 말을 즐겨했다. 본의 아니게 유교적 도덕의 모범이 된 어머니는 그 역할을 외할머니가 돌아가시기까지, 그리고 그뒤로도 한참 동안 충실하게 맡아 수행했다. 아무 문제도 없어 보이는 불가사의한 완벽함, 댓가 없이 얻어진 절대 고상한 선, 나는 그것이 오히려 늘 위험하게 느껴졌고 어딘가 기형적이라는 생각이 들곤 했다.

그날, 밤하늘에 오색찬란한 꽃불들이 난무하던 그믐밤, 모태주 두병과 얼핏 보기에도 적잖이 값나가는 선물들을 한구럭 사들고 어렵사리 찾아온 외삼촌에게 어머니는 "무얼 이런 걸 다……"하고 웃으며 맞아주었다. 어머니는 외삼촌을 위해 손수 슬리퍼를 내어주었지만 외삼촌은 선뜻 신을 벗지 못했다. 외할머니가 돌아가신 지 이태가 되었고 어머니 혼자 외삼촌의 뒤치다꺼리에 시달리다 못해 마지막 남은 외할머니의 재산인 아파트를 처분한 지 겨우 서너달 지난 뒤였다(아들이 장가가기까지 절대 건드리지 말라는 외할머니의 유언은 지켜지지 못한 셈이었다). "그래, 왔는가" 하면서 아버지가 현관으로 걸어나갔고 나는 그 뒤를 따랐다. "글쎄, 그냥 오면 될걸 이렇게 비싼 술씩이나……" 외삼촌이 슬리퍼로 바꿔 신는 사이 어머니가 아버지에게 무슨 탄원서라도 제출하듯 간절한 눈빛으로 선물구럭을 들어 보여주었다. 그 고가의 술병박스를 보는 순간(그것들은 분명 외할머니가 남겨준 마지막 재산으로 산 것이었다), 아버지의 얼굴이 기묘하게 어그러졌다. 보통의 조선인 가족 친지들 사이에서 명절선물을 놓고 벌이는 형식적인 나무람이 아니었다. 잠깐 보이고 억지로 흩어버리긴 했지만 그 순간 아버지의 얼굴에 씌어진 것은 명백한 불쾌감이었다.

외삼촌은 다소 비굴한 웃음을 띠며 굽신 허리를 굽혀 매형에게 인사를 했고, 어머니는 외할머니의 유골이라도 되는 듯 조마조마한 얼굴로 선물구럭을 껴안은 채 두사람의 수작을 바라보고 있었다. 참으로 근지러운 어색한 순간들은 마치 심술궂은 창조주가 부러 일시정지 버튼을 누른 것처럼 더디 지나갔다. 철이 들면서부터 아버지와 어머니가 외삼촌 때문에 다투는 모습을 수도 없이 보아온 나였기에 아버지의 마음이 십분 이해가 되었지만 그 순간만큼은 외삼촌이 가엾다는 생각도 들었다.

아버지가 돌아서서 거실로 들어가고 어머니가 외삼촌을 안으로 안내할 때에 외삼촌은 문뜩 나를 알아보았다. "어이구, 이게 누구야? 정말 이젠 다 컸구나!" 내가 허리를 굽혀 "외삼촌, 안녕하세요?" 인사를 하자 외삼촌은 너무 반가운 나머지 두 팔을 벌려 나를 껴안고 싶어했다. 고3이어서 거의 다 자란 몸매에다 한창 민감한 시기였던 나는 외삼촌의 포옹을 슬쩍 피했다. 대신 내 머리를 쓰다듬는 것은 허락했다. 나를 바라보는 외삼촌의 눈은 이슬에 젖어 반짝거렸고 목소리는 감상적으로 떨리고 있었지만 나는 그의 과한 반응들이 다소 부자연스러웠다. 밥상을 차리는 동안, 그는 또 부스럭거리며 지갑을 꺼내선 빳빳한 백원짜리 새 지폐(나를 주려고 부러 준비한 듯) 여러장을 꺼내 우격다짐으로 내 손안에 쥐여주었다. "여태 삼촌 노릇 못했는데 많은 거 아니다."라고 하면서. 그는 그렇게 함으로써 혹시 이루어질지 모를 나와의 좀더 진지한 '우정'이 생길 기회를 스스로 망치고 있다는 것은 전혀 모르고 있었다. 나는 그 돈을 받아넣고는 아무 일도 없었다는 표정으로 어른들과 같이 밥을 먹고 내 방으로 들어와버렸다. 한참 지나서 거실에서는 오랜만에 한 술상에 마주 앉아보는 세사람의 술잔이 쨍그랑 하고 부딪치는 소리가 들려왔다. 외삼촌이 무언가를 사들고 명절날 우리 집에 찾아온 일은 내가 철이 들고 처음 있는 일이었으므로 나는 이제 곧 무슨 심상치 않은 일들이 벌어지지 않을까 조마조마했다.

사실 나는 외삼촌에 대해 아무도 알지 못하는 사소한 비밀 같은 것을 간직하고 있었더랬다. 그것은 대학을 나와 괜찮은 직장에서 한창 잘나가다가 문뜩 맞닥뜨린 외삼촌의 첫번째 시련 기간의 일이었다. 그때부터 지금까지 외삼촌은 실로 많은 승진 기회들과 훌륭한 조건의 외국연수 기회, 그리고 두어번의 좋은 연분을 계속하여 망쳐버렸지만 그때까지만 해도 자신감이 충만해 있어 지금처럼 절망적인 상황은 아니었다. 역시 설이었고 아버지는 한국에 나가 일을 하던 중이어서 어머니는 나를 데리고 그믐밤과 초하루만 할머니네에서 보내고 난 뒤 곧장 외할머니네로 간 것이었다. 초등학교 2학년생이 된 나는 내 유년의 애틋한 추억들이 일부 남아 있는 외할머니의 익숙한 아파트에서 외삼촌을 오랜만에 다시 만났다. 외삼촌에 대한 기억이 거의 가물가물해가던 나에게 그가 다시 준 첫인상은 말수가 적긴 했지만 대체로 온화하고 친절하며 이해심 많은 호인형이었다. 그는 둘도 없는 외삼촌으로서의 사랑과 책임감이 그득한 눈으로 나를 바라보며 지금 몇살이냐, 학교는 잘 다니고 있냐, 어느 과목이 제일 좋냐는 등 일상 안부를 물어주었다. 설에 나를 보리라는 것을 미리 알고 왔기에 그는 또 '말하는 미니'를 선물로 사왔다. 그것은 전신을 모두 움직이며 춤을 출 수 있고 여러가지 상황의 말을 할 수 있는, 백화점 명품코너에서만 볼 수 있는 비싼 인형이었다. 어머니와 내가 다달이 쓰는 생활비의 절반쯤 되는 아주 고가의 선물이라 식구들은 모두 입을 벌렸다. 그 미니는 내가 자라면서 받아본 모든 선물 중에 가장 훌륭하고 비싼 것이었으며 동시에 외삼촌에게서 받은 처음이자 마지막 선물이었다.

외할머니와 어머니는 직장을 잡아 일을 시작한 지 수년 만에 집으로 돌아온 외삼촌으로 인하여 퍽이나 흥분해 있었다. 그녀들에게 있어서 외삼촌은 곧 온 집안 식구들을 책임지고 집안일에 최종 결정권을 가지고 리드하셨던 또다른 외할아버지나 다름없었다. 외삼촌은 그녀들의 자랑이자 희망이었고 집안의 주체였다. 외할머니와 어머니는 김이 뽀얗게 서린 주방에서 바삐 돌며 외삼촌만을 위한 식사라 해도 좋을 여러 요리들을 준비했다. 특히 외할머니는 지나치게 아들의 식미를 고려하다 못해 외손녀인 나를 위해 한두가지의 반찬쯤은 고춧가루를 덜 뿌려야 한다는 궁리마저 감감 잊어버리고 말았다. 외삼촌은 자기를 위해 온갖 극성을 떠는 노모와 여섯살 위의 큰누나를 바라보며 베란다에 나가 묵묵히 담배를 태웠다. 혹시 그는 비좁은 주방에서 그녀들과 어울려 파를 다듬고 마늘을 빻으며 노모와 누나를 위한 요리를 직접 해드리고 싶다는 생각을 했을지도 모른다. 많은 다른 가정들에서 어린 막내아들이 하는 것처럼 노모에게 귀염을 떨고 큰누나에게 야단을 맞고 싶었을지도 모르겠다. 그러니까 외할아버지가 그 집안에 세워놓은 분명하고도 절대적인 신념에 따라 식구들의 총애와 기대를 한몸에 받았던 외삼촌은 어쩌면 자신의 본질적 정체, 그 위에 덧입혀진 과분한 기대 때문에 또래들보다 훨씬 무거운 책임감을 가지며 살았을지도 모르는 것이다. 학교에서도 상황은 비슷했다. 지능 혹은 재능으로만 학생을 평가하는 '애증 분명'의 교육체제 속에서 외삼촌은 좀더 전면적인 인격 성장을 이루기도 전에 절대 영향력자 선생님들로부터 받아야 할 것 이상의 주목과 찬양을 받은 것이다. 때로 나는 바로 그런 것들이 어린 외삼촌을 보통 사람들이 가는 길과 다른 어떤 좁은 산길 위로 끝없이 밀어올린 게 아닐까 하는 생각을 한다. 안개 속에 싸인 신비하고도 아름다운 길, 많은 날이 지난 후 불현듯 깨닫고 보니 그 길은 사실 외롭고도 비현실적인 길이었는데 그때의 외삼촌은 이미 너무 멀리 가버린 나머지 내려올 수도 다른 길로 건너갈 수도 없이 딱하게 되어버린 것이다.

밥을 먹다가 별것 아닌 양 대수롭게 회사를 사직한 이야기를 꺼냈지만 외삼촌은 생애 첫번째로 맞닥뜨린 사소한 시련에 대해 보통의 사람들과 같은 여유를 가지지 못한 게 분명했다. 외할머니와 어머니는 그 이야기에서(외삼촌의 말에 따르면 회사가 그에게 잘못을 저지른 것이었다) 아무런 문제점도 발견하지 못했고 그저 젊은이들 특유의 혈기 때문이라고 생각할 뿐이었지만, 정작 외삼촌은 자신의 불행한 미래에 대해 어떤 예감이라도 있었던 듯 오래도록 술을 마셨다. 처음에는 자신을 위수로 빙 둘러앉은 식구들에게 대도시의 선진적인 문화 형태며 고향에서 볼 수 없는 특이한 풍속 습관, 그리고 회사에서 겪은 여러 흥미로운 일들을 모험담 삼아 재미있게 이야기해주었다. 그러다 술이 어느정도 양에 지나칠 즈음, 화제가 그 불쾌한 회사와 상사와 동료들한테로 흘러갔다. 그의 얼굴은 알코올에 취해서 점점 험하고 냉소적으로 변해갔고 눈은 벌겋게 충혈되었으며 사리문 입술 사이로 음주 전의 외삼촌에게서라면 결코 들어볼 수 없을 것 같은 욕설들이 새어나오기 시작했다.

대체로 이성적이고 자제력이 강한 아버지와 그 집안 식구들에게서는 좀처럼 볼 수 없는 주사 장면을 겪는 나로선 외삼촌의 이중적인 모습이 어지간히 충격적이었다. (알코올에 대해 취하는 그의 반응들이 건강하지 못하다는 사실을 숙지한 지금에야 크게 당황할 바도 아닐 테지만) 외할머니와 어머니도 오랫동안 떨어져 지낸 외삼촌의 낯선 술버릇에 난처한 기색이 역력했다. 가문의 상속자이자 터줏대감의 비이성적인 주사에 직면하여 그녀들이 최초로 취한 대책은 어르고 달래고 들어주는 등의 하책이었다. 그녀들은 그날만 그렇게 한 것이 아니라 다음번에도 그다음번에도 더이상의 뾰족한 수를 내지 못했다. 아버지에 따르면 그녀들의 무력한 대책이 외삼촌의 좋지 못한 술버릇에 기어이 일종의 촉매제 구실을 하여 외삼촌을 더욱 악한 구렁텅이로 곤두박질치게 만들었다고 하는데, 그 해석에 나는 부분 동의한다.

회사와 상사와 동료들에 대한 욕설을 어느정도 마치고 나서 외삼촌은 또 불공정한 세상과 악하고 허물 많은 인간들에 대해 불만을 터뜨렸다. 그의 불만과 지적은 조목조목 근거가 있었으며 꽤 예리한 통찰과 풍부한 지식을 바탕으로 하고 있었으므로 듣고 있는 식구들은 말없이 고개를 주억거리기만 했다. "하긴 나도 뭐 완벽한 사람이 아니니까……" 자신의 실수는 그럴 만한 이유가 있는 것, 주된 책임을 질 수 없는 것, 너그러이 용서받을 만큼 대수롭지 않은 것이긴 했지만 외삼촌은 그 와중에 자발적인 반성도 했다. 너무 진지하고 엄숙하게 그것들을 일일이 분석하고 설명하는 통에 외삼촌의 미간에는 세기의 위대한 지성인들의 것처럼 세로로 깊이 주름살마저 두가닥 파여 있었다. 그리하여 외할머니와 어머니에게 외삼촌의 정의롭고 선하고 똑똑한 이미지는 더 확실하게 각인되었고, 때문에 그의 주사 따위는 그런 훌륭한 '본질적' 성품들과 비교할 수 없이 사소하고 순간적인 일이 되었을 뿐이다. 미니와 함께 놀다가 내가 까무룩 잠이 들 때까지 그녀들은 무한한 인내심을 가지고 일종의 경외심까지 곁들인 자부심을 부풀려 외삼촌 앞에 마주 앉아 격정에 넘치는 그의 일장연설을 청취하고 있었다.

자정도 넘어 새벽이 다가올 때, 안방으로 옮겨 자고 있던 나는 소변이 마려워서 깨어났다. 졸음에 겨워 비칠비칠 화장실을 들러 거실로 나왔는데 그 시간까지 앉은뱅이 조선밥상 앞에 어머니를 마주 앉혀놓고 술을 마시고 있는 외삼촌을 보았다. 나를 보고 외삼촌은 주정꾼들 특유의 명랑한 웃음을 띠며 가까이 오라는 시늉을 해 보였다. 여전히 잠이 덜 깬 상태에서 외삼촌의 강력한 손짓을 보고 나는 무의식간에 그들에게로 다가갔다. 외삼촌의 몇마디 자질구레한 질문에 억지 대답을 하면서 어머니의 따뜻한 품에 몸이 닿자 나는 어느정도 졸음이 깼다. 어린 청중 하나를 새로 포섭한 외삼촌은 다시금 열정이 지펴올랐던지 온 밤 지속했던 딱딱하고도 심각한 연설을 다시 시작했다. 나는 그 무의미하고 재미없는 연설에 진저리가 났다. 연설 자체를 알아들을 수 없어 짜증이 났을뿐더러 온 밤 내내 외삼촌만 싸도는 식구들에게서 홀대의 느낌을 받았기에 더 싫어졌다. 손으로 입을 가리며 하품을 참고 있는 어머니의 품으로 파고들며 나는 그만 방으로 들어가자고 칭얼거렸다. 외삼촌이 잠깐 연설을 멈추고 친절하게 왜 그러냐 물었지만 나는 대답하지 않았다. 어머니는 외삼촌의 눈치를 보며 외할머니랑 같이 자면 되잖느냐고 나를 달랬다. 나는 어머니의 목을 꼭 껴안고 그녀의 마음이 약해질 정도로 울상을 지으면서 지금 내겐 외할머니가 아니라 엄마가 필요하다는 말만 반복했다. 외삼촌은 허허 웃음을 짜내면서, 너 이제 그만큼 컸으니까 혼자 잘 수 있지 않냐고, 외할머니도 방에 계시니까 들어가라고, 외삼촌은 엄마랑 오랜만에 만났으니까 더 얘기해야겠다고 나를 타일렀다.

외삼촌이 그러면 그럴수록 나는 괜히 더 심술이 났다. 나는 일어나 어머니의 손을 끄잡아당기며 짜증을 부렸다(사실 어머니에게도 고역을 끝낼 수 있는 절호의 기회였지만). 어머니가 나의 조르기 작전에 못 이기는 척 일어서려 할 때 외삼촌의 얼굴이 스르르 변했다. 그나마 억지로 짓고 있던 웃음은 모두 사라지고 본격적인 귀찮음이 그의 얼굴을 일그러뜨리고 있었다. "너 몇살이니? 이렇게 커가지고 아직도 떼질이냐! 삼촌이 몇번을 말했는데, 삼촌 말이 말 같지 않아?" 나는 돌연 경직된 그의 표정에 얼마간 겁을 먹었지만 나한테 거의 넘어온 어머니를 잃지 않기 위해 곧 다시 그녀를 더 바짝 다그쳤다. 빨리 가자고, 이게 지금 몇시냐고, 난 어머니랑 눕고 싶다고……

그때 외삼촌이 드디어 주정꾼의 본색을 드러냈다. 지금 뭐하는 거냐고, 그만큼 달랬는데도 무슨 억지냐고, 애를 너무 오냐오냐 키웠다고, 저래가지고 대체 나중에 무엇이 되겠냐고…… 외삼촌은, 설마 이만한 일을 가지고 그렇게 심히 나무라는 어른도 있을까 짐작조차 못하고 열심히 앙탈을 부리던 나에게 귀청이 먹먹해질 정도의 새된 소리를 질렀다. "마지막으로 삼촌이 한번만 더 말한다! 빨랑 혼자 들어가지 못해!" 그의 목소리가 너무 단호하고 공격적이어서 나는 깜짝 놀라 칭얼대기를 멈추고 멍하니 외삼촌을 바라보았다. 외삼촌도 피하지 않고 나를 정면으로 마주 보았다. 그는 확실히 얼마간 취했지만 완전히 취한 것은 아니었다. 놀랍게도 나를 보는 그의 눈빛에는 내가 늘 보아와서 익숙하던, 어른이라면 아이들을 볼 때 으레 가지는 너그러움이나 사랑, 또는 고의적인 장난기 같은 것을 전혀 찾아볼 수 없었다. 그의 눈빛은, 외할머니나 어머니라면 절대 인정할 수 없었겠지만 분명 나보다 겨우 서너살 위의 아이들 것 같은, 상황의 통제권을 빼앗김으로 인한 유치한 적대감으로 가득 차 있었다.

어머니가 내 손을 잡고 방문 앞까지 데려다줄 동안 그는 줄곧 그녀의 뒷잔등을 쏘아보고 있었다. 어머니는 방문을 열고 나를 가볍게 떠밀어주며 내 손을 놓고 돌아섰다. 나는 바로 들어가지 않고 문어귀에 붙어서서 어머니가 그 네모난 앉은뱅이 밥상 앞으로, 생전의 외할아버지처럼 올방자를 틀고 앉아 있는 외삼촌의 맞은편으로 천천히 걸어가는 모습을 지켜보았다. 외삼촌의 득의한 눈빛과 그 눈빛 속에 온전히 겨냥된 어머니의 담담한 걸음걸이, 창문 밖으로 새벽은 푸름푸름 밝아오고 있었는데 나는 왠지 그 장면이 슬프게 느껴졌다. 외삼촌은 취했기에 당연히, 그리고 어머니도 그 사소한 장면을 기억하지 못하겠지만 나는 그 장면을 한장의 사진처럼 머릿속에 간직하고 있다. 강하고 오래된 독선의 남용과 습관적이며 자발적인 무정체성의 순종, 그것은 어린 내가 본능적으로 깨달은 어떤 아이러니, 말하자면 일종의 부조리였다.

"……매형, 나도 정말 이렇게 사는 게 진절머리가 나오. 나라고 왜 남들처럼 집도 사고 돈도 벌고 장가도 들어서 명절 때면 버젓이 누나 집에 오고 싶지 않겠소? 누나와 매형이 내게 그렇게 많이 해주셨는데⋯⋯" 술을 얼마쯤 마셨는지 외삼촌의 갈린 목소리가 거실에서 들려왔다. "근데 왜 내 인생은 이따위로 풀리지 않소? 이게 대체 누구 탓이란 말이오⋯⋯"하고 흑― 외삼촌이 코를 풀었다. 첫번째 사직 사건 이후 외삼촌의 인생은 점점 미궁으로 빠져들기 시작했다. 다시 직장을 잡았지만 일년도 못되어 그만두었고 그 다음 들어간 직장도 그 다음다음도 그러했다. 긴 작업시간, 약한 신체, 오르지 않는 봉급과 부당한 대우⋯⋯ 원인은 여러가지였지만 결과는 같았다. 돈이 모이기 전에 일을 그만두었으므로 공백기간에는 외할머니나 어머니의 도움을 받았으며, 그러다가 외할머니가 한국 식모살이로 어렵사리 벌어놓은 돈을 뭉청 떼어 장사밑천으로 부어넣기도 했다. 장사가 거품이 되고 나서는, 그런 외삼촌을 늘 탐탁지 않게 여기긴 했지만 그 때문에 속 썩이는 어머니를 생각하여 아버지가 큰맘 먹고 일본으로 보내준 일도 있었다. 일년도 채우지 못한 채 돌아온 외삼촌은 다시 빈털터리가 되어 있었고 반년 넘게 허송세월을 하다가 어렵사리 직장을 구했다. 그의 동기들은 모두 가정을 이루고 아이를 키우며 사업도 황금기에 들어서고 있었지만 그는 여전히 대학을 나올 당시의 공백 그 상태였다. 식구들은 그에게 무의미한 부담만 될까봐 효도를 바라기는커녕 친구들과의 비교도 그만두었으며 오로지 그 자신의 경제적 자립 이상은 기대하지 않았다. (그는 늘 자신이 상황 때문에 불효자가 되었으며, 상황만 좋아진다면 누구보다 크게 효도할 것이라는 말을 입에 붙이고 살았다.) 그의 마지막 동거녀는 이혼서류도 채 정리하지 않은 애 딸린 유부녀였고, 여자가 떠나가고 어렵게 잡은 직장마저 그만둔 다음부터는 타락하는 인간의 수순이 그러하듯 자연스레 도박으로 빠져들었다. 외삼촌은 외할머니가 돌아가시기 전까지 그녀의 통장을 깡그리 바닥내고 술에 거나히 취해 전화로 그녀를 괴롭혔으며, 돈을 가지러 집으로 와서는 밤새 그녀를 붙들고 주사를 부렸다. 외할머니한테서 빼낼 돈이 없을 때면 그 불똥이 어머니한테 떨어지는 것이 당연하였으므로 아버지와 어머니 사이의 다툼질은 점점 강도가 높아졌다. 자신의 주사에 외할머니가 넘어져 허리를 다친 다음 외삼촌은 도박에서 손을 뗐다고 했는데 외할머니가 돌아가신 후에도 기하학적으로 늘어나는 그의 카드빚을 보아 그 말은 신빙성이 적었다. 어머니는 동생의 빚을 더이상 감당할 힘이 없어서 외할머니의 아파트를 처분했다. 돈은 정확히 반으로 나누었다. 그것은 어머니가 처음으로 친정식구들의 소원을 거스른 채 남편인 아버지의 충고를 채납한 획기적인 행동이었다.

외삼촌의 푸념에 아버지는 대답이 없었다. 어머니도 말이 없었다. 외할머니네 집에서라면 이때쯤이면 으레 나왔을 '운명의 농간'설 또는 '세상의 불공정'설은 아버지 앞에서 운운되지 못했다. 빈농 출신으로 성분이 가장 좋았던 마을정부 당서기네 장남 외할아버지보다 상황이 훨씬 좋지 못한 부농 출신의 '부패분자' 할아버지, 그 할아버지의 둘째아들로 성장한 아버지한테 있어서 외삼촌식의 운명 탓, 세상 탓이란 있을 수 없는 일이었다. 아버지는 특별히 재능이 있거나 성품이 고상하다거나 천부적으로 영리한 사람은 아니었지만 그 나름 부지런하고 긍정적이며 독립적인 심성을 소유하고 있었다. 외삼촌이 이상주의자였다면 그는 현실주의자였고, 세상이나 운명 같은 거대 환경은 인간의 한계 이외의 일이므로 차라리 그것들에 대한 개인의 반응을 중요하게 생각하는 사람이었다. 그런 아버지로서는 외삼촌을 도저히 이해할 길이 없었다. 구직할 능력이 있는데 왜 견지하거나 업그레이드할 수가 없단 말인가. 직장을 옮길 수는 있지만 어떻게 공백기간을 생각하여 대비자금을 만들어놓지 않은 상태에서 사직한단 말인가. 경제적으로 빠듯할 때가 있을 수도 있겠지만 어찌 그 나이에 매번 노모에게 손을 내밀며, 아무리 가족이라지만 이미 자기 가정을 이룬 누나의 도움을 당연시할 수 있을까 등등.

돌아가신 외할아버지와 외할머니가 보고 싶다며 큭큭 흐느끼는 외삼촌에게 모질게 내뱉지는 않았지만 아버지는 속으로 '그게 어찌 다른 사람 탓인가, 다 자기 하기 나름이지' 하고 말하고 있었을지 모르겠다. 가훈이라고 써붙이지 않았을 뿐 그것은 할아버지가 집안 식구들에게 가장 많이 하던 말이었기 때문이다. 할아버지의 인생 자체가 바로 그러하였다. 어머니와 아버지의 결혼으로 인해 사돈지간이 되었다지만, 두 집안은 사실 할아버지네가 마을에 정착하도록 도와주고 인민공사 정식 사원으로 일하게끔 조치해준 사람이 외증조부일 만큼 전부터 인연이 남달랐다. 외증조부네의 '은혜'를 입고 살았으나 할아버지는 외할아버지와 매우 다른 삶의 방식을 가지고 있었다. 우선 그는 다수의 국민들처럼 모의 진정한 추종자가 아니었다. 그는 건국 뒤 새 법으로 인해 재산과 토지를 빼앗긴 부농 집안 자식이었다. 출신성분이 나빠서 경멸과 훈계의 대상이 된 그는 그러나 나라의 법에 가타부타 말이 없었고, 인민공사에서는 부지런히 일을 하였으며, 네명의 어린 자식들을 먹이기 위해 몰래 장사를 하다 들켰을 때에는 순순히 고깔모자를 쓰고 자아비판을 했다. 할아버지에 의하면 그 역시 밥 먹기 전 모의 책자를 흔들며 모의 만수무강을 기원했지만 정작 모의 사망 소식을 라디오에서 들은 날 다른 사람들처럼 뜨거운 눈물을 흘리지는 않았다고 했다.

등이 집정을 하고 전국에 유례없던 거대한 개혁의 바람이 일자 할아버지의 꿈은 정말로 현실이 되었다. 할아버지는 다시 자기의 땅, 조상이 물려준 땅은 아니지만 재분배받아 경작권을 지닌 땅이 생겨서 열심히 농사를 짓고 부업을 해서 네명의 아이들을 키웠다. 아이들을 모두 키워 분가시키고 나서는 지금 일흔셋의 연세에도 할머니와 함께 연태에서 자그만 반찬가게를 운영하며 살고 있었다. 물론 아버지와 형제들은 그런 할아버지의 가치관의 영향을 많이 받았을 것이다. 청도에 아파트 세채 정도의 경제력을 갖고 있는 식당 사장 큰고모부터 작은 중소기업의 부장인 막내삼촌까지, 사는 모습과 가진 재산은 각기 달랐지만 부농 출신 집안의 자식들답게 경제상 거래는 명확히 하였으며 집안 대소사는 식구들이 함께 회의를 열어 논의하고 결정을 보았다. 그들과 함께할 때면 외할아버지네에서 느끼던 것과 같은 무조건의 희생과 봉사정신으로 충만한 공동체적 분위기는 덜했고 개개인의 의사와 이익이 우선시되다보니 상대적으로 각박스럽거나 몰인정하다는 느낌이 들기도 했다. 그럼에도 분명한 것은 그들은 지금 서로에게 짐이 아니라는 것과 비교적 '정상적인' 삶을 살고 있다는 것이니, 고혈압으로 일찍 돌아가신 외할아버지가 계셨더라면 두 집안 자식들의 인생을 과연 어떻게 해석했을까.

"매형은 말이오, 열심히 살아온 사람이라 이게 다 내 스스로 판 무덤이라 생각할지도 모르겠지만…… 옳소, 아무도 나더러 이렇게 살라고 하진 않았지…… 그런데 말이오, 난 정말 모르겠소. 내 잘못이 대체 무엇인지, 어디서부터 잘못되었는지, 이게 정말 다 나 때문인지……" 수많은 일들을 겪고 이제는 자신을 무작정 받아주던 예의 가족공동체마저 잃었다고 생각했는지 외삼촌의 목소리는 오히려 전보다 침착해진 것 같았다. 당년의 외할머니와 어머니라면 외삼촌의 넋두리에 같이 코를 훌쩍이면서 "그라이, 너 힘든 거 다 안다, 하늘도 왜 이리 무심노…… 그라도 열심히 살아야지 우짜 갔나……" 하며 모든 식구가 온 밤 비탄하였겠지만 그날밤의 거실에서는 외삼촌 혼자 코를 푸는 소리와 무엇이라 조용히 권하는 아버지의 낮은 목소리, 그리고 벌써부터(?) 빈 그릇들을 치우고 있는 어머니의 기척이 간간이 들려올 뿐이었다. 특히 어머니는 애통해하는 동생의 눈물을 보면서도 그 앞에 앉아 위로하는 것이 아니라 나까지 불러내 상을 치우게 하는 것이었다. "아유, 설이라고 해봤자 여인네들만 볶이는 날이지. 딸, 너 나중에 일해서 돈 많이 벌면 설에 느이 엄마 여행이나 보내다오." 어머니는 아버지와 외삼촌을 위해서 작은 사각반에 과일과 마른안주와 술잔을 남겨주었는데, 그것도 아버지의 습관을 따른 것이지 술이 끝날 때까지 밥상을 치우지 못하게 하는 외삼촌을 배려한 것이 아니었다. 이튿날의 먹거리들을 준비하느라 부산스러운 누나와 해마다 인기가 떨어지는 CCTV(중국중앙텔레비전)의 「춘절야회」를 평하는 데 여념이 없는 매형 사이에서 작은 다과상을 마주하고 앉은 외삼촌의 모습은 원기를 잃은 맹수처럼 서글프고 무력해 보였다. 외삼촌은 약간 흐릿한 눈으로 나를 바라보며 뭔가를 얘기해주고 싶어했지만 나는 외삼촌이 뿜어놓은 매캐한 담배연기를 피해 슬쩍 내 방으로 들어오고 말았다.

나는 두 다리를 쭉 뻗고 침대 위에 엎드린 채 휴대폰으로 친구들과 채팅을 하다가 아랫배 쪽이 불편하게 느껴지는 바람에 추리닝 주머니를 들춰보았다. 그 안에는 밥 먹기 전 외삼촌이 막무가내로 쑤셔넣어준 새 지폐장들이 들어 있었다. 나는 그 지폐들을 꺼내 한 장 한 장 펼쳐보았다. 그것은 어린 외삼촌이 보았을 네명의 초상, 모택동, 유소기, 주덕, 주은래가 그려져 있는 파란색 인민폐가 아니라 모의 흉상 하나만 인쇄되어 있는 빨간색 인민폐였다. 위대한 혁명가와 전략가, 유구한 역사의 오리엔탈 문명인 중원을 통일했던 아홉명의 위인 중 하나, 생전 외국이라고는 구소련, 그것도 건국 전이 아니라 후에 가본 모라 하지만, 지금 보아도 매우 인도주의적인 인민군 훈령을 초고한 그는 한편 중문학에 통달한 시인이기도 했다. 그렇다면 그토록 확신에 찬 그의 유토피아 사상은 대체 어디에서 왔던 것일까. 나는 그의 넓은 이마와 시원스러운 이목구비, 그리고 두꺼운 입술 아래 뚜렷이 도드라진 동그랗고 큰 사마귀를 만져보았다. 깃 접힌 인민복을 정중히 차려입은 그는 아무 말 없이 온화하고 선하며 속 깊은 눈빛으로 나를 보고 있었다.

외할머니가 돌아가시고 장례식을 치르던 날, 그때만 해도 아버지의 눈치를 봐가면서 동생과 같이 눈물을 쥐어짜던 어머니를 뒤로하고 외할머니 방에 누워 그녀의 사진을 올려다보던 일이 생각났다. 살아생전 남편과 아들을 하늘처럼 받들었던 동양의 현모양처, 깊고 고운 미소를 띤 그녀의 얼굴 곁에는 근엄하고 위엄스러운 외할아버지의 사진이 걸려 있었다. 세상의 다른 많은 부부들처럼 그들도 대체로 가정의 평화와 행복을 위해서 열심히 살았던 사람들이었다. 그들의 유품 중에는 인생의 가장 아름답고 활기찬 시절인 이십대에 초록색 군복을 입고 홍위병 완장을 차고 빨간『모주석 어록』을 가슴에 댄 채 종주먹을 쥐고 서 있는 여러 젊은이들과 함께 찍은 사진들이 많이 있었다. 천안문광장 앞에서 찍은 사진은 바로 이 지폐에 인쇄되어 있는 모의 또다른 초상화가 배경이었다. 진지하고 엄숙하며 열정으로 가득 찬 사람들, 문득 나는 그들 모두의 표정이 전부 어딘가 닮았다는 느낌이 들었다.

거실에서 노랫소리가 들려오고 있었다. 그것은「춘절야회」에서 부르는 노래가 아니라 아버지의 축음기에서 흘러나오는 노래였다. 어머니가 불러서 나는 거실로 나갔다.「춘절야회」는 아직 끝나지 않았겠지만 티비는 꺼져 있었고 아버지와 외삼촌은 수많은 레코드판들 속에 앉아 있었다. 나는 어머니를 도와 상을 치우고 바닥을 닦았다. 어머니는 안도의 숨을 휴— 내쉬면서 나에게 '예상보다 술상이 일찍 끝났다'는 의미로 유쾌하게 눈을 끔뻑거려 보였다. 아버지는 외삼촌에게 수년 전 고물상 친구를 통해 어렵게 얻은

1940년산 컬럼비아 축음기를 한창 자랑하고 있었다. 그 축음기를 얻은 다음 아버지는 또 여러가지로 수를 써서 많은 레코드판을 사들였다. 친한 친구들과 술을 마시고 나서 아버지는 그 축음기로 추억의 옛 노래를 듣는 것을 좋아했다.

"자, 어디 좋아하는 노래 한번 골라보라구. 테이프나 씨디나 저 따위 티비의 음향효과랑은 비교 자체가 안되는 거라네⋯⋯" 아버지는 아시아의 여가수 등려군(鄧麗君)의 「작은 도시 이야기」를 틀어놓은 참이었다. 아버지는 또 특유한 저음의 대만 여가수 채금(蔡琴)과 그 시절 중국대륙을 풍미했던 비상(費翔), 제진(齊秦), 강육항(姜育恒), 리종성(李宗盛), 라대우(羅大佑) 등 훌륭한 실력파 가수들의 레코드판을 많이 가지고 있었다. 외삼촌은 아버지와 아버지의 축음기가 풍기는 분위기에 이끌려 더이상 넋두리나 주사를 체념한 듯 그 많은 레코드판들을 신기하게 들여다보고 있었다. 학창 시절 외삼촌이 즐겨 부르던 노래들도 그 속에 많이 있는 모양이었다. "세상에, 매형은 대체 어디서 이런 것들을 구했단 말이오?" 그리하여 그날밤, 아무도 의도하지 않았던 아버지와 외삼촌의 신청곡 대결이 시작된 것이었다.

아버지가 좋아하는 노래를 한곡 틀어놓으면 그다음 외삼촌이 자기가 좋아하는 노래를 한곡 골라 틀었다. "에이, 그 가수보다야 이 가수가 낫지." "아니, 매형, 무슨 소리? 이게 정말 명곡입니다요." 어머니와 나는 주방에서 뒤거두매를 마친 뒤 얼근드레 술에 취한 얼굴로 가볍게 실랑이를 벌이는 그들을 바라보고 있었다. "그냥 좋은 노래 들으믄 되는 거지, 남자들은 저런 데에도 쓸데없는 자존심

을 부린다니까"하고 어머니가 웃었다. 나도 따라 웃었다. 창밖에
는 이미 진한 어둠이 포근하게 내려앉았고 집 안에서는 소박하면
서도 정스러운 축음기의 노랫소리가 울려퍼지고 있었다.

그러다가 그날밤의 마지막 대결로 아버지가 비장의 무기──조
선의 전통 트로트 음반「흘러간 옛 노래」를 꺼냈다. 워낙 오래된 것
이라 중국에서는 구경할 수조차 없고 한국에서도 귀한 것이라고
아버지는 여태 포장지도 뜯지 않은 새것 그대로 모셔두고 있었다.
외삼촌도 깜짝 놀라는 눈치였다. "햐ㅡ, 매형, 정말 어떻게 이런 걸
다?"하면서 외삼촌은 축음기 앞에 바짝 들어앉았다. 아버지가 그
레코드판을 턴테이블에 올려놓고 스위치를 켜면서 바늘을 살짝 내
려놓자 우리 모두가 전부터 알고 있었던 듯 낯설지 않은 선율이 흘
러나오기 시작했다. 주로 애절한 이별, 고향에 대한 그리움, 못다
한 사랑 같은 개인 인생의 희로애락이 담긴 감성 풍부한 가락들이
었다. 일본의 엔까(演歌)와 비슷하면서도 조선 특유의 옛 박자들이
살아 있는 그 식민지 시절의 노래 중에는 아버지도 처음 들어보는
것이 있는 모양이었다. "어떠냐? 정말 좋은 노래지……"하고 아버
지가 팔짱을 끼며 흐뭇하게 웃었다. 실로 그 노랫가락들은 우리 모
두의 마음속에 조용하지만 깊은 울림을 주고 있었다. 90년대생인
나조차 아니, 조선인이라면 언제 어디서 무엇을 하며 살든 인간적
으로 이끌리고 감동할 수밖에 없는 노래들이었다.

아버지가 선택한 노래 속에 모두 심취하여 있을 때, 외삼촌이 그
문제의 레코드판을 찾아냈다. "매형, 이게 뭡니까? 나 이런 거는 여
태 듣도 보도 못했네요. 이거 한번 들어볼까나?"외삼촌이 많은 레

코드판들 사이에서 마지막으로 골라잡은 그것은 포장지가 누렇게 뜬, 다른 것들보다 더 낡아 보이는 것이었다. 아버지는 자신의 수집품들 중에 단 하나밖에 없는 그 특별한 레코드판을 바라보았다. 포장지에는 고운 여배우가 조선옷을 입고 분홍 진달래꽃을 한아름 안고 서 있는 그림이 있었다. 무대극의 한 장면인 듯 여러명의 배우들이 춤을 추고 노래를 부르는 장면도 그보다 작은 싸이즈로 여러컷 나와 있었다. 뒷면에는 분명 아버지의 트로트 레코드판과 같은 조선글자들이 적혀 있었지만 분위기는 영 달랐다. 「피바다」 「당의 참된 딸」 등 몇글자만 보아도 혁명가극의 삽입곡인 줄 짐작할 수 있었다.

"이게 듣고 싶단 말이지? 허 참. 사실 나도 이걸 구해놓구선 아직 한번도 들어보진 않았네." 아버지는 외삼촌에게서 무슨 봉인된 마법의 주술책을 건네받듯 조심조심 레코드판을 받아쥔 뒤 잠깐 숨을 고르고 나서 자칫하면 바스라져 떨어질 것 같은 포장지를 천천히 벗겨냈다. 싸이즈가 다른 것들보다 좀 작고 두꺼워 보이는 그 레코드판을 턴테이블에 올려놓을 때 외삼촌이 꿀꺽 침을 삼켰다. 아버지가 태엽을 한참 감았다가 손을 놓자, 드디어 싸르락싸르락 잡음과 함께 그 속에서 웅장하면서도 진지한 합창곡이 흘러나왔다. 맑은 목소리의 여자 쏠로가 가끔 리드하기도 하는 노래들은 중국의 혁명가곡과 비슷한 분위기를 내면서도 조선의 선율들이 녹아들어 있었다. 화음이나 리듬에서 화려한 기교를 부리지 않아 상대적으로 단순한 것 같은 멜로디는 그러나 좀 전의 전통 트로트와 비교할 수 없는 어떤 강한 집단적 호소력을 갖고 있었다.

꽃 사시오 꽃 사시오 어여쁜 빨간 꽃
향기롭고 빛깔 고운 아름다운 빨간 꽃
앓는 엄마 약 구하려 정성 담아 가꾼 꽃
꽃 사시오 꽃 사시오 이 꽃 이 꽃 빨간 꽃……

잘 자거라 아가야 내 사랑 아가야
밤은 캄캄 깊어도 잠 잘 자거라
백두산의 큰 별님 밝게 비치여
너를 지켜준단다 내 사랑 아가야……

　나는 그 노래들을 들을 때에 자신도 모르는 사이에 가슴이 멍해지고 더없이 애달파짐을 느꼈다. 그것은 "……부두의 새악시 아롱 젖은 옷자락/이별의 눈물이냐 목포의 설움……" 또는 "그리운 내 님이여 그리운 내 님이여……" 같은 류의 가사와는 달리, 개인을 뛰어넘어 인간의 성스러운 신념의 차원 속에서 흘러나오는 숭고한 아픔의 노래들이었다. 모든 시간이 정지된 듯 그 순간 집 안은 고요했고 조선옷을 입은 가수가 옆에서 부르는 것처럼 노랫소리는 생생하게 살아 있었다. 아무도 입을 열지 않았다. 외삼촌은 마룻바닥 위에 반듯이 드러누워 고요히 천장을 올려다보았고 그의 뒤로 빙글빙글 돌아가는 레코드판만 들여다보고 있는 아버지의 등이 반쯤 보이고 있었다.
　"……뭐, 나름 멋있고 훌륭한 노래이긴 하지만 좀 딱딱하고 인위

적인 것 같지 않은가? 난 그래도 자연스럽고 인간적인 트로트가 더
좋다만……" 레코드판이 다 돌아가고 나서 아버지가 그랬다. 그때
나는 외삼촌의 얼굴에 비껴 있는 정체를 알 수 없는 신비스러운 표
정을 보았다. 나는 그 순간의 외삼촌처럼 평안하고 여유로운 얼굴
을 본 적이 없었다. 불만과 낙담, 조급함과 적대감, 과도한 야망과
허무한 자존심…… 외삼촌을 괴롭히던 그 모든 감정들은 보이지
않았다. "그러게요, 매형. 이것도 무슨 아편같이 황홀하네요. 왠지
사람들을 더 위대하게 만드는 것 같잖아요……"

외삼촌은 우리 집에서 이틀을 더 묵고 떠나갔다. 이틀밤 모두 그
는 전처럼 술을 많이 마시지 않았다. 낮에는 나와 함께 영화도 보
고 게임장에 가서 게임도 했다. 우리가 있는 이 도시에 머물면서
일을 찾지 않겠냐는 아버지의 제의를 외삼촌은 단호히 거절했다.
아버지와 어머니는 더 권하지 않고 그를 기차역까지 배웅해주었
다. 그는 우리 식구에게 고맙다고, 정말 좋은 설을 같이 보냈다고
인사한 다음 배낭을 지고 돌아서 걸어갔다. 그는 다시 돌아보지 않
았고 얼마 지나지 않아 곧 사람들 속으로 사라져버렸다.
  나는 외삼촌의 이후의 행방을 궁금해하지 않았다. 입시를 치르
고 대학을 다닌 뒤 직장을 찾았다. 온 가족이 모이는 명절날 어린
조카들에게 선물을 사온 삼촌들이나 고모들을 볼 때에, 또는 그들
이 꺼내놓은 세뱃돈들을 볼 때에, 주로 그런 순간에 나는 외삼촌을
떠올렸다. 외삼촌이 사주었던 '말하는 미니'는 후에 목이 부러져서
어머니가 버렸고, 그가 찔러주었던 새 지폐장들은 아마 친구들과

맥도널드나 피자헛에 다니면서 대부분 써버렸던 것 같다. 나 자신이 첫 월급을 타서 부모님께 드릴 선물을 고르던 날, 나는 내 봉급의 반의반과 맞먹는 가격표 때문에 명품 내의를 몇번이나 쥐었다가 놓아버렸다.

어머니는 가끔 외삼촌과 문자 메시지를 주고받았다. 휴대폰 번호를 바꾸거나 일자리를 옮길 때에 외삼촌은 누나에게 문자를 보냈다. 외삼촌은 자신의 상황을 좋게 변화시키기 위해 노력한다고 했지만 고집스러운 성격에다 특이한 가치관 때문에 아직도 주위 사람들과 잘 어울리지 못하는 것 같았다. 외할머니의 아파트를 처분한 뒤로부터는 어머니에게 차마 손을 내밀지 못했지만 궁핍한 생활도 여전한 모양이었다. 외삼촌이라는 악몽에 진저리가 났던지 어머니는 일년에 몇번밖에 오지 않는 문자에도 답을 건성으로 해주었다. 외삼촌이 자신의 상황에 대해 대충 얼버무려 설명하면 어머니도 더 캐묻지 않고 넘어가는 식이었다. 그래도 외할머니를 꿈에서 뵌 날이면 어머니는 휴대폰 벨소리에 깜짝깜짝 놀라곤 했다. 어머니는 휴대폰을 바꾸기까지 몇줄 안되는 동생과의 대화 내용을 삭제하지 않았다.

저번 추석에는 집으로 돌아갔다가 유명한 소품가게에서 초록색 군복 세트에 빨간 완장을 한 홍위병 커플 인형들을 보았다. 그들에게서 당년의 '혁명'구호는 일체 '사랑'이라는 단어로 바뀌어버렸다. '사랑만세(愛情萬歲)' '사랑을 위해 분투하자(爲愛奮斗)' '단결하여 일어나 사랑의 승리를 쟁취하자!(團結起來, 爭取愛情的勝利!)' 등…… 나는 그 조그마한 인형들과 거리낌 없이 그것을 사고 있는 지금 세대들을 보며 어딘가 편해진 것 같으면서도 난감한 느낌이 들었다.

저녁에는 어머니와 함께 옛 장롱을 정리하던 중 잃어버렸다고 생각했던 외삼촌의 어린 시절 사진을 찾았다. 동네마다 사진사가 돌아다니며 사진을 찍어주었다는 시절치곤 보기 드문 독사진이었는데 사진 속에서 외삼촌은 마을 유치원에서 빌렸다는 색동저고리를 입고 팔각군모를 쓰고 있었다. 사진사가 특별히 색을 덧칠해주어서 초록색 모자와 색동 팔소매의 색감이 소박하게 살아 있어 얼핏 보면 색 바랜 컬러사진 같은 느낌이 들었다.

나는 그 사진을 어머니의 옛 사진첩 깊이 끼워주면서 수년 전의 그믐밤 우리 집 마룻바닥에 누워 있던 외삼촌을 떠올렸다. 외삼촌의 얼굴에 머물러 있던 역사 속의 표정과 그 한단락의 역사를 봉인하고 있는 노랫가락을 함께 말이다.

옥
화

여자가 떠났다. 아니, 떠났다고 한다.

"언니, 정말이에요. 아까 기차 안이라고 제게 전화 왔더라구요."
정아가 말했다. 오후나절의 해가 아직 남아 있어서 귀갓길의 그림
자가 땅바닥에 길게 드리울 때였다.

"갔으니까 이제 됐어요, 언니. 내일 기도모임 나오시죠?" 정아는
뭔가 칭찬이라도 바랐다는 듯 한참 들까불다가 이내 전화를 끊었다.

'이제 됐어요'라니, 뭐가 됐단 말인가? 얘는 말을 참 이상스레 하
네, 하고 홍은 생각한다. 아파트 입구가 가까워온다. 1층에 사는 리
다예(李大爺, 중국에서 이웃 노인을 부르는 말)가 자기 집 앞 뙈기밭에서
궁싯궁싯 걸어나오고 있다. 손에 들린 물조리 뒤로 금방 옮긴 듯한
오이모며 토마토모가 줄느런히 서 있는 것이 보인다.

"그냥 사서 드시지, 허리도 안 좋으시면서……" 그네 앞을 지나치며 홍은 알은체를 하지 않을 수가 없다. "이잉, 밭이라구 있는디 그놈을 걍 놀리믄 워디 쓰겠나? 머라도 심궈 먹어야지." 리다예는 구부정 구푸렸던 허리를 최대한 뒤로 곧게 펴며 벙싯 웃는다. "하여튼 간에, 한시름은 놓았겠네요 이젠." 홍도 웃었다. 모처럼 만에 리다예의 펴진 허리를 보니, 홍은 자신도 모르게 같이 허리를 쭉 펴며 숨을 들이마셨다.

겨우 여자가 떠났다는 말에 이리 시름이 놓이다니, 한심한 것. 홍은 금방 들이켰던 숨을 다시 훅 내뱉는다. 그렇다면 여자가 있었던 동안은 정말 짐스럽고 힘들었다는 얘기가 아닌가. 어두컴컴한 계단을 터덕터덕 올라가며 홍은 생각한다. 여자의 툭 불거져나온 광대뼈와 꺼진 볼살과 찌르는 듯한 눈빛이 다시금 떠오른다. 여자 생각만 하면 마음속 어딘가 찜찜해지고 껄끄러워지는 것은 어쩔 수 없다. 왜? 여자가 불법체류 탈북자라서? 아무것도 가지지 못한 구제대상이라는 것 때문에? 아니면 그 까칠한 표정이며 진위를 가릴 수 없는 변명이 싫어서였을까?

철컥, 현관문을 연다. 거실바닥 소파 앞에서 마구 뒹구는 남편과 아들 녀석의 옷가지가 먼저 눈에 들어온다. 그런 이유들이 전부는 아닌 것 같다. 신발을 벗고 들어서기 바쁘게 홍은 맥없이 널브러진 빨랫감을 주섬주섬 주워 모은다. 남편 바지주머니 안에서 뭔가가 만져진다. 꽤 빳빳한 푸른색 종이, 돈이다. 그래. 따지고 보면 이것 때문이 아니겠는가.

"미안해요, 점말 미안함네다" 하고 여자는 홍을 불렀다. 구역에서 수요 기도모임을 마치고 막 나오던 길이었다. 홍은 멈춰 서서 그녀 뒤에 약간 처져 따라나오는 여자를 바라보았다. 올백으로 넘겨 묶은 머리 때문에 여자의 얼굴은 더 길고 눈꼬리는 더 찢어진 듯 보였다. 무슨 말을 하고 싶은 겐가? 여자가 가까이 다가오는 동안 홍은 슬금슬금 불안해했다. 교회에 나온 지는 2년 정도 되었다지만, 이 기도모임에 나온 지는 고작 2개월 남짓밖에 되지 않은 여자를, 홍은 잘 아는 편이 아니었다. 여자는 홍의 반응을 미리 예상이라도 하고 있었다는 듯 생각보다 차분한 어투로 말했다. "이땀에, 내 한국 가믄 절대 갚을 거니께, 돈 쫌 꿔주시라요?"

빨래를 돌려놓고 홍은 밥솥을 부신다. 씽크대 안에는 마른 밥알이 들러붙은 공기며 반찬을 담았던 그릇이며 찌개를 끓였던 냄비까지 꽉 차 있었다. 가게가 멀어서 매일 아침 일찍 나가야 하는 홍은 아침 설거지를 거의 하지 못하는 편이다. 오늘은 평소보다 먼저 들어온 까닭에 남편의 귀가는 물론 아들 녀석의 하교시간도 한참 남았다. 작으나마 남편과 함께 일궈온 건축자재 가게 덕에 낡은 아파트도 사고 봉고차도 한대 장만했다는 말은 기도모임 중에 홍 자신이 얼결에 뱉었을 것이다.

"돈이오?" 하고 홍이 눈을 크게 뜨며 되묻자, 여자는 기계적인 웃음을 지어 보였다. "모도 다 바빠 하는 거(여유 없어 하는 거) 압네다. 기래도 상점 한다니께, 딴 사람들보다는 쫌 안 바빠 할 거 같아서요." 어른 손에 들린 과자봉지를 바라보는 아이처럼 여자는 홍의 얼굴을 빤히 들여다보았다.

"글쎄, 우리도 뭐, 외상장사라 늘 빚에 시달리니까. 우리 아저씨가 뭐랄지……" 홍은 여자의 집요한 눈길을 피하며 두서없이 주절댔다. 왠지 경찰에게 심문받는 죄수 같다는 느낌이 들었다. 주여, 이런 난처한 일이 내게 오다니요, 어찌하면 좋겠습니까…… 홍은 당장 집 안으로 되돌아가 구들에 엎드러져 처음부터 다시 기도하고 싶다는 생각이 들었다.

"아니, 머 점말 없다먼야. 기래도 거저 한 사천원이래도 안되나요? 내 진짜 무신 궁리가 없어서 기래요. 집값은 석달치 못 췄구, 내는 허리가 아파서 일도 못 나가니께……" 말을 끝낼 즈음에 여자는 홍을 '집사님'이라고 불렀다(여자는 목사님도 항상 '목사'라고 불렀다). "쫌 방조(傍助)해줘요, 집사님……"

'만일 형제나 자매가 헐벗고 일용할 양식이 없는데 (…) 더웁게 하라 배부르게 하라 하며 그 몸에 쓸 것을 주지 않으면 무슨 유익이 있으리오.' 야고보서 2장의 구절이 머릿속에서 필름처럼 지나갔다.

그래서 홍은 그랬다. "사천은 힘들 거 같은데…… 암튼 주일날 봬요."

사천이나 삼천이나 기왕에 줄 것 같으면 사실 오십보백보 아닌가. 그런데도 굳이 여자가 원하는 액수에서 얼마만큼이나마 깎아서 주고 싶은 심보는 무엇 때문일까. 저녁을 먹고 설거지를 마치면서 홍은 내일 있을 기도모임을 생각한다. 여자가 기도모임에 나오기 전에는, 아니 여자가 돈 얘기를 꺼내기 전에는 한번도 빠지지 않고 참석하던 모임이다. 가게에서 일꾼들과 점심을 해 먹고 바로 떠나면 시간이 얼추 들어맞아서 남편의 눈치가 덜 보여 딱이었다.

서로를 위로하고 하나님께 의지하는 기도시간도 좋았지만, 기도 하기 전 커피 한잔씩 마시면서 사춘기에 들어선 아들 얘기며 무뚝 뚝한 남편 때문에 속상한 얘기와 시집식구 친정식구와 있었던 에 피소드를 두루 꺼내놓고 수다 겸 교제하는 시간이 홍은 참 좋았다.

여자가 홍한테 돈 얘기를 꺼낸 뒤, 홍에게는 이상스레 그 기도모 임에 가지 못할 피치 못할 사정들이 생겨났다. "집사님, 요즘 많이 바쁘셔요? 통 얼굴 볼 새가 없네." 무단결근한 직원 대신 전화통을 붙잡고 스트레스에 싸여 있는 홍에게 박사모님으로부터 두번인가 안부전화가 왔다. "그러게요. 생각지도 못한 일들이 자꾸 터지니 계속 빠지게 되네요. 기도해주세요." 아무런 눈치도 못 챈 듯한 박 사모님에게는 일단 그 정도로 얘기할 수밖에 없었다.

"언니, 혹시 말이야, 그 북한 자매님, 언니한테도 돈 꿔달라고 얘 기했어?" "⋯⋯⋯" 여자를 보기로 한 주일 하루이틀 전에 정아에 게 연락이 와서야 홍은 피해자가, 아니 여자의 '레이더망'에 걸린 이가 자기만이 아님을 알게 되었다. "그지? 그럴 줄 알았어. 그 자 매님, 원래 장년1팀에 있었잖어. 알아보니까 거기서도 몇천원 모금 했더라구. 그것두 이번에만. 한 2년 거기서 신앙생활 했었다니까, 그전에 찔끔찔끔 도와준 거는 숫자도 없고⋯⋯ 이번엔 한국으로 간다고 교회 측에서도 얼마 구제금으로 내놓은 모양이야. 주보에 광고가 나가서 그 자매님 앞으로 들어온 헌금도 있었다나. 아 참, 그리고 박사모님이 제의해서 우리 기도모임 멤버들도 성의껏 했었는데……"

정아는 전화를 끊으면서 그랬다. "언니 말고도 개인적으로 부탁한 사람들이 또 몇명 있어. 나한테도 얘기하더라구. 나는 뭐, 원래 없으니까, 없다고 했어. 차비나 하라고 이백원 쥐여주고. 그니까 언니도 알아서 해."

가게 사장들이랑 한잔하러 간다는 남편은 늦어지고 있고, 아들 녀석은 저녁 먹기 바쁘게 제 방으로 들어가서 숙제에 열중이다. 남편이 가져다둔 장부를 펼쳐들고 홍은 거실에 있는 책상 앞에 마주앉는다. 오늘은 배달이 세건 있었다. 반품도 두건 있었다. 물론 수금은 한 계절이 지나가거나 연말이 되어서야 일부분 가능하다. 수금할 기일이 다가오면 유난히 까탈스러워지고 무례해지고 연락도 쉽게 끊어지곤 하는 가게 사장들이 떠오른다. 생각 같아서는 좀 적게 벌더라도 현금치기 장사를 하고 싶지만, 이 바닥에서 외상은 이미 정해진 룰, 그게 싫으면 그만두는 수밖에 없다.

가게 덕에 먹고는 살지만 유동자금은 항상 딸리는 편이라 여자에게 주려고 마음먹은 그 돈도 사실 남편 몰래 저축했던 비상금이다. 사천원이라…… 기약도 없는 먼 길을 떠나는 이에게 그것이 얼마나 도움이 되겠느냐마는 또한 온갖 수모 당해가며 수금해들인 돈 중에서 한푼 두푼 남겨온 홍에게 있어 그것은 땀이고 심혈이었다.

여자를 만나기로 한 주일, 오전예배를 마치고 성가대 가운을 정리하다가 홍은 정아 얘기보다 더 찜찜한 소식을 듣게 되었다. "아니, 집세는 교회서 벌써 대줬다더라구. 재정부 최권사님이 그러던데?" 쏘프라노팀의 팀장 차집사랑 춘자가 그 여자 얘기를 하고 있었던 것이다. "그러게요. 올봄에 나도 보모자리 하나 알아봐줬는데, 뭐 어디가 아프고 저쩌고 말이 많더라구요."

　같은 성가대에서 익히 아는 사이들이라 홍이 한마디 껴들었다. "몸이 아프면 할 수 없지. 아픈데 어떻게 해?" 정아 또래인 춘자가 그 말에 입을 삐쭉 내밀어 보였다. "나도 그런 줄 알았죠 뭐. 나중에 보니까 여기저기서 일자리 알아봐준 사람들이 꽤 있었나보더라구요. 보모는 힘들어, 그냥 밥만 하는 자리는 너무 멀어, 공장일은 위험해, 어느 회사 청소자리는 시간이 너무 길어…… 아니 요즘 세월에 취직하기가 얼마나 어려운데, 이건 뭐 찬밥 더운밥 다 가리니. 글쎄요, 여기저기 아프다고는 하던데 어느 집사님이 사준 쌀주머니는 잘도 메고 가더라니, 그 말을 어디까지나 믿을 수 있겠나요."

　들어서 득이 될 것 하나 없는 얘기들이었지만 어쩌다보니 물은 이미 엎질러져 있었다. 탈의실을 나서며 차집사는 춘자랑 눈을 마주쳤다. "뭐, 북에서 온 사람이 이자매님이 처음도 아니고, 그전에 있던 사람들도 다들 말이 많았잖아요." '그전에 있던 사람들'이라는 말에 홍은 얼굴이 확 달아올랐다. 차집사는 알고 하는 얘기가 아니었겠지만, '그전에 있던 사람들' 중에는 홍의 남동생과 잠시 인연을 맺었던 여자, 옥화도 포함되었기 때문이다.

　오후예배 내내 홍은 머릿속이 복잡했다. 설교 내용이 어느 성경 구절인지는 적지도 못했을뿐더러 찬양시간에마저 혼자 엉뚱한 장을 펼쳐놓고 앉아 있었다. 교회 화장실에서 손을 씻고 있던 여자를 처음 봤을 때, 홍은 본능적으로 여자의 몸에서 풍기는 북한 냄새를 알아차렸다. 옥화랑 많이 비슷한 뒤태며 분위기에 홍은 그때 한참 동안 가슴이 벌렁거렸다. 여자가 옥화와는 다른 사람이라는 것, 장년1팀에서 이미 2년간 신앙생활을 해왔다는 것을 알고 나서도 홍은 가끔씩 여자와 스쳐 지날 때마다 심장이 부르르 끓어오르곤 했다. 그나마 여자랑 같은 소속이 아니어서 부딪칠 일이 없겠다 싶어 다행이라 생각했는데……

자잘한 숫자들이 굴을 파인 개미떼처럼 눈앞에서 오글거리고 있었다. 머릿속까지 개미떼가 천방지축 오글오글 기어다니는 것 같다. 장부를 덮으며 홍은 일어선다. 숙제를 마치고 어미 눈을 피해 컴퓨터 앞에 살짝 들어앉은 아들 녀석을 닦달해서 씻기고 이불 속에 밀어넣는다. "아침 일찍 일어나야지. 깨울 때마다 더 자고 싶다고 투정 부리면서." 몸만 컸지 철은 한참 없는 아들 녀석의 엉덩짝을 찰싹 갈겨주고 나서 홍은 방을 나선다.

아직도 들어오지 않은 남편한테 홍은 자신이 모으고 있던 비상금의 존재를 비밀로 하지는 않았다. 그러나 여자에게 삼천원 준 것까지 일일이 얘기할 수는 없었다. 홍과 함께 옥화를 겪어본 남편은 과연 여자를 믿을 수 있을까? 홍 자신도 무슨 도깨비에 홀린 것 같다는 생각이 드는데.

예배가 끝나고 사람들이 흩어져갈 때에 홍은 문어귀에서 서성이면서 자신을 기다리고 있는 여자를 보았다. 홍은 짧게 숨을 들이켜며 은행카드가 들어 있는 가방을 집어 안고 자리에서 일어났다. 이왕 도와주기로 한 거, 대답까지 한 거, 해야지…… 그러나 금방 머릿속에서는 다른 목소리가 들렸다. 아니, 내가 왜? 내가 뭐 빚이라도 졌나, 굳이 줘야 하게? 사천원이 누구 껌값이야?

사람들이 모두 문 쪽으로 우르르 밀려가서 예배당 안은 잠시 혼란스러웠다. 여자도 밀려나오는 사람들 때문에 하는 수 없이 문 바깥쪽으로 나간 것 같았다. 그때 누군가 홍의 팔꿈치를 쿡 찔렀다. "집사님, 혹시 그 북한 자매님 만나시려구요?" 훤칠한 키에 몸에 맞는 정장을 입은, 지긋한 나이의 기품있는 여인이었다. "아 네, 최권사님" 하고 말하면서 홍은 어느새 그녀에게 끌려 대열에서 빠져나왔다. "물론 이웃을 도우라고 하나님이 그러셨지만, 우리가 모든 사람들 다 도울 수 있는 게 아니니까, 그렇잖아요? 교회 안에도 도와줘야 할 사람들이 너무 많은데……"

홍은 그 말뜻을 금방 알아들을 수 없어서 벙벙하니 서 있었다. 페인트 회사를 운영하는 사장답게 최권사는 언제 봐도 카리스마가 넘쳤다. "내가 뭐 이래라저래라 하는 게 아니고, 혹시 그 자매님에 대해서 얼마나 알고 있을지 해서요." 사장님이라지만 언제 한번 교회 안에서 그걸로 틀을 차려본 적 없고, 절기면 절기, 행사면 행사 때마다 헌금 가장 많이 내고 어려운 성도들 있으면 자기 호주머니 털어서 도와주는 최권사임을 홍은 잘 알고 있었다.

"어제 우리 목회자 운영회에서 그 자매님이랑 얘기했거든요. 이 상황에서 한국으로 떠나려는 게 무리가 아니냐, 여기서 합당한 일을 찾고 마음 맞는 사람 만나 사는 건 왜 안되느냐고. 참, 여태 그렇게 도와주고 해도 감사하는 마음도 없고, 열심히 해야겠다는 생각도 없고 입만 벌리면 변명에, 돈 달라는 말뿐이니, 쯧쯧." 최권사는 홍을 보며 머리를 저었다.

그리하여 그 여자는 성도로서의 믿음은커녕 인간으로서 기본적인 도덕이나 정직한 양심 따위마저 있는지 의심스러운 사람이 되었다. 홍에게 있어서 사실 그 정보는 새삼스럽거나 받아들이지 못할 만큼 충격적인 것은 아니었다. 그러나 사람들이 거의 빠져나간 뒤 여자랑 만났을 때 머리가 한결 더 복잡해진 것은 사실이었다. 이제 홍의 머릿속은 도저히 실마리를 찾지 못할 정도로 뒤죽박죽이 되어 있었다. 무슨 말을 해야 할지, 뭘 해야 옳은지 아무 결론도 내지 못한 채 홍은 운명에 떠밀리듯이 여자랑 교회 문을 나섰다.

대문 근처 도로변에는 주일이라고 도시 어딘가에서부터 꾸역꾸역 찾아온 거지 서넛이 제법 익숙하게 진을 치고 서 있었다. 거지들은 번화가에서 구걸할 때처럼 묵묵히 앉아 있거나 이마를 땅에 박고 절을 하는 것이 아니라, '하나님은 세상 사람을 사랑합니다'라는 참신한 교회식 표현을 신도들에게 날리고 있었다. 다른 날 같으면 1원짜리 지폐라도 칠 벗겨진 컵 안에 넣어주겠건만 그날은 잔전도 없었거니와 그럴 마음도 일지 않아서 홍은 무표정한 얼굴 그대로 그들을 지나쳐버렸다. "씨발, 예수쟁이라는 게 동정심도 없어?" 적선 한푼 없이 지나가는 홍의 등 뒤에서 거지들은 언제 처량한 거지 신세였나 싶을 정도로 험한 욕지거리를 질펀하게 퍼부어 댔다.

여자는 한 손으로 허리를 짚으며 주춤주춤 홍을 따라왔다. "집사님, 거기 쪼끔 천천히 가시라유." 공상은행 현금지급기가 저만치 보이는 골목에서 여자가 홍을 불렀다. 홍은 시계를 들여다보았다. 세시 반이 아슬아슬하게 넘어가고 있었다. 네시 전까지는 가게에 들어가기로 남편이랑 약속이 되어 있는데 허리를 두드리는 젊은 여자는 저만치서 기신기신 걸어오고 있었다.

"긴데요, 집사님. 정말 미안한데, 당장 바쁜 거 아니머는 그 돈 쪼꼼 더 해주시면 안되갔시요?" 허리가 정말 아픈 건지 얼굴을 찡그리고 간신히 홍 앞으로 다가온 여자가 그 말을 꺼내는 순간, 홍은 은행이고 뭐고 다 집어치우고 그길로 택시를 잡아 떠나고 싶은 충동을 느꼈다.

불을 끈다. 빛으로 충만하던 공간은 순식간에 몰려든 어둠으로 전부 대체된다. 묵직하고 끈적한 어둠은 흡사 방 안의 소리까지도 뒤덮은 것 같다. 홍은 자리에 누워 눈을 감는다. 하루가 지나가고 있다. 하루 동안 있었던 일들도 지나가고 있다. 무엇이든지 간에 모두 지나가기 마련이고 지나간다는 것은 그리 나쁜 일이 아니다. 어쨌든, 여자가 떠났다고 하지 않는가.

그날밤, 홍은 이미 떠나가버린 여자와의 남은 감정을 끄잡아 안고 또다시 혼자 끙끙거리며 연 며칠 꾸었던 비슷한 꿈속을 헤매고 다녔다. "왜 내가 줘야 하지?" 홍이 묻자 "가졌으니까" 하고 여자가 대답했다. 홍은 자꾸 옥화로 변하려 하는 여자를 붙들고 물었다. "그래서 줬잖아, 근데도 뭐가 불만이야?" 하면 여자는 매번 꿈속에서 볼 때마다 그랬던 것처럼 찢어져 올라간 눈으로 홍을 찌뿌둥하니 내려다보았다. "그 잘난 돈, 개도 안 먹는 돈, 그딴 거 쪼꼼 던재준 거 내 하나도 안 고맙다요."

'그딴 거'라니? 어떻게, 어떻게 그렇게 말할 수가…… 홍은 꿈속에서도 가슴이 답답하여 손으로 박박 내리 쓸어보았다. "내도 한국 가서 돈 많이 벌어봐라. 내는 너들처럼 안 기래." 홍의 몰골을 보고 피식 웃던 여자는 급기야 킬킬대며 배를 부여잡고 웃어대다가 옥화로 변하고 말았다.

4, 5년 전, 아직 생전이던 엄마가 비밀스럽게 데려온 여자가 있었다. "야야, 후딱 내래온나. 함 바바라, 아가 참말로 참하다." 흔치 않은 백화점 쎄일을 만나 명품을 헐값으로 사온 듯한 홍분된 목소리였다. 간만에 톤이 활짝 높아진 엄마의 전화를 받고 홍은 퍼뜩 스치는 예감이 있었다. "아무개네도 북쪽 여자 데래왔다더라. 저그 둘이서 논밭 쪼매 부치고 시내 나가서 일도 허고, 얼라도 낳고 그래 살믄 되는 기제. 안 글나?" 그전에도 고향마을에 들렀을 적 엄마가 늘 노래처럼 부르던 말이 생각났다.

지병으로 시름시름 앓던 남편을 잃은 지는 10년도 더 지났고, 요행 별 탈 없이 자라준 맏딸 외에 어려서부터 유약하고 어리숙해 제 구실 한번 반듯하게 해내지 못하는 아들을 둔 엄마였다. 겨우 중학을 마치고 여기저기에서 알바나 견습공 노릇을 해오다가 '배 타는 바람'이 불기 시작해서부턴 줄창 배만 타오던 동생 두석은 그때 이미 서른 중반에 다다른 노총각이었으니 어미의 타는 심경은 더 말할 나위가 없는 일이었다.

"엄마는 참, 속 타는 건 알겠는데, 꼭 그렇게까지 해야 돼?" 하고 홍은 한마디 하려다가 그만두었다. 여태 엄마와 자신이 소개해준 여자가 얼마나 많았느냐는 것이며 두석이 녀석 본인은 한번도 사귀는 친구랍시고 여자를 데려온 일이 없었지 않았나 하는 것과 통장에 잔액 몇푼 없는 집안 여건 등을 고려해볼 때 그 방법을 나무랄 수만은 없었다.

동생의 뒤를 따라 집 안으로 상큼 들어선 옥화는 비쩍 마른데다가 키도 작아서 아직 발육이 덜 된 중학생처럼 보이는 어린 여자였다. 자기 입으로 스물둘이라고 했지만 스물도 차지 않은 듯 보였다. 동생과는 같은 개띠, 옹근 한돌림 차이가 났다.

"어떠냐? 맘에 드냐?" 하고 선을 주선한 아저씨가 물었을 때 두석은 그냥 헤헤 웃기만 했다고 하였다. "아이구 언니, 말도 말라요. 남자란 게 얼마나 비위가 없는지. 10분을 앉아 있는데두 암말 못하는 기라요." 나중에 옥화가 그랬다. 참다못한 옥화가 먼저 "이름이 뭐이래요?" 물었고 동생이 "김두석이오" 하고 대답했단다. 옥화가 "나이는 얼매래요?" 하면 동생은 "서른넷이오" 했고 "식기는 누기누기 있어요?" 물으면 "내캉 엄마캉 누나 있어요" 하는 식이었단다. 그리고 또 한 10분 지나서 대단한 용기를 낸 듯 동생이 쭈빗거리다 물었단다. "이름이 뭐이오? ……나이는 얼매요? ……식기는 누기누기 있어요?"

동생은 옥화를 예뻐했다. 제대로 연애 한번 못해본 동생은 옥화가 들어오자 화색이 돌았다. 불밤송이처럼 긴 머리도 깔끔하게 이발했고 사나흘 가도 엄마 잔소리 없으면 갈아입을 궁리 없던 셔츠도 이틀에 한번꼴로 바꿔 입었다. 옥화랑 쇼핑 다니면서 보는 눈도 변했는지 값싸고 생기발랄한 티셔츠를 골라 둘이서 사이좋게 사 입고 오기도 했다. 친구들과 술자리에 가서는 예전보다 말도 많아졌고 생전 보지 못한 너털웃음을 웃어서 친구들을 놀래기도 했단다.

엄마도 옥화를 안쓰러워했다. 북쪽 어딘가에 있을 친척이 생각나서 그랬을지도 모르겠지만, 엄마는 마음으로 그 아이를 아파했다. "야는 머 먹고 요래뱄에 몬 컸노? 갈비빼가 아릉아릉한 기 우야다 쓰갔나?" 오랜 시간 굶어 고깃국을 먹지 못하는 옥화에게 엄마는 미음으로 시작해 차차 쌀밥에 가물치에 사골에 우족까지 보신에 좋다는 것은 죄 구해 먹였다.

물론 홍도 등한시할 수가 없었다. 아버지를 일찍 여의고 이 집의 가장이나 다름없이 살아온 홍에게 엄마의 살덩어리인 동생과 같이 살아줄 여자였기에 잘해주고 싶은 마음밖에 없었다. 한번씩 고향에 내려갈 때마다 고기면 고기, 귀한 과일이면 과일, 옷이며 책이며 용돈은 물론이고 최신형 휴대폰에 엠피스리까지, 해줄 수 있는 것, 옥화가 부러워하는 티라도 보인 적 있는 것이면 어떻게든 마련해보려고 애썼던 홍이다.

그런데, 어떻게 그렇게 말할 수가 있지? 그 잘난 돈? 그까짓 거 해줬다고? 꿈속에서 여자는 그렇게 웃다가 갑자기 연기처럼 사라지고 홍은 혼자 갈대밭을 헤매고 있었다. 대체 뭐가 불만이야? 그렇게 해준 게 잘못이란 말인가. 얼마나 더 해줘야 한단 말인가.

"집사님, 내 아무리 궁리해두 집사님 얼굴 한번 보고 가야갔시요." 돈을 준 뒤, 여자가 떠나갔다는 소식을 듣기 며칠 전의 어느날, 홍은 여자에게서 연락을 받았다. 그 정 떨어지는 듯한 까칠한 억양을 듣는 순간 홍은 머리가 지끈거려왔다. 또 무엇인가. 받아갔으면 그만이지, 무슨 할 말이 또 남았는가. 어렵사리 돈을 주고도 고까운 책망이나 받을 것 같다는 예감에 홍은 애써 정리한 옷장이 뒤집혔을 때처럼 속이 부글거리기 시작했다. 그래서 "아저씨, 한두번 해본 일도 아니면서 왜 그래요!" 하고 금방 배송 갔다 오는 기사에게 노골적으로 화를 박박 내기도 했다.

"적반하장도 유분수지. 제가 어쩌면 그럴 수 있을까." 한번씩 푸념 삼아 철없는 옥화의 얘기를 꺼내는 엄마와 통화할 때 홍이 가끔 하던 말이었다. 엄마가 본 것처럼 그 아이는 똑똑하고 야무졌다. 몸을 추스르고 나서는 동네 산책도 다니고 동생이랑 시내에 쇼핑도 다니면서 식견을 넓힌 그녀는 아무도 가르쳐주지 않았는데 혼자 한문을 익히고 있었고 컴퓨터도 동생 어깨너머로 찔끔찔끔 배웠다. 급기야 동생이 배 타러 떠난 뒤엔 엄마의 약값벌이를 핑계로 취직시켜달라고 이틀이 멀다 하고 홍에게 졸랐다. "내 이리 젊은 게 집에서 놀믄 뭐한대요? 내두 쫌 벌어 보태야디요."

주위에서는 홍을 말렸다. "처음엔 취직이지? 그다음엔 가출이야. 동생 들어오면 애나 빨리 만들라고 해." 홍도 걱정이 안되는 게 아니었다. 엄마가 늘 부러워하던 아무개네 며느리를 포함한 동네 몇몇 북녘 여자들 태반이 어느날 갑자기 행방이 묘연해졌다는 소문이 퍼지고 있었는데, 개중에는 돌을 갓 넘긴 핏덩어리를 내치고 떠난 이도 있다는 말을 전해들었기 때문이었다.

게다가 옥화의 소행도 홍의 귀에 벌써 몇건 흘러들어와 있던 차였다. 절름발이 윤아저씨네 슈퍼에 엄마 이름으로 달아놓은 외상이며 국수집 이아저씨한테서는 아르바이트비를 당겨써서 되레 빚만 쌓였다는 등등 심기가 언짢아지는 일이었지만 그때까지는 매번 엄마와 상의해서 좋도록 얘기하고 넘겼다.

그래도 설마 하는 마음에 결국 홍은 옥화의 청을 끝까지 뿌리치지 못했다. 하여 1년 가까이 옥화는 홍네 집에서 기거하며 식당과 가게에서 두루 일했고 주일에 쉴 때가 있으면 홍을 따라 교회 예배에 나가기도 했다. 어느날 갑자기 편지 한장 달랑 남겨놓고 떠나가기 전까지……

"내 솔찍히 여기서 좋은 사람들 많이 만났시요. 그만하믄 잘해줬디요. 모도 바쁘게 사는 사람들인데……" 전화로 여자가 말했다. 그러나 홍의 귀에는 그 말들이 진정 고맙다는 인사로 들리지 않았다. '그만하믄'이라니? 그럼 얼마나 더 베풀어주어야 한단 말인가. 왜 이 사람들은 베풂을 한낱 당연한 것으로 생각한단 말인가. 꿈속 여자의 말처럼 단지 '가졌다'는 것이 그 이유가 될 수 있단 말인가.

여자의 전화를 받으면서 홍은 옥화의 눈빛을 떠올렸다. 슈퍼집 외상이나 국수집 빚이나 홍네 거실 책상 위에서 사라진 돈푼들을 물을 때, 옥화는 당당하게 대답했었다. "그거이요? 맞아요, 내가 그랬시요." 옥화의 눈빛은 너무나 당당해서 그 돈의 행방을 묻고 있는 홍 자신이 천박하고 죄스럽게 느껴질 정도였다. 어처구니없어 하는 남편의 불쾌감과 그까짓 것 가지고 힐문한다고 생각하는 듯한 옥화의 고까움 사이에서 홍의 스트레스는 점점 한계로 치달아 올랐다. 자연 옥화에 대한 동정과 이해보다는 짜증과 미움이 날로 커져가서 무의식 중 그녀를 대하는 언행에 그 속마음이 나타났던 것도 사실이었을 것이다.

그것은 여자의 궁한 처지가 딱해서 같이 밥이라도 먹으며 도울 수 있는 방법을 알아보자고까지 마음먹었다가, 그날 현금지급기 앞에서 그만 그 마음을 온데간데없이 잃어버렸던 경우와 마냥 흡사했다. "자매님, 저 이런 소리는 정말 하지 않을려구 했는데요, 글쎄 자매님한테는 이 돈이 얼마나 도움이 되는지 모르겠지만, 저한테도 쉬운 일은 아니거든요. 사정 얘기 다 하면 뭐 끝도 없고, 이해도 잘 안되실 거고, 그래서 여하튼 사천은 안되겠고 삼천만 해드릴게요. 갚으려고 생각지는 마세요. 제가 뭐, 이거 되받으려고 주는 게 아니니까."

옥화의 모습이 자꾸 연상되어서일까, 홍은 그날 여자한테 울분 비슷하게 언성을 높여 그간 불편했던 속을 쏟아내고 말았다. 기계가 뱉어낸 빨간 지폐 서른장을 세서 봉투에 넣어 건네주었을 때 여자는 구푸렸던 허리에서 손을 떼고 곧게 서 있었다. 여자는 아무 말도 하지 않고 봉투를 받아 가방에 넣었다. 홍은 그 얼굴을 슬쩍 훔쳐보고 싶다는 충동을 느꼈지만 그러면 또다시 마음이 약해질 것 같아서 꾹 참았다. 홍이 먼저 돌아섰던가. 여자가 홍의 등 뒤에서 조그맣게 "고맙다요, 집사님" 하고 인사하는 말은 들었다.

자존심이었을까? 그네들이 그렇게 실질적으로 도움을 받고도 제대로 고맙다고 얘기할 수 없는 것은 혹시 상처받은 자존심 때문이었을까? "뭐 군이 다시 볼 일이 뭐가 있겠어요. 자매님이나 무사하게 잘 가시면 되는 거죠" 하고 극력 사양하는 홍의 말에 여자는,

"아니라요, 내 쪼꿈만 집사님 보고 갈 테니께, 상점에서 기다리시라요. 내 집사님 안 보고 가는 날에는 가도 내 속이 절대 안 내래갈 거 같아디요"라며 부득부득 우겼다.

그리하여 마지막으로 여자를 보았던 그날은 마침 삼사년 족히 보지 못한 시형(媤兄)이 한국에서 돌아온 날이었다. 원체 농사만 짓고 살던 위인이라 까무잡잡했던 시형의 얼굴은 그새 거짓말처럼 땟물을 쑥 벗고 허여멀쑥하니 변해 있었다. "어쨌든 물은 그쪽이 좋은가보오." 남편과 시형이 가게 부근의 식당에서 권커니 잣거니 술을 마시는 동안 홍은 이제 곧 들이닥칠 여자의 시답지 않은 방문을 기다렸다. "그래, 그쪽에서 영 눌러사는 사람들도 많던데, 형님은 어떻소?" 남편이 묻는 말에 시형은 독한 술을 한모금 들이켜고는 절레절레 손을 내둘렀다. 거개가 거기서 거기인 얘기들이었다. 힘든 노동, 사람들의 배척과 편견, 보장받지 못하는 인권…… 그리하여 그곳에서의 정착은 아직 미래가 명랑하지 못하다는 게 타국에서 일하는 모든 노무자들의 결론이었다.

시형이 풀어내는 긴 이야기를 들어주는 동안에 여자에게서 버스터미널 이름을 확인하는 전화가 왔다. 옥화처럼 여자도 한문을 웬만큼 익힌 모양이었다. "에이, 못사는 게 죄지. 잘사는 나라에 살지 않는다고 대우가 이렇게 다르니……" 술에 약한 시형은 모처럼 많이 마셔서 혀를 잘 굴리지도 못했다. 오랜만에 혈육을 만난 남편도 한마디 거들고 나섰다. "이제 우리두 잘살아보우. 그땐 형편이 영 달라집지."

"그러게 속담에 용꼬리보다 닭대가리라 했나? 야, 이번 여름에
너 형수랑 같이 들어와선, 우리도 그 뭐냐 가족으로다 여행 가자,
응? 제수씨, 거 왜, 가난하지만 경치 좋은 동네 많잖아요. 거기 가서
우리도 돈 한번 써보자요. 흐흐." 항상 말수가 많지 않던 시형은 그
날 갑자기 마셔버린 독한 술을 미처 소화하지 못해서인지 여느 때
보다 발랄하게 취해 있었다.

우체국 역에 도착했다는 여자의 전화를 받고 나오면서 홍은 시
형의 벌겋게 취한 얼굴을 생각해보았다. 눈만 뜨면 일, 일하는 것
외에 그 나라 일반 국민이 누릴 수 있는 어떤 것도 누릴 수 없는 돈
벌이 기계 같은 생활, 그곳에서 시형네는 몸뚱어리 하나와 불법체
류자의 신분 외에 아무것도 가진 것이 없는 사람들이었다. 여자처
럼? 옥화처럼?

아무도 알지 못하고 아무도 믿을 수 없는 상황에서 시형네는 어
디를 가나 누구를 만나나 자신들의 진실한 이야기를 꺼내놓을 수
가 없었다고 했다. "사람이 말이야, 그 상황에 들어가니까 그렇게
되더라고. 자기는 안 그럴 것 같지? 흐흐. 아니야. 사람은 다 같애."
시형의 발랄한 웃음 속에서 홍은 자기편이 아닌 땅에서 살아가는
이들의 불안함을 보았다.

"언니, 내두 알아요. 언니랑 어머이랑 내게 얼매나 잘했는지 알
아요. 나는 머 암것두 한 게 없다는 거이두 알아요. 내가 가믄 원망
많이 듣겠다는 거두 알아요. 기래두 나는 가야 돼요." 옥화는 편지
에 자신이 반드시 떠나야 하는 이유를 명확히 적어놓지 않았다. 옥
화는 그 동네에서 마지막으로 '떠나가버린' 북녘 여자였다. 그 여

자들 모두 옥화처럼 가야 하는 이유를 아무한테도 말한 적이 없었다. 조국에서 중국으로, 중국에서 다시 한국으로⋯⋯ 그저 떠나가는 게 그들의 바람이었단 말인가.

어쩌면, 하고 홍은 터미널에 서 있는 여자를 향해 손을 흔들어 보였다. 여자도 홍을 알아보고 행인들 속을 헤치면서 그녀에게로 다가왔다. 초행길이라 그랬을까, 낯선 중국인 무리에 끼인 여자는 가방을 두 손으로 부여잡고 온몸이 경직된 채로 걸어오고 있었다. 어쩌면 저런 불안감 때문에 그들은 떠날 수밖에 없었던 것인가. 다시는 불안하지 않을 곳으로⋯⋯

홍은 여자를 데리고 부근의 대형 할인마트 지하로 갔다. 간식거리도 사 먹을 수 있고 다리쉼도 할 수 있는 간이의자가 많이 놓인 공간이 거기에 있었다. "집사님, 미안해요. 바쁜데 우정 나오라구 기래서⋯⋯" 맨입으로 앉아 있기 뭐해 과자나 주스라도 사오려는 홍을 향해 여자는 눈썹을 찌푸리며 완고하게 손을 내둘렀다. "아니라요. 내는 목도 안 마르고 안 먹어도 돼요. 쓸데없는 돈 쓰지 말라요." 여자가 주위 사람 보기 민망스러울 정도로 팔을 억세게 잡아끄는 바람에 홍은 하는 수 없이 겨우 일회용 플라스틱컵에 담긴 오렌지주스를 두잔 시켜놓고 여자와 조심스레 마주 앉았다.

"내 이제 낼모레쯤이믄 한국으로 떠날 거 같애요." 한참 어색한 침묵이 흐른 뒤, 여자가 입을 열었다. "사람들은 여기서 일도 하고 맘에 맞는 사람 만나 살라디만, 긴데 기실 여기서는 하고 싶은 거 아무거이두 못해요. 거기 가므는 합법적으루 뭐이나 할 수 있대니, 가야디요." 여자가 한모금 빨고 내려놓은 컵 벽에서 주스가 주르륵 흘러내렸다. 물은 어쩔 수 없이 아래로 흐르는 법, 홍도 말없이 주스를 들이켰다.

"그날 집사님 얼굴을 보니께네 내 속이 속이 아니래서요"하고 문득 여자가 눈을 들어 홍을 쳐다보았다. 순간 그 눈에서 푸른빛이 번뜩 나오는 듯 차라리 쏘아보는 것처럼 느껴졌다. "내 집에 가서 자는디, 암만 해도 잠이 오디를 않았시요."

홍은 휴지를 찾기 위해 머리를 수굿하고 가방 속을 들여다보았다. 여자의 집요한 눈초리가 자신의 이마 부근에 머물고 있는 것이 느껴져서 심히 불편했다. 이제 시작인가. 왜 나인가. 왜 내가 이런 말들을 들어야 하는가.

"내 지금 집사님보구 머라구 하는 거 아니라요. 내는 그 기도모임에 나가서 집사님 알았디요. 말하는 거이랑 가마이 들어보니께네 하느님께 믿음도 좋고 사람도 참 좋은 사람이다 싶더래요. 기래서 집사님 정도믄 내를 쫌 이해해주시갔나 했디요."

여자의 억양은 "언니, 맞아요. 그거이 내가 기랬시요" 하던 옥화의 목소리처럼 정당하게 들렸다. 홍은 그 말을 하는 옥화의 맑은 눈빛 속에서 그 아이가 자신에 대해 지나친 믿음 같은 것을 지니고 있는 것을 알아채고 깜짝 놀랐다. 옥화는 무슨 배짱으로 홍을 그렇게 믿을 수 있었으며 어쩌다 그렇게 믿었던 홍에게 힐문을 받고 고깝다고 생각하기에 이르렀을까.

"긴데 왜 집사님은 딴 사람들 말으 듣고 내를 기래 생각하는디, 내 속이 점말 안 내래갔시요." 정말 밤잠을 설쳐서인지 여자의 목소리는 점점 갈리고 있었다. "내도 그만한 눈치는 있디요. 집사님

머라 안 기캐도 내 대하는 얼굴 보니께니 이거이 무슨 안 좋은 말
으 들었다 싶었디요. 긴데, 그 사람들 누기 하나 내를 아는 사람이
있시요? 내 머, 이 교회 2년 다녔다 기캐두, 무스 하느님 그런 거이
도 잘 모르고 사람들도 잘 모르고, 또 그 사람들도 내를 잘 몰라요.
기래, 머 쌀이나 김치나 그런 거이는 잘 갖다췄디요. 내 혼자 먹으
므 얼매 먹는다고…… 좌우간 굶지는 않았디요. 일자리도 많이 알
아봐주고 했시요. 내가 이 허리만 안 아프믄 무스 그런 거이 가리
고 하겠시요? 내 주제가 머 이거저거 가릴 주제나 되갔시요?"

열변을 토하느라 여자의 시선은 홍의 이마에서 어느새 옮겨간
것 같았다. 그제야 홍은 슬쩍 눈을 들어 여자의 얼굴을 훔쳐볼 수
있었다. 여자는 매장의 구석, 아직 인테리어를 하지 않아 정전이 된
어두운 벽 쪽을 바라보며 혼자 코웃음을 흥흥 치고 있었다. 그 어
둠 속에서 마치 어떤 무리를 실제로 보아내기라도 한 듯이.

"집사님은 내가 어떠케래 여기까정 왔는디 모르디요?" 비어가
는 컵을 쥔 여자의 손이 그 말을 할 때에 간간이 떨렸다.

"언니, 우리 집에는 아(兒)들이 너이 있었시요. 우에는 언니 둘
이, 내 밑으루 남동생 하나." 자매 둘만 있었다며 가족들 상황은 항
상 어물어물 넘겨버리곤 하던 옥화는 마지막 남겨놓은 편지에 그
리 썼다. "언니 둘이는 시집갔디요. 먹을 거나 잘 먹고 사는디, 발써
굶어 죽었는지도 모르갔고, 남동생은 아직 너무 작아서 머 일으 못
시켜먹고…… 기래서 내가 먹을 거 구해볼라구 나왔시요."

여자는 이제 덤덤해진 눈길로 홍을 건너다보았다. 가장 신랄한
신세 얘기를 꺼낼 때, 여자의 눈빛 속에는 오히려 값싼 슬픔이나

비애 같은 것이 들어 있지 않았다. "……두만강 헤엄채 건너와가 지고 사람 장사꾼한테 붙잡했디요. 인자는 그 사람들도 이력이 나서 옌볜이나 조선족 동네에다 안 팔고 내를 저 하북성 산골 오지에다 팔더래요. 집이라고는 사방 벽에 지붕이라고 대수 걸채놓은데다가, 남자라고는 맨날 일도 못하고 헤벌써 죽채 있는 게…… 거기서 내 혼자 농사짓고 돼지 치고, 살림하고, 그저 죽게 일하고 살았디요. 애새끼도 하나 낳았시요." 여자는 막 말을 배우기 시작한 두 살배기 아들을 늙은 시모와 모자란 남편에게 남겨두고 신새벽 어둠을 타서 도보로 이틀길을 걸어 가장 가까운 기차역까지 나갔다고 했다. 기차에서 우연히 내린 곳이 이 도시였고 정처없이 걷다가 지쳐 쓰러진 곳이 교회 부근인 모양이었다.

"내가 어떤 사람인지 아시갔어요? 내는 내 배로 낳은 내 아새끼도 내삐리고 도망친 사람이라요. 더 말해 머하갔시요?" 이 말을 뱉고 나서야 비로소 여자는 눈에서 힘을 뺐다. 여자의 눈안에서 맑은 액체 같은 것이 순간 조용히 솟구치려다 말았다. "어머이랑 언니랑 내한테 정말 잘해주셨다는 거 압니다. 그것도 모르는 사람은 아닙니다……" 옥화의 편지에서 그 구절을 읽으며 홍은 상처 난 자리에 소금이 뿌려진 듯 마음이 쓰라렸다.

"내는 머 목사가 맨날 말하는 믿음이란 게 어떤 거인디 그딴 거 잘 모르는데, 기래도 이거는 압네다. 한 사람이 어떻다는 거이는 하느님만 아시디, 딴 사람들으는 다 모른다는 거이요. 안 기래요, 집사님?" 밀차 한가득 물건을 실은 젊은 부부가 매장에서 나와 그녀들 곁을 지나쳤다. 젊고 건강하고 배울 만큼 배운, 가진 게 많아 보

이는 사람들이었다. 시형 말처럼 다 같은 사람들이라면, 저 사람들
이 소유한 그 많은 것들은 모두 어디서 온 것이란 말인가.

"내는 머 교회 사람들이는 머가 달라도 다른가 했디요." 잠시 한
눈을 파는 사이, 여자의 목소리가 다시 홍의 귀를 때렸다. 교회 사
람들이라니? 아니, 교회 사람들은 무엇을 가졌기에 다르다고 생각
했을까? '믿음'을 말하는 건가? "……마지막에는 내를 중간에 앉
채놓고 위원인가 머인가 하는 령도(領導, 지도하는 사람)들이 쭉 둘러
앉아서 죄인 심판하듯이 심판합데다. 너는 이래서 아이되고, 너는
이래서 어쩌고…… 그 최권산가 먼가 하는 할마이는, 기래, 그 할마
이가 쌀도 젤 많이 주긴 줬디, 길쎄 나를 보고 하느님도 싫어할 사
람이라고 합데다."

젊은 부부의 묵직한 밀차가 한창 '없는 사람들' 무리를 헤집고
있었다. 부유하고, 학식있고, 덕망있고, 또 '믿음'있는 사람들에게
둘러싸여 죄인이 된 그날의 여자가 눈앞에 보이는 듯했다. 그래서
여자가 받은 것들이 '그 잘난 것, 그딴 거' 따위가 되었단 말인가?
텅 빈 주스컵이 결국 속 보이는 얄따란 플라스틱통이 되어 홍의 손
안에서 푹 물앉아버렸다.

"집사님이 내를 방조한 거, 내 꼭 까먹지 않는다요. 내 이땜에 돈
많이 벌믄, 꼭 갚을 거라요. 기리구 나는 잘살믄……" 여자는 거기
까지 얘기하고 더 하지 않았다. 애초부터 되돌려받으려고 준 돈이
아니라고, 진심으로 그저 여자가 무사하기만 바란다고 홍이 재차
말해주어도 소용없었다. 그같은 상황에서는 여자더러 갚으라고 하
는 것이 오히려 그녀를 존중해주는 일인 듯싶었다.

여자는 자신이 왔던 대로 우체국 역에 가서 반대방향으로 가는 버스를 기다렸다. "내 여직꺼정 누기보구 이런 얘기 해보디르 않았는디, 집사님보구 내 얘기 다 하니께네 인자 내 속이 편안해요." 버스에 오르기 전, 여자가 모처럼 잠깐 얼굴을 펴 보였다.

그러나 여자를 태운 버스가 기우뚱거리며 출발할 때 홍은 그 버스가 뿜어내는 검은 매연에 눈이 매워졌다. "기리구 나는 잘살믄 당신들처럼 안 기래요……" 여자가 뿜어내고 싶었던 마지막 말은 그것이었을까? 그런데 그것은 정말 여자 자신이 말했던 것처럼, 하나님만 아시는 일이 아닐까? 차창 곁에 앉은 여자의 태연한 옆모습을 올려다보면서 홍은 혼자 남아 쿨럭쿨럭 기침했다.

아침이 밝아 눈을 뜨고 일어나 앉는다. 자정을 넘겨 들어왔는지 새벽녘에 들어왔는지, 바로 곁에서 남편이 술냄새를 지독하게 피우며 쓰러져 자고 있다. 어제 또 기사 아저씨랑 같이 물건을 날랐는가, 이마를 짚고 있는 손등에 새로 긁힌 벌건 흔적들이 여기저기 보인다. 무거운 마루자재를 나르랴, 수금날 전에 미리 사장들 접대하랴, 어지간히 피곤했을 것이다. 이 집의 가장이고 여남은명 되는 직원들의 책임자가 아니던가.

남편 곁을 살그머니 떠나 거실에 있는 달력을 보니 수요일이다. 오늘은 무슨 일이 있더라도 기도모임에 가야겠다고 홍은 마음먹는다. 아들을 위해서 남편을 위해서 가게를 위해서, 그리고 길을 떠난 여자의 안전을 위해서.

서둘러 밥솥에 쌀을 씻어 안치며 된장국이나 끓일 요량으로 냉동실에 얼려놓은 시래기를 꺼낸다. 고향에서 먹던 맛이라며 옥화가 참 잘 먹었던 시래기 된장국이다. "혹시 운이 좋아서 한국까지 살아서 간다면, 이 집 사람들 절대 잊어버리지 않을 거라요. 거기서 벌어서 꼭 갚을 거라요." 떠나가기 전, 옥화는 불쑥 홍에게 엄마가 보고 싶다며 고향에 내려가겠다고 했다. 엄마랑 아무렇지도 않게 평범한 이틀을 같이 보낸 뒤, 그 아이는 언제 있었더냐 싶게 연기처럼 그들의 인생에서 사라진 것이었다. 엄마는 옥화의 편지를 마을 이장 아저씨한테서 받은, 끝내 알아볼 수 없는 그녀의 싸인이 적힌 오천원의 차용증과 같이 홍에게 보여주었다.

그해 늦가을, 옥화가 떠나간 집에 돌아온 남동생은 만취 상태에서 오토바이를 타다가 사고를 당했고, 엄마는 아들 녀석의 다리가 완쾌되는 것을 보기 전에 뇌출혈로 갑작스레 돌아가셨다. 홍한테는 오천원의 빚과 엄마를 보낸 슬픔 외에 짝을 잃은 남동생의 허전함을 달래줄 일이 덤으로 남겨진 셈이었다. 옥화는 여태 아무 소식이 없다.

분주한 아침이 시작되고 있었다. 방문을 벌컥 열어 색색거리며 자는 아들 녀석을 소리쳐 깨우고, 씻으라 닦달하고, 밥을 먹여 학교로 내보낸다. 집값이 싼 쪽을 택하다보니 후미진 도시 변두리로 오게 되는 바람에 녀석의 학교까지도 버스로 한시간 거리다. 창고를 지키는 직원에게서 전화가 온다. 물건이 오는 시간이 앞당겨졌다고, 출근길 차들이 밀리기 전에 당장 나와달란다. 말투를 들어보니 고집쟁이 기사 아저씨한테 무슨 불만이 가득 있는 눈치다. 접때처럼 또 어느 직원이 갑자기 그만두는 날엔 큰일이다. 홍은 부리나케 남편을 흔들어 깨우고 부부는 또다시 아침상을 그대로 놓아둔 채 아파트를 나선다.

잠이 덜 깬 남편이 부스스한 얼굴로 차 문을 여는 사이, 홍은 두꺼운 장부를 안고 총총걸음으로 1층 리다예네 뙈기밭을 지나친다. 어제 금방 옮겨놓은 오이모며 토마토모가 훤칠한 키를 뽐내며 줄느런히 서서 아침 햇빛을 받아 마시고 있었다. 밭 변두리 메마른 땅에서도 작년에 떨어졌을 배추씨 같은 것이 야위고 볼품없으나마 용케 싹을 틔워 자라고 있었다.

홍은 시동을 걸고 있는 남편의 옆자리 조수석에 올라가 앉는다. 햇빛은 언제나처럼 뙈기밭 구석구석을 골고루 비추는데, 그 빛을 받은 모종들과 변두리의 싹들이 멀리서 보니 마치 땅에 씌어진 무슨 글씨처럼 보이는 것이었다.

월
광
무

1

덜컹하고 차량이 심하게 뒤채는 순간, 유는 눈을 번쩍 떴다. 징그럽게 쫓아오며 휘감기던 꿈들은 순식간에 날아가버렸다. 어느 꿈속에선가 유는 검붉은 모래언덕과 기이한 바위산이 면면히 솟아 있는 광야를 보았다. 붉은 석양이 온 하늘을 진하게 물들이고 있었고 그 먹먹한 정적의 세계 속에서 자신이 긴 그림자를 끌며 걷고 있는 것이 아스라이 내려다보였다.

머리맡, 거뭇거뭇 손때 묻은 커튼 사이로 좁고 긴 광고지만 하게 뿌연 아침 햇빛이 새어들어오고 있었다. 덜커덩덜커덩…… 기차는 모두가 잊어버린 옛 음률을 외워보기라도 하듯 혼자 웅얼거리고 있었고, 그 반복적인 리듬을 따라 유와 아래위층의 침대 모두 흔들흔들 절주 있게 흔들리고 있었다. 일어나 앉으면 머리가 위층 침대 밑바닥에 닿을 것 같아서 유는 눈을 뜬 채로 반듯이 누워 있었다. 상중하 삼단으로 벽에 붙박인 침대들은 흡사 고향집의 시렁 같았고 그 위에 누워 있는 승객들은 시렁에 얹힌 황태뭉치 혹은 짐짝 같다는 생각이 들었다.

"구강역입니다, 구강역······ 내리실 분들은 환표하십시오." 차량 한쪽 끝에서부터 곧 내릴 승객들을 독촉하는 남자 승무원의 목소리가 다른 이의 꿈속에서 불식간에 불려나오는 소리처럼 비현실적으로 울려퍼졌다. 유가 깬 것을 느꼈던지 아래층 승객이 신경질적으로 휘리릭! 커튼을 열어젖혔다.

유는 엎드려 몸을 반쯤 일으키고는 허리를 구부린 채 손으로 베개 밑을 더듬거리며 휴대폰을 찾았다. 액정 화면에 뜬 시간은 여덟시 이십분. 어젯밤 아홉시 일각경에 차를 탔으니 전여정 서른다섯 시간에서 반의반을 달린 셈이었다. 사다리를 밟고 내려가 1층 침대 밑에 벗어놓았던 슬리퍼를 꿰신는데 누군가 "장강대교다" 하고 속삭이는 소리가 들려왔다. 바닥이 자꾸 꺾이는 일회용 슬리퍼를 끌고 세면실로 가다가 유는 복도의 창문가에 잠깐 멈춰 섰다. 아득히 먼 하늘 끝까지 넓게 뻗은 푸른 강변 숲을 지나 곧 장강(양쯔강)이 나타났다.

중국 제일, 아니 아시아 제일의 강. 나일강과 아마존강의 뒤를 잇는 지구상 세번째로 큰 강. 와— 옆창문에 이마를 맞대고 선 꼬마의 경탄 소리와 함께 유의 뇌리에서는 학창 시절에 배웠던 중국지

형도가 스르르 펼쳐졌다. 청장고원 한복판에서 발원, 무려 11개 성을 경유하며 거대한 닭처럼 생긴 중국대륙을 거의 두동강 낸 굵고 진한 푸른 선, 그 푸른 선이 지금 거짓말처럼 실제로 눈앞에 있는 것이었다.

날씨가 흐려서인지 강물은 생각보다 푸르지 않았다. 무수한 삼각의 철제난간들이 나타났다 사라졌고 그 뒤로 회색빛의 강물이 뿌연 하늘가와 막연히 잇닿아 있었다. 워낙 빠른 속도로 강 위를 달리고 있어서 크기가 실감나지 않았지만 수면 위에 떠 있는 윤선들이 작은 성냥갑처럼 느껴진다는 것을 깨닫고서야 유는 그 넓이를 대충 짐작할 수 있었다. 너무 크고 무거워서일까. 일렁임이 느껴지지 않는 거대한 물 위에서 윤선들은 전진하고 있는 것이 아니라 빠져들고 있는 듯한 착각을 일으켰다.

유는 어깨에 수건을 두른 채 세면실로 들어가 찬물을 틀었다. 심천에서 심양, 심양에서 다시 장춘. 그전에는 비행기만 타고 다녀서 중국대륙을 거의 종단하는 이런 긴 여정의 기차여행은 사실 처음이었다. 경구선(京九線)만 해도 장강을 포함하여 회하, 황하, 해하 네개의 큰 강을 건너야 한다고 들었다. 이런 강들을 사이에 두고 양켠 강둑에 마주 선다면 서로를 위해 흔드는 손이나 스카프는 물론 서 있는 사람의 존재조차도 느끼지 못할 게 아닌가. 생이별이 따로 없겠군, 하고 유는 세면실 벽에 붙은 거울을 쳐다보았다. 거뭇한 얼굴의 초췌한 사내가 반짝이는 거울 면을 사이에 두고 유를 똑바로 쳐다보고 있었다. 살아평생 전 동북지경을 떠돌아다니다 마흔고개를 넘기지 못하고 돌아가신 아버지의 젊은 시절의 얼굴 같았다.

"아빠, 어디야?" 어제 저녁 차에 오르기 전, 유는 아들 녀석의 메시지를 받았다. 좀만 더 자리가 잡히면 하고 벼르다가 서른줄에 들어서야 가지게 된 아이였다. 그 아이가 올해로 열넷의 소년이 되었으니 유는 바야흐로 마흔넷 중년이 된 것이었다. 아이는 두주일 뒤면 중학생이 될 거라고 들떠 있었다.

"어, 밖에 있지." 유는 핏기없이 하얗게 질린 대합실 형광등 아래 간이의자에 걸터앉아 자기 얼굴을 빼다 닮은 아이를 애써 떠올려보았다. 납작한 캐리어 위에 올려놓았던 컵라면 면발이 얼추 풀어졌겠다 싶을 때였다. '밖'이 어디냐고 아이는 더이상 캐어묻지 않았다. 청도, 북경, 상해, 심천…… 고향 도시를 떠나 '하해(下海, 본업을 그만두고 창업을 하거나 다른 상업활동을 하다)'한 뒤의 십수년간, 아이가 물을 때마다 유는 항상 '밖'에 있었다. 아이도 이젠 그런 아리송한 대답에 길이 든 것 같았다. 대신 아이는 혹시 접때처럼 동북의 어느 도시에 들렀다가 잠깐 집에 올 수는 없냐고 넌지시 물었다. 까놓고 말해서 아이는 아버지도 보고 싶었지만, 다른 집 부모들이 사줬다는 새 책가방이 부러운 모양이었다. "중학생들은 초딩들처럼 유치한 가방 안 멘대."

유는 컵라면의 뚜껑을 뜯어버렸다. 벌건 국물에서 뜨거운 김이 모락모락 피어올랐다. "며칠 있다 보자. 일이 잘되면 집에 들를 수 있을지도 모르지." 문자를 보내고 유는 플라스틱 포크로 면발을 휘휘 저었다. 매우면서도 향긋한 강사부(중국의 라면 상표) 특유의 향이

유의 허기진 위를 자극했다.

"뭐요? 그럼 물건은 다 처리했어요?"

"가게는, 정리했고?"

"제대로 다 받았어? 돈?"

"그니까, 애 개학 날짜는 다가오지, 아주버니는 갑상선암 수술 날짜 잡혔다고 만원 먼저 송금해달라지, 매일매일 가시방석에 앉아 있는 거 같은 게 불안해서 어디⋯⋯" 아이 곁에 붙어앉아 실시간으로 남편의 메시지를 확인하고 있었을 아내였다. 연이은 적자에 항목을 바꿔볼 생각이라는 저번 연락 이후, 꼬리 대가리 없이 어쩌면 며칠 내로 집에 들를 수도 있겠다는 남편의 문자에 더이상 궁금해서 못 참겠다는 듯 아내는 숨쉴 겨를도 없이 연거푸 네통의 메시지를 날려왔다.

유는 컵라면을 들고 후룩후룩 면발들을 건져 먹었다. 3원짜리 팥빵이나 6, 7원짜리 야채전병보다는 그래도 뜨거운 국물이 있는 라면이 훨씬 맛있고 든든했다. 콧물과 땀이 동시에 흘러내렸다. "아직 확실한 게 아니니까 기다려" 하고 답장을 보낼까 하다가 유는 그냥 두었다. 외국기업 통역, 영업 경리, 관광상품 도매와 다기세트 수출업에서 이번 의료기기 사업까지, 국영 공기업 단위의 '철밥통'을 버리고 다른 여러 직업을 전전하면서부터 유의 입버릇이 된 말이었다. 그것은 아마 '계획경제'라는 거대체제 속에 안일하게 물들어 있던 인간이 '시장'이라는 자유 속에 빨려들어가면서 부딪친 새로운 당황스러움에서 기인했을 것이다.

계약제이기는 했지만 사기업이나 외국기업의 직원 시절에는 그나마 전보다 배로 많아진 봉급과 보너스 덕분에 선택 잘했다 싶었지만, 언제까지 직장인으로만 있겠냐던 친구의 '충언'을 듣고 혼자 장사를 벌인 뒤로부터는 감을 잡을 수 없는 시장의 불확실성에 '자유'보다는 압력이 점점 더 커져갔다.

편벽한 시골 출신으로 변변한 직장 한번 다녀보지 못한 상태에서 유와 결혼한 아내는 여태 경제적으로 남편에게 많이 의지해왔다. 유가 전국 각지를 떠돌아다니며 일하는 사이, 아내는 혼자 살림을 하고 아이를 키우고 근처 가까운 식당이나 슈퍼에서 아르바이트로 푼돈을 벌었다. 장사를 한답시고 점점 늘어나는 빚에 많이 갑갑한지 아내는 가끔 "나도 남들처럼 한국에 가서 일할까?" 하고 푸념 삼아 말하기도 했지만 시어머니의 건강 때문에, 그리고 홀시어머니가 돌아가신 뒤에는 엄마 손길이 필요한 아이 때문에 매번 혼잣말로 그치곤 했다.

이번에도 유에게서 아무 대답이 없으면 아내는 기다릴 수밖에 없을 것이었다. 아내는 여느 집 여편네들처럼 울고불고 매달리거나 쉴 새 없이 바가지를 긁는 등의 조급함을 웬만해서 잘 보이지 않았다. 아내는 소리 없이, 그러나 남편의 일거수일투족에 항상 긴장하고 면밀히 살피다가 소식이 오면 민감하게 반응하는 그런 유의 여자였다. 때로 아내는 '인내'라는 면에 있어서 어떤 경지에 이른 사람처럼 보이기도 했다. 그런 아내를 보다가 유는 문득문득 소스라치게 놀랄 때가 있었다. 혹시 여자의 인내심이란 바로 남자의 변덕 혹은 불운에서 연마되는 게 아닌가 하는 생각도 유는 해보았다.

유는 바닥에 가라앉은 분 야채 찌꺼기만 남겨두고 동강난 면발과 국물까지 다 마셔버렸다. 된장찌개나 김치찌개, 미역국이나 육개장, 종류 불문하고 그냥 국 한그릇에 김치 한종지면 밥 한그릇을 후딱 비울 수 있는 유였다. 그래도 라면 한컵에 위가 만족한 듯 그르륵 트림이 나왔다. 차가 역으로 들어오고 있는지 크고 작은 여행가방을 든 사람들이 검표구 앞으로 우르르 몰려갔다.

2

아침밥을 파는 식당 승무원이 지나간 다음에 유는 기차역에서 사들고 올라온 컵라면에 뜨거운 물을 받아 복도의 간이탁자에 올려놓았다. 차 안에서 해결해야 하는 끼니는 다섯번, 유는 점심과 저녁 두끼는 차 안의 도시락을 사먹기로 했다. 좁고 기다란 복도의 간이의자에는 유처럼 가운데 침대거나 위층 침대라서 탁자가 없는 치들이 아침을 먹고 신문을 읽느라 띄엄띄엄 앉아 있었다. 얼굴이 크고 눈망울이 툭 불거져나온 장대한 사내가 유의 맞은편에 앉아 흰 빵을 뜯어 먹고 있었다. 방금 전 식당 승무원이 지나갈 때 사놓았을 것 같은 하얼빈 쏘시지며 토란장아찌, 그리고 찻잎을 넣어 삶은 달걀 두알도 탁자 위에 늘어놓고 있었다.

지글거리는 태양빛에 진녹색의 물감이 줄줄 녹아 흐를 것만 같은 남쪽 지방의 짙푸른 들판이 보였다. 크고 작은 하천과 개울, 저수지들도 수없이 지나쳤다. "역시, 남방의 공기는 너무 습해요. 금방 마를 줄 알고 셔츠를 빨아 널었더만 떠나는 날까지 축축한 걸 어쩌겠소? 그냥 가방에 넣어오는 수밖에……" 포크로 면발을 둘둘 말아 입에 넣으려던 유에게 사내가 말을 걸어왔다. 동북사투리가 농후했다. 유는 그냥 멋쩍게 웃어 보였다. 남방 도시에서의 생활이 그다지 익숙지 않은 듯한, 잠깐 볼일을 보고 오거나 여행을 다녀오는 것처럼 보이는 사내였다.

"날씨도 그래. 난 뭐 얼마나 많이 더울 줄 알았는데 비가 자주 오는 탓인지 동북이랑 별 차이를 못 느끼겠더만, 안 그렇소?" 사내는 까맣게 간이 잘 밴 달걀껍데기를 바르며 알고 지내던 사이인 양 스스럼없이 유를 건너다보았다. 늦가을인데도 녹색식물을 많이 볼 수 있어 좋긴 좋다만 사람들이 너무 격식을 차리고 민감하게 굴어서 황당했던 일이 여러번 있었다고 사내는 '기행담'을 늘어놓았다. "식당에서 생선요리를 시켰는데 나 참, 맵게요 아니면 덜 맵게요? 한번 물으면 끝날 일을 가지고 아낙네들처럼 얼마나 수선을 떠는지, 족히 십분 동안 대여섯번은 와서 물었을 거요. 계단이랑 버스의자가 고따위로 좁은 걸 봐서 사람들이 얼마나 쪼잔한 줄 내 미리 짐작했어야 하는데……" 사내는 처음 겪어보는 남방의 풍속을 열심히 떠들어대다가 문득 아무 말 없이 라면을 건져 먹으며 가끔 어색하게 웃어주는 유를 보고 "이거 또 실수했나 모르겠네. 혹시 형씨도 남방 사람인감?" 하고 우려스럽게 물었다.

"아뇨, 남방에서 몇년 살았다만 그 고장 사람은 아니죠." 유가 대답했다. 그제야 사내는 한숨 놓는다는 듯이 하하 웃으며 그럴 줄 알았다, 유가 체구가 작고 약해 보이는데다가 말씨도 평설음이 많아서 남방 사람처럼 보일 테지만 왠지 본인은 처음부터 유가 동북 사람일 거라는 확신이 있었다고 너스레를 떨었다.

"그래, 형씨는 고향이 동북 어디라오? 나는 장춘 시내에 있다만……" 갑자기 말이 봇물 터지듯 많아진 사내는 그 유명한 제일자동차공장 구역에 산다고 했다. 부모님이 모두 평생 그 부속공장에서 근무하셨고 부모님 퇴직 이후 나라의 정책에 따라 본인도 그 일자리를 물려받게 되었으며 친척들 중 고종사촌 둘과 이종사촌 셋, 그리고 육촌 숙부와 처갓집 식구들도 이 공장 여러 부문과 부속회사에 출근하고 있다고 했다. 구내인구 20만명이 넘는데다가 규모 있는 기업만 40개가 넘고 직속 중소학교가 30개 가까이 되는 중국 제일의 자동차산업기지라니까 장춘 사람이라면 그곳에 출근하는 데 대해 대단한 자부심을 갖는 것은 당연한 일이었다. 사내가 침을 튀기며 자신이 다니는 공장은 복지가 어떻게 잘돼 있고, 공장에서 준 아파트는 온수가 얼마나 잘 나오는지에 대해 떠드는 내내 유는 허옇게 퉁퉁 불어오른 라면을 꾸역꾸역 건져 먹었다. 유의 구불구불한 라면 면발들은 검붉은 국물 속에서 사내가 말한 부속공장들 또는 그의 복잡한 친척들처럼 서로 얽히고설켜 한덩어리가 되어 있었다. 한몸뚱이에서 뻗어나간 수많은 촉수를 가진 어떤 연체동물 또는 뿌리에 뿌리를, 가지에 가지를 끝없이 쳐나간 한그루 고목처럼.

흰 빵과 장아찌, 쏘시지와 달걀을 다 먹어치우고 사내는 투명한 보온컵에 진하게 우린 녹차를 마셨다. 사내는 매우 만족스러운 듯 검은색 티셔츠 위로 불룩 솟아오른 배를 슬슬 만졌다. "근디 형씨는 무슨 장사를 하면서 8재(파차이發財, 돈을 벌다)한다오? 출근하는 사람 같진 않은디, 심천에서 올랐다니 거기서 매매하는갑죠?" 유는 대답하기가 애매했으나 아니라고 할 수도 없어서, "두루두루 다 녔죠, 십오년쯤. 심천은 지금 정리하고 들어가는 길입니다만……" 하고 얼버무렸다. 사내는 역시 자신의 추측이 맞았다는 듯 기분 좋게 머리를 끄덕거리고는, 자기는 자동차구역 내의 학교를 다니고 자동차공장에 출근하며, 부모님도 친척들도 처가 식구들도 장춘 지역을 벗어나 살아본 적이 없는데, 여기저기 대도시에서 다 살아봤다니 그것도 재밌겠다며 부러워했다.

"우리 집안도 본디 원적은 산동이라 그랬소. 건국 전, 창관둥(闖關東, 1930년대 전후 산둥 사람들의 둥베이 지역 개척기) 시절에 우리 증조부가 동북으로 들어왔다니 그뒤로부턴 후손들이 모두 쭉 장춘서 살았지유. 위만국(만주국)이 끝장나고 해방이 되고 아직 도시가 아닌 우리 마을에 제일자동차공장이 세워지고 이제 그 공장이 점점 커가는 걸 다 지켜봤으니 다른 데 가서 산다는 건 상상도 못해본 일이오……" 사내의 말본새와 큰 목소리는 마로얼과 어딘가 닮아 있었다.

마로얼의 아버지, 마씨네 할아버지는 유네 조선동네가 생겨난 뒤 동네로 이사 온 최초의 한족이었다. 조상 어느 한쪽이 만족이라는 마씨네는 동네 부근의 황무지를 개간하면서 외로이 살다가 관개수로가 파이고 동네가 커져가자 가족 모두 동네로 이사해왔다. 마씨네 할아버지는 평생 그 지역을 벗어나보지 못했다고 했는데, 두만강 너머 이국땅 조선반도에서 그 동네까지 흘러들어온 유의 할아버지와 오랜 시간 고향동네를 떠나 떠돌이장사를 다니던 아버지를 이해하기 어려워했다. "참, 자리를 한번 옮겨 뿌리내리기가 얼마나 힘이 드는데…… 우리는 일가친척 한번 모여살던 곳을 쉬이 떠나지 못한다만 자네들은 올망졸망 어린것에 연로한 부모님 두고서도 툭하면 떠나네그려……"

마지막으로 사내는 유의 성씨가 남을 유(遺)인지 유랑할 유(流)인지를 말장난처럼 물어보았다. "그래, 시방은 집으루 돌아가는 거쥬? 아무렴, 어딜 가나 제집만 할까." 사내는 이만 자기 침대에 올라가 쉬어야겠다며 의자에서 일어섰다. 아직 면발이 꽤 남은 라면통을 유는 국물째 쓰레기통에 버렸다. 점심때까지 한참 남아 있는 시간을 때우기 위해 유는 신문 한뭉텅이를 사들고 앉았다.

유는 지금 마로얼을 찾아가는 중이었다.

3

서너집 건너서부터 냄새가 진동을 했다. 어디에서도 맡아본 적 없는, 기괴하게 코를 찌르는 강렬한 냄새였다. 아이들은 학교에서 돌아오면 삼삼오오 떼를 지어 동물원 구경을 가듯 마로얼네 창고로 찾아가곤 했다.

사랑채 뒤켠에 덧붙여 지은 헐망한 창고가 있었는데 벽 한면을 틔워놓아 거의 한 창고 가득 찬 거대한 철창우리가 그대로 들여다보였다. 고약한 냄새를 피우며 철창우리 속에서 씩씩 가쁘게 숨을 내쉬며 쉴 새 없이 오가는 그것은 동그란 눈에 둥그스름한 귀를 가진, 검은 빛깔 털의 곰이었다. 곰은 자기 배에 채워져 있는 철판조각을 자주 박박 헤집었고, 둔중한 몸뚱이를 일으켜서는 앞발로 철창을 잡은 채 사람처럼 곧추서서 바깥을 내다보았다.

유는 다른 아이들처럼 곰이 그다지 낯설지 않았다. 곰사육이 유행하던 당시 합법적으로 대흥안령 산속에서 생포되었다는 곰은 유네 옆집, 마로얼의 창고로 옮겨가기 전 유의 막내삼촌이 기르던 놈이었다. 유는 삼촌이 마취제를 맞고 쓰러진 곰 위에 올라타 배에 채워진 철판조각을 들어내는 것을 보았고 그 속의 갈색 액체 담긴 비닐주머니도 보았다. 가는 링거 줄이 비닐주머니를 녀석의 담낭과 연결하고 있어서 구멍이 난 뱃가죽은 늘, 특히 여름이면 누런 진물이 흐르도록 곪아 있었다.

삼촌을 도와 옥수수가루 죽을 먹이기도 하고 철판을 들어낼 때 볼트를 풀도록 스패너를 건네주기도 하던 유는, 삼촌이 캐나다로 떠난 뒤 허리를 다친 마로얼을 대신하여 곰의 배에 올라탄 적도 있었다. 담즙을 빼내기 위함이 아니라 철판과 뱃가죽 사이에 단단히 끼인 녀석의 앞발 때문이었다.

마취제를 놓고 다른 발들을 단단히 묶은 뒤 주둥이까지 막대기를 물려서 끈으로 맸는데도 볼트를 푸는 유의 손은 덜덜 떨렸다. 유는 살아 숨쉬는 거대한 가죽소파 같은 곰의 배 위에 앉아 진땀을 흘리며 갑자기 마취에서 깨어나 자신을 공격하는 곰의 모습을 끊임없이 상상했다. 물론 곰은 깨어나지 않았다. 일이 다 끝나고 풋내기 사육사가 자기 배 위에서 주르르 미끄러져내려와 겨우 정신을 차렸을 때에야 곰은 둥그런 눈을 서서히 떠서 힘겹게 슴벅거렸다.

곰이 이제는 늙은 모양이라고 마로얼이 구시렁거렸다. 마취에서 완전히 깨어났는데도 예전처럼 가슴 위의 철판을 박박 헤집지도, 씩씩 가쁜 숨을 몰아쉬며 철창 속을 부산하게 오가지도 않는 곰을 보니 정말 그런 것 같았다. 곰은 둥그렇고 커다란 궁둥이를 바닥에 깐 채 구석 쪽에 웅크리고 앉아 고향을 그리는 나그네처럼 먼 바깥을 하염없이 바라보았다. 몇개월 더 지난 뒤 웅담즙이 도무지 적게 나와 수지가 맞지 않는다고 마로얼은 곰을 호텔 식당에 팔았다.

그뒤로 한참 지나 곰사육이 불법이 되기까지 마로얼은 다른 곰을 두세마리 더 키웠는데 그래도 순 야생이었던 첫번째 녀석이 돈을 가장 많이 벌어주었다. 시세가 제일 좋을 때 녀석의 건강한 담즙을 비싸게 팔아 막내삼촌은 고향마을에서 처음으로 도시에 아파트도 사고 슈퍼마켓도 하다가 가족 모두 캐나다로 이민을 갔다. 가난한 여러 형제들 중 가장 먼저 새 벽돌집을 짓고 한족의 풍습대로 비싼 지참금을 내고 여자를 데려온 마로얼의 형편 역시 녀석을 키울 때 바뀐 것이었다. 그 때문에 마로얼은 시세보다 낮은 가격에 곰을 넘겨준 유의 막내삼촌에게 많이 고마워했다. 마로얼은 또 방과 후나 쉬는 날 가끔 곰우리에 들러 일손을 거들던 유에게도 늘 호감을 가지고 있어서 힘쓸 남정네가 많은 시간 부재하는 유네 잔일들을 자진해서 도와주기도 했다. 그리고 유는 대학을 나와 직장을 다닐 때 동료나 상사들에게 마로얼의 웅담즙을 추천하여 여러번 팔아주었다.

"……뭐? 뭐가 어찌 되었다고……?" 미처 팔지 못한 의료기기들을 폐품 처리하듯 헐값으로 넘겨버리고 채 갚지 못한 원금과 사업을 시작하느라 여기저기서 빌려 쓴 돈들이 고스란히 빚으로 쌓이게 되자 유는 착잡했다. 그간 여러 도시에서 여러 일들을 하며 돈을 벌었지만 가까운 몇년 사이 줄곧 경기가 좋지 못했던데다가 이번에는 여느 때보다도 상황이 나빴다. 적금은 깬 지 오래되었고 보험금도 몇개월 밀렸으며 재기는커녕 매달 갚아야 하는 아파트 대출금마저 시간을 맞추기 빠듯한데 설상가상으로 선참 나서서 돈을 빌려줬던 사촌형님네가 갑자기 만원씩이나 돌려달라니 일시에 머릿속이 하얗게 비었다.

이제 앞으로는 어떻게 해야 할까? 아내의 푸념처럼 애를 하숙집에 맡기고 둘이서 한국 노가다라도 뛰어야 한단 말인가. 최악의 경우를 대비하려던 차 외국에 나가 있던 친구한테서 동북의 특산품을 수출해보자는 제의가 들어온 것은 그 상황의 유에게 막연하나마 희망의 동아줄 한가닥을 품게 했다. 그렇더라도 어찌 됐든 발등의 불은 꺼야 했거니와 특산품 수출도 우선 투자가 들어가야 다음 단계로 진행할 수 있으니 당장 수중에 적어도 3, 4만원은 필요했다.

유는 매표소 여직원이 넘겨준, 아직 기계의 온기가 그대로 남아 있는 네모난 기차표를 들여다보다가 청도 영업 경리 시절부터 늘상 가지고 다니던 낡은 노트를 뒤졌다. 옛 동창들의 전화번호와 오랫동안 연락이 끊긴 먼 친척들의 주소, 그리고 한때 알고 지내던 거래처 사장과 직원들의 전화번호들이 빼곡히 적혀 있었다. 연락이 닿고 빌려줄 재력도 있는 사람들에게는 이미 한두번씩 손을 내

민 적이 있던 터였다. 노트에 적힌 이름과 함께 그 주인의 얼굴을 하나하나 떠올려보다가 유는 어느 책장 빈 구석에서 희미하게 바래가는 마로얼의 전화번호를 보게 되었다. 유는 잠깐 망설이다가 번호를 눌렀다. 신호는 한참 뚜— 뚜— 날아가다 쉭쉭 출처를 알 수 없는 조잡한 소리들 속에서 어영부영 끊어졌다. 거푸 세네번을 걸어보았지만 매번 통신상태가 좋지 않아서인지 통화는 끝내 이루어지지 않았다.

마지막 짐을 정리하고 셋집 열쇠를 주인한테 반납한 후 기차역으로 가는 택시에 앉았을 때에야 마로얼한테서 전화가 왔다. "이게 누구가? 진짜 오랜만이네. 그동안 어디메 있었나……?" 마로얼의 흥분한 목소리는 여전히 쉭쉭거리는 잡음 속에 묻혀 있었지만 그래도 알아들을 수는 있었다. "내 여기 오진 시골이라서 신호가 엿같다, 이러다 갑자기 뚝 끊어질지도 모르께, 빨리 말해봐. 무슨 일이나?" 유는 아파트단지가 들어선 농촌동네를 떠나 깊은 시골마을로 이사 간 마로얼을 마지막으로 만난 날을 떠올렸다. 좋은 이웃이었던 유네 가족을 내내 기억하고 있다고, 언제든 도움이 필요하면 얘기하라던 마의 장담도 상기했다. 그래서 유는 용기를 내어 말했다. "……마거(馬哥, 마형), 내가 지금 상황이 안 좋아서 그러는데, 연말까지 돌려드릴 테니 돈 좀 빌려주슈……"

마로얼은 금방 대답하지 않았다. 골짜기에 불어치는 바람 소리처럼 쉭쉭하는 잡음이 크게 들려왔고 유는 전화기를 들고 조용히 기다렸다. 유는 북경에 있을 적, 일본 손님한테 마로얼의 웅담을 담낭째 고가로 팔아주고 마진을 챙겨가지 않았던 일을 애써 생각했다. 그리고 언젠가 한번은 마로얼 본인이 마진을 약속해놓고 다른 사정이 생기는 바람에 여적 이행해주지 않은 일도 되살려보았다.

"그래, 여기저기 다니매서리 돈 버느라 힘들었겠구만…… 일단 와봐. 먼 방법이 있……" 거기까지였다. 마로얼의 목소리는 띄엄띄엄 단음절로만 들리다가 그마저도 완전히 잡음 속에 사라져버렸다. 뚜우— 속내를 알 수 없는 신호음만 남았다. 전화기를 주머니 속에 집어넣으며 유는 그 속에 들어 있는 기차표를 만져보았다. 더이상 심천에 남아 있을 이유가 없었으므로 상황이 좋지 못한 친구에게라도 가볼 심산으로 샀던 표였다. 심천에서 동북까지 가는 기차는 심양이 종점, 장춘이나 하얼빈 그 이상의 북쪽 도시로는 경구선이나 경호선(京滬線) 모두 아직 통하지 않았다. 심양에 내려서 다시 연락해봐야 할 것이었다. 마로얼은 지금도 그 시골마을에서 살고 있을까. 그러나 행여 그 마을이 아니더라도 멀리 가지는 않았을 것 같았다. "증조부 때부터 살아오던 땅인데 내가 어드루 가겠어?" 제일자동차 구역에 산다는 옆칸 침대의 사내처럼 마로얼도 그렇게 말했기 때문이었다.

4

옹근 하룻낮이 지나고 기차에서의 두번째이자 마지막 밤이 시작되었다. 그동안 기차는 스무개 남짓한 차량들을 이끌고 도시와 들판, 하천과 저수지, 그리고 우중충한 산악지대를 가쁘게 달려 지났다. 회하도 지났고 황하도 건넜다. 기차가 골짜기에 이르러 둥글게 몸을 휘며 산을 에돌아 달릴 적에는 차창 밖으로 좁고 기다란 꼬리 부분이 멀리 보이기도 했다. 스피커에서 기차가 경과하는 역 이름이 들릴 때마다 유는 넓게 펼쳐놓은 지도 위로 꼬물꼬물 기어가는 굼벵이를 떠올렸다. 자기 그림자가 유일한 벗인 한마리의 외로운 버러지를.

회하를 지나면서부터 명색이 북방이라 약간 서늘해진 듯싶던 실내 온도가 밤을 맞으면서는 본격적으로 오소소 한기를 느낄 정도로 떨어져가고 있었다. 유는 침대 위에 누워 뒤통수에 깍지걸이를 한 채 차창 밖을 내다보았다. 하늘로부터 두껍고 무거운 어두움이 북방의 성읍들 위에 둥그런 장막처럼 내려앉았다. 별은 많이 보이지 않았다. 작은 역들을 지나칠 때 잠깐씩 가로등 불빛이 차 안으로 희미하게 비쳐들 뿐이었다.

창문 유리에 모래알이 흩뿌려지는 듯한 소리가 싸르륵싸르륵 들려왔다. 가늘고 차가운 빗줄기였다. 유는 담요를 끌어당겨 가슴께까지 덮었다. 차 안이라도 '밖'이 아닌 것이 일단 다행스러웠다. 이불 속에서 옆구리가 간질간질해났다. 2년 전쯤 광주에서 다기세트를 수출하던 시절, 터질 임박에 이른 맹장을 떼어낸 수술자국이었다. 일기예보 따로 볼 것 없이 비만 오면 무릎을 두드리던 어머니가 생각났다. "그래, 어디 니가 한번 두들겨봐라. 갠 날은 살 만허다가도 흐린 날만 오면 요러고 아프니…… 살아평생 갠 날이 더 많을까 흐린 날이 더 있을까. 대체 이놈의 관절은 어느 때야 안 쑤실꼬?" 평소엔 그런 내색 없다가도 특히 궂은비 내리는 날이면 어머니는 처마 밑 평상에 걸터앉아 넋 놓고 담장 밖을 내다보셨다. 주룩주룩 처마 밑에서는 빗줄기가 끊어진 구슬알들처럼 방울방울 떨어졌고, 수렴 같은 빗줄기 뒤로는 담장 너머 동구 밖으로 통하는 마을길이 보이게 항상 열린 사립문이 있었다. 어머니한테 있어서 흐린 날 관절염처럼 가슴이 쑤시는 사람은 아버지라는 것을 유는 커서야 알았다.

어린 유의 기억 속에 아버지는 자주 집에 없었다. 아이들이 아버지와 어머니를 가장 쉽게 찾을 수 있는 곳은 인민공사의 사양실이었는데, 거기에서는 온 동네 어른들이 모두 모여 봄철 모내기에서 가을 탈곡과 방아질까지 할 수 있는 농사일을 전부 같이 했다. 아이들은 동네 중앙에 커다랗게 운동장처럼 다져놓은 빈 땅을 가리켜 '탈곡장'이라고 불렀다. 가을 신걱질이 끝나면 탈곡장에는 산더미 같은 볏단들이 쌓여 있고 십수대의 탈곡기가 뽀얀 볏짚먼지를 날리며 돌아가고 있었는데, 친구들은 높은 볏단 위에서나 탈곡기 앞, 혹은 낟알을 털어낸 짚단을 묶고 있는 어른들 틈에서 용케 자신의 아버지와 어머니를 찾아냈다. 삼각수건을 쓰고 팔토시를 끼고 마스크까지 하고 있더라도.

배가 고프거나 심심하거나 혹은 그냥 친구들을 따라서 유도 탈곡장에 자주 갔다. 그러나 거기서 유가 찾을 수 있는 사람은 항상 어머니 한사람뿐이었다. 유는 한번도 어머니와 아버지가 나란히 앉아서, 혹은 서서 일하는 모습을 본 기억이 없었다. 소학교에 입학하고 인민공사가 흩어지며 중학교 기숙사에 이불짐을 옮기고 개체호(個體戶, 도시 지역 자영업자)들이 신속히 치부할 때에도.

마을 유치원에서 집으로 돌아오던 어느날 재밌는 행상이 동네에 들렀다는 얘기를 듣고 친구들과 뛰어가 창문 밖에서 구경한 적이 있었다. 어른들, 특히 아낙들이 오구작작 모여 있는 가운데 어떤 깡 마른 남자의 옆모습이 잠깐잠깐 보였다. 남자가 무슨 육담을 했는지 어른들이 와자그르르 서로의 어깨를 치며 웃음을 터뜨렸다. 말린 미역, 황태뭉치, 그리고 새 플라스틱 그릇을 껴안고 나오던 뒷집 아줌마가 유를 보고 말했다. "야 성택아, 너그 아버지 와서 좋—겠네!" 유는 그 말을 듣고 화들짝 놀라 집으로 도망을 갔다. 등 뒤에서는 "경자 언니 오늘은 좋—겠다—" 하고 깔깔거리는 아줌마들의 웃음소리가 요란하게 들려왔다.

아버지는 유에게 새 옷과 새 공책, 그리고 도시 애들이 쓴다는 귀한 샤프연필과 장난감을 주고 갔다. 유를 알아보고 두 손을 유의 좁은 겨드랑이에 껴넣어 자신의 머리 위까지 높이 추켜들면서 아버지는 소리 내어 웃었다. 그러나 아버지는 어쩌다 놀러 온 먼 친척처럼, 또는 안면을 익히고 지내는 다정한 손님 아저씨처럼 언제든지 떠나갔다.

"……예, 맞슴다…… 나그넴다……" 얇은 벽을 사이 두고 옆칸 침대 쪽에서 익숙한 방언이 나직이 들려왔다. 동네 아줌마들이 쓰던 말투 중에서 가끔 들은 적이 있던 연변사투리였다. '나그네(손님, 성인 남자 또는 남편)'라는 단어에 유는 풋 웃음이 나왔다. 오후나절이 되어서 차에 오른 승객들이었다. 저녁, 매운 소힘줄을 안주 삼아 맥주를 마시려고 옆칸 복도의 간이탁자에 앉은 유를, 옆칸 1층 침대 좌우 양켠 자리를 차지하고 도시락을 먹던 남자 둘이 흘낏거렸다.

"장로님, 저 나그네도 매운 소힘줄 맛으 아는가봄다? 우리 옌볜 특산인데." 왜소한 체구에 밝은 색조의 셔츠를 받쳐입은, 이십대 후반으로 보이는 젊은 남자였다. "그려? 동북 사람들은 조선족 음식 다 잘 먹잖여?" 옆머리가 희끗해진 지긋한 나이의 남자는 대수롭잖게 넘겨버렸다. 그들은 유가 다른 승객들처럼 자신들의 방언(조선어)을 알아듣지 못하는 줄 알고 유의 면전에서 두어마디 평을 곁들였다. 기분이 묘하기도 하고 헛웃음이 나오기도 했다.

두사람은 '신앙'에 대해서도 열심히 떠들었다. 그 부분은 아무래도 알아들을 수 없었다. 도시락을 다 먹고 커피를 마시다가 늙은 남자가 그랬다. "근데 김전(김전도사)은 그냥 연길 본교회 남아서 목회하지, 굳이 형수까지 가서 개척이야?" 젊은 남자가 대답했다. "제가 젤 좋아하는 사람이 바울이 선교삼다. 제두 바울이 선교사처럼 나가서 한번 열심히 복음으 전해보고 싶슴다. 한번밲에 없는 짧은 인생이잖슴가, 이왕 할 거면 화끈히 해볼 검다!" 불붙는 듯 뜨거운 열정과 왕성한 생기가 젊은 남자의 얼굴에 퍼져나갔다. 고향 도시를 떠나 '하해'를 선택한 당시의 유와 동네를 떠나간 수많은 사람들의 얼굴처럼 .

"그려? 그래, 개척 멋있지…… 외롭고 힘든 싸움일 테지만 말야" 하고 늙은 남자가 말했다. 맥주병을 다 비운 유가 자리에서 일어나는데 이번에는 젊은 남자가 물었다. "긴데 장로님은 한국에서 언제 미국 갔슴까?"

동네에서는 유의 할아버지가 마을을 개척한 사람들 중 리더였다고 했다. 전쟁이 한창이었고 세상이 어지러워서 할아버지네 고향 조선반도에서는 살길을 찾아 만주벌로 떠나온 사람들이 적잖았다고 했다. 어린 할아버지는 부모님을 따라 두만강을 건너왔지만 전설의 만주벌까지 들어오지는 못하고 연변의 벽촌에 머물러 성장했던 것이다. 총대를 메고 달릴 수 있는 나이가 되자 할아버지는 어린 전사가 되어 군부대를 따라다녔고 전쟁이 끝난 다음에는 공식적인 중국인으로 어영부영 한 가정의 가장이 되어서 수전(水田)을 풀 수 있는 땅을 찾아 여기저기 돌아다녔다.

그리하여 할아버지처럼 새 땅을 찾던 사람들이 아득한 평지를 가진 유의 동네에 모인 것이었다. "만주벌이라더니, 바로 여기를 말하는 게로구먼." 할아버지의 얼마 남지 않은 생은 바로 그 무연한 갈밭을 기름진 논밭으로 가꾸는 일에 쓰였는데, 그러나 관개수로를 파고 갈밭을 뒤엎고 한뙈기 한뙈기 푸른 논을 일구어 벼농사를 지을 즈음에 인민공사가 생겨나서 땅과 밭은 모두 나라의 것이 되었다. 말년의 할아버지는 오래도록 풍으로 앓으시다가 그 논밭의 경작권이 다시 개인에게 돌아가는 시대가 채 마무리되기 전에 이 세상을 마감했다.

"아버지, 아버지도 다른 아버지들처럼 어디 가지 말고, 집에 있으면 안돼요?" 두석달 걸러, 혹은 반년이나 더 오래 걸러 한번씩 집에 와서 머물다가 다시 길을 떠나곤 하는 아버지에게 유는 떼를 썼다. 아버지는 집에 머무는 동안 유를 데리고 여름이면 도랑에서 미꾸리며 붕어새끼를 반두질해서 잡았고 겨울이면 그물덫을 놓아 참새를 잡아 구워주었다. 가을이면 메뚜기를 비닐봉지 가득 잡아 튀겨주었고 불쏘시개 할 계절에 맞춰 오면 다른 애들 부럽잖게 학급 난로용으로 한포대 가득 콩뿌리를 해서 학교까지 가져다주기도 했다. 아버지가 집에 머무는 동안의 느낌은 든든하고 완벽해서 너무 좋았다. 유는 그 느낌을 조금이라도 더 오래 간직하고 싶어 늘 동구 밖까지 아버지의 품에 안겨 따라갔다.

"그래, 나도 우리 아버지한테 많이 떼썼더랬지, 어디 좀 나가지 말라고……" 아버지는 어린 아들의 갑삭한 몸을 꼭 껴안고 성큼성큼 걸어갔다. 음머음머 마씨네 할아버지가 맡아 기르던 인민공사의 젖소무리들이 동구 밖 길가에서 평화롭게 풀을 뜯고 있었다. "바람이 차니 애 데리고 들어가우. 막내는 상기 장가두 못 가 철이 없으니 형수님이 힘드실 거유. 자주 들여다뵈구, 노인네 시중두 드셔주우…… 일이 잘되면 내 일찍 돌아오지 않으리……" 아버지는 멈춰 서서 유를 어머니 곁에 내려놓았다. 동구 밖 들바람이 어머니의 귀밑머리를 어지럽게 흩날렸다. 매번 그랬다. 어머니와 함께 서서 동구 밖 길 위 아버지의 등이 점점 작아지는 모습을 지켜보는 것은 슬프고 눈물 나는 일이었다. 어미 젖소들 사이에서 천방지축 뛰어다니던 마씨네 새끼 젖소들은 도무지 영문을 알 수 없다는 표정으로 유네 가족을 빤히 쳐다보았다.

"오우— 그러니까, 저 보따리장사 나그네가 경자 나그네요? 저래 돌아다니므 누기 공수(인민공사에서 주는 점수)를 준다오? 세사이 이런데 장사는 무스, 게두 공사에 붙어사는 게 낫지, 아이 그렇소?

쯧쯧쯧……"동네로 이사 온 지 얼마 되지 않은 화룡 아지매가 어머니를 보고 혀를 끌끌 찼다.

치익칙— 기차가 속력을 늦췄다. 빗줄기는 한결 가늘어졌다. 기차는 플랫폼에 겨우 대여섯명 정도의 여객이 서 있는 작은 시골역을 천천히 지나쳤다. 누런 가로등 불빛 아래에서 가는 빗방울들은 먼지처럼 날리고 있었다. 유는 창문 쪽으로 돌아누워서 무심히 바깥을 내다보았다. 자정이 가까워오는 비 내리는 밤, 바깥의 여객들은 전부 두꺼운 점퍼를 걸치고 있었다. 그들의 발 곁에 놓인 짐보따리들은 크고도 많았다. 도시로 일하러 떠나는 농민공들이 분명했다. 그들을 하나하나 차례로 지나치고 나서 가로등 불빛은 사라지고 기차는 다시 어둠속에서 속력을 높이기 시작했다.

"……그래, 집에서는 알고 있는가?" 잠기에 젖은 늙은 남자의 목소리가 벽 저편에서 가느다랗게 들려왔다. "머, 개척하겠다는 말으는 마이 했슴다. 겐데 이래 먼 델루 간다는 거는 아직 모름다……" 후— 하고 젊은 남자가 한숨을 쉬는 것 같았다. "그려, 한 반년 자리 잡고 있다가 다 데려와야지, 애가 한돌이라며?" 늙은 남자의 목소리는 점점 낮아졌다. "맞슴다, 이번에 집에 가므는 얘기할려고 생각했슴다. 겐데 일이란 게 어디 사람 마음대로 됩디까, 하나님이 허락해주셔야……" 젊은 남자의 목소리도 간간이 들리다가 이내 차 안의 전등빛과 함께 끊겼다.

고요한 어둠속, 얼마 지나지 않아 위칸과 아래 침대, 옆칸 어디에서인지 코를 고는 소리, 푸— 하— 숨을 내뱉는 소리, 그리고 오드

득오드득 이 가는 소리들이 간헐적으로 들려왔다. 유도 눈을 감고 잠을 청했다. 덜커덩덜커덩 기차 바퀴가 레일에 부딪치는 소리가 자장가처럼 들렸다. 한밤 자고 깨어나면 이른 아침 심양북역에 도착하겠지, 거기에서 다시 마로얼네 집까지는 기차와 버스를 몇번 더 갈아타야 할 것이었다.

　유는 한밤중까지 뒤척이며 옅은 잠 속에서 헤매다가 결국 기차가 종점에 도착하기 15분 전에야 화들짝 깨어났다. 미리 일어나 세면실을 다녀온 승객들 때문에 차 안에는 수돗물 비린내가 가득했다. 플랫폼에 서 있는 리어카 위에 새로 포장된 월병들이 무득무득 쌓여 있는 것을 보고서야 유는 다음날이 중추절인 줄 기억했다.

5

　단풍이 울긋불긋 마구 들지는 않았지만 길가 가로수들에서 맥없이 날려 떨어지는 낙엽은 많아지고 있었다. 이맘때면 동북의 도시에서 흔히 볼 수 있는 풍경이었다. 중추절 전후로, 특히 10월 1일 국경절이 겹칠 때 두세주일 동안 바짝 단풍이 들고 그 단풍 든 이파리들이 큰 빗자루로 후려쳐내리듯 우수수 떨어지는 모습은 이런 곳에서 성장한 유에게 매우 익숙한 것이었다. 유는 심양북역에서 KTX를 타고 두시간 반 만에 장춘에 내렸다. 건조하고 서늘한 공기에 어두운색 계열의 전형적인 북방 도시, 유는 무뚝뚝한 승무원들과 큰 목소리로 거리낌없이 호객하는 택시기사들의 표정에서 일종의 안도감을 느꼈다. 장춘은 늘 그랬으니까.

서걱서걱 뒹구는 낙엽들 위로 캐리어를 끌고 가다가 유는 기차역 근처의 식당들 속에서 자그만 죽집을 찾아냈다. 유는 죽집에서 훈둔 한그릇을 시켰다. 말간 닭육수에 송송 썬 파와 잘게 썬 고수잎을 동동 띄운 만두국이었다. 국물은 뜨거웠다. 오랜만에 느껴보는 따스한 인정 같은, 배 속이 얼마간 든든해지는 맛이었다. 그래서인가, 아버지도 뜨거운 국물을 많이 좋아하셨다. 투명하게 잘 익은 훈둔 하나를 입속에 넣으면서 유는 창밖을 내다보았다. 몇가닥만 유난히 노래진 산발의 버드나무가 희슥희슥 때 이른 새치가 있던 아버지의 머리카락 같았다.

시래기를 듬뿍 넣고 돼지껍질 한조각이라도 넣어서 어머니가 된장국을 푹 끓여내시면 아버지는 뜨거운 국그릇에 마른 고춧가루를 한술 뿌려 땀을 흘리며 드시곤 했다. "어, 이게 얼마 만에 먹는 집밥이여? 택아, 너 어머이가 된장국 하나는 기가 막히게 끓인다는 거 알아야 헌다. 그러니 내가 이 맛에 집으로 돌아오는 거지. 흐흐……" 어머니의 정성 들인 밥상을 받고서, 또는 언제든 오시면 펴주려고 다듬이질해놓은 깨끗한 이부자리에 들어서 아버지가 짓는 흐뭇한 웃음은 꾸며낸 것이 아니었다. 뜨끈한 아랫목에 누워서 노곤노곤 잠이 든 유가 어머니와 아버지의 기척에 간간이 눈을 떠보면 때로 두 사람이 나란히 머리를 맞대고 속닥속닥 얘기하는 모습을, 때로는 얼마쯤 떨어져서 언성을 높이며 다투는 모습을 보기도 했었다. 어떤 날은 정말 씨름을 하는 건지 두사람 모두 이불을 머리끝까지 덮어쓰고 그 안에서 꿈틀꿈틀 요동을 치는 것이었다.

유는 그들의 이불 속에 들어가 똑똑히 보고 싶었으나 매번 무겁게 쏟아지는 잠 때문에 그렇게 해보지 못했다. 어린 유가 느끼기에도 그런 날의 아침 밥을 짓는 어머니는 그 어느 때보다도 활기차고 아름다웠다.

그럼에도 가을날 떨어지는 낙엽처럼 때가 되면 아버지는 왜 어김없이 떠나가야 했을까. 문혁이 터지면서 대학 갈 기회를 놓치고 당의 호소에 따라 전국순회를 떠나던 것이 방랑생활의 발단이 되었다는 구실은 그만 댔으면 싶었다. 개인의 노동을 억압하고 그 노동의 성과를 인정하지 않았던 집체노동의 시대—인민공사의 체제 자체에도 모든 책임을 지울 순 없었다. 그 시절은 국민 모두가 힘들었던 가난한 시절이었지만 그렇다고 동네 사람들 모두 그 시절 인민공사를 떠나 아버지처럼 떠돌이 장사꾼의 삶을 택한 것은 아니지 않은가.

혹시 아버지는 집에서만 맛볼 수 있는 그 저릿한 행복의 느낌을 위해 일부러 오랫동안 떠돌았던 것은 아닐까. 개인 소유권이 얼마간 회복되고 시장이 나날이 활기를 띠자 제대로 사업 좀 해보기 위해 돌아온 서른아홉살의 아버지를 보며 중학교 2학년이던 유는 그렇게 생각해보았다.

죽집을 나와 시외버스 터미널로 가면서 유는 마로얼에게 전화를 걸어보았다. 시골 농군들에게는 이른 시간이 아닌데도 마로얼의 전화는 여적 꺼져 있었다. 터미널은 소박한 차림의 시골 사람들로 북새통을 이루었다. 도시에 나와 일하던 사람들이 흩어졌던 가족이 한데 모이는 중추절을 맞아 고향에 내려가는 것이었다. 매표구에서부터 터미널 입구까지 길고 긴 대열이 몇겹 겹쳐놓은 밧줄처럼 구불구불 이어져 있었다. 유도 그 대열에 합세했다. 월병세트박스며 대형 슈퍼에서 샀을 것 같은 선물구럭들을 줄레줄레 들고 그 경악스러운 상황 속에서도 사람들은 생각보다 잘 버티고 있었다. 유는 순서를 기다리는 긴 시간 동안 간간이 마로얼에게 연락을 해보았다. 그러다가 짜증과 피곤이 덕지덕지 발린 매표구 직원의 얼굴을 마주하고는, ○○시 한장이오 하고 말할 수밖에 없었다.

할아버지의 '만주벌'이 개척되던 곳, 아버지와 유가 태어나고 또 그들이 떠났던 동네, 그 동네를 변두리 교외에 두고 있던 자그만 도시였다. 유는 다시 길고 긴 줄 끝에 서서 버스를 기다렸다. 어머니가 건강히 살아 계셨을 때만 해도 늘 타고 다니던 버스였다. 장춘역에서는 하루에 여러번 기차도 있었지만 30, 40분에 한번꼴로 오는 시외버스가 더 편했다. ○○시가 확장되면서 도시 근교에 있던 동네와 아득한 논밭은 모두 고층 건물들과 도로로 덮였다. 건강이 아주 좋지 않아 며느리가 모셔갈 때까지 어머니는 동네를 허물고 그 터에 지은 아파트에 홀로 사셨다.

개발업자의 포클레인들이 으르릉거리며 동네의 집과 창고들을 허물 때 끝까지 남아 동네를 지킨 사람은 마씨네 형제들이었다. 사실 아파트가 들어서기 전부터, 그러니까 시장이 자유로워지며 국경 또한 느슨해질 때부터 동네 사람들의 새로운 이주는 이미 시작되었다. 살기 좋은 곳을 찾아 멀리 산을 넘고 물을 건너오던 당시처럼 또다시 더 살기 좋다는 곳으로 떠나가는 것이었다. 청도, 북경, 천진, 상해 그리고 한국, 일본 혹은 캐나다나 미국으로.

　동네는 예전 같은 활기를 점점 잃어가고 1세대 이주민들이 인생을 걸고 일구어놓았던 논밭은 나날이 위축되던 중이었다. 돌아가신 아버지의 뒤를 이은 마씨네 형제들만이 그 어수선한 분위기 속에서 줄곧 꿋꿋이 자리를 지켰다. 그들은 말없이 젖소를 키우고 젖소 우리를 짓고 담장을 쌓고 옥수수밭을 넓히며 모든 집들과 창고와 젖소 우리와 밭들이 도시에 점령당할 때까지 극성스레 버티었다. 수도가 끊기고 전기마저 차단되며 이루어진 치열한 협상 끝에 그들은 동네 누구보다도 많은 보상금을 챙겨 가졌지만 그것을 별로 득의해하지도 않았다. "우리는 마, 조상 대대로 땅 파묵고 살던 사람들 아인겨? 땅을 떠나서 어케 살라고 그런간?"

　그뒤, 마로다는 남아 있는 젖소무리를 이끌고 인근의 동네로 이사 갔고 중학생 아이들을 둔 마로싼과 마로쓰가 남아 아파트에 입주했다. 그리고 마로얼은 먼 친척이 살고 있다는 그 편벽한 시골마을로 이사해간 것이었다. ○○시의 버스터미널에서 낡은 소형버스를 타고 두시간 넘게 들어가야 하는 거리의 산동네였다.

　점심나절이 되어서야 유는 겨우 버스에 올라탔다. 좀더 편하고 좋은 자리를 얻기 위해 버스 입구에서 승객들끼리 약간의 몸싸움이 있었다. 유는 캐리어를 화물칸에 두지 않고 버스에 들고 올랐다. 차지한 자리 위 선반에 배낭과 함께 캐리어를 올려놓고 나서야 한시름이 놓였다. 마로얼이 아직 그 시골마을에 살고 있는 한 노선은 틀리지 않을 것이었다. 유는 점심을 때울 요량으로 삶은 옥수수와

물 한병을 주문했다. 연 사흘 차만 탄 탓에 배는 더부룩하니 허기가 느껴지지 않았다.

"아빠, 어디야? 집으로 오고 있어?" 버스가 떠날 즈음에 아이한테서 메시지가 왔다. 유는 그 문자들을 물끄러미 바라보았다. 유가 집에 있는 동안은 신이 나서 유의 둘레에만 졸랑졸랑 붙어 있는 아들이었다. 오랜 시간 떨어져 있는데도 아이는 늘 엄마보다 유를 더 좋아했다. 아이는 유가 청도에 있을 적엔 청도의 일기예보를, 북경에 있을 적엔 북경의 일기예보를 매일 체크했다. 장사가 호황을 이루던 몇년간 유는 방학 때마다 아이에게 비행기표를 보내 천안문과 만리장성, 장가계와 계림 같은 유명 관광지며 대형 놀이동산으로 데리고 가서 놀아주었다. "엄마가 새 학기 때 입을 옷이랑 가방이랑 사러 가자고 하는데, 나는 아빠하고 같이 갈려구……" 벌써 유와의 만남을 잔뜩 기대하고 있을 아이의 얼굴이 눈앞에서 알짱거렸다. 하얀 쌀밥과 묵은지를 넣고 얼큰하게 끓인 아내의 김치찌개도 생각났다. 어쩔 수 없이 유는 그녀의 부드러운 맨살과 따뜻한 젖무덤의 촉감을 떠올리고 있었다.

"그래, 한 이틀 더 기다려봐……" 버스가 장춘의 시외버스 터미널을 서서히 벗어나고 있었다. 대형 광고판마다 각 브랜드의 월병 사진들이 미녀들의 밝은 미소와 함께 걸려 있었다. 어느 광고판에는 몇년 전 「춘절야회」 때 CCTV에 방송되어 전국에서 히트를 친 적이 있는 노래 가사가 크게 쓰여 있었다. "창 후이 자 칸칸바(집에 자주 들러보세요)!" 아이와 아내가 살고 있는 아파트가 바로 그 광고판 뒷골목, 장춘역 시외버스 터미널에서 얼마 떨어지지 않은 조선족 집거구역에 있었다.

6

떠난다는 것은 대체 무엇이었을까, 어떤 설렘? 열정? 도전 같은
것이었던가? 유는 의자 등받이에 기대고 누워 비스듬히 창밖을 내
다보았다. 맨몸으로 풍덩 빠져버리고 싶게 깊고 맑은 쪽빛의 가을
하늘이 둥그러니 펼쳐져 있었다. 국도길 양옆의 백양나무들은 높
고 곧았다. 이제 곧 무더기로 떨어질 노란 잎사귀들이 아직 물기를
머금고 풍성히 달려 있었다. 대학을 졸업한 뒤 곧바로 들어갔던 첫
번째 직장, ○○시의 구두공장이 생각났다. 오랫동안 ○○시 경제를
지탱해주던 지주(支柱)산업이었고 시장경제의 붐 속에서 그나마
약간의 흑자를 올리던 국영기업이었다. 공장 부지 면적은 그리 크
지 않았다. 매일 아침 자전거를 타고 공장 대문에 들어서서 단층의
낡고 오래된 공장 건물을 지나쳤다. 사면이 높은 담벽으로 둘러싸
인 공장 울타리 안에서는 어느 구석에서든지 무두질한 가죽의 누
린내가 났다. 그곳에서 근무한 5년의 시간 동안 정작 유가 작업실
내부로 들어가본 일은 몇번 되지 않았다. 간혹가다 ○○시 정부 어
르신들이 공장을 순찰하러 내려올 때면 유도 그 틈에 끼여 작업실
을 돌아보곤 했다. 팔소매며 앞치마에 거뭇한 땟자국을 묻힌 채 공
인들은 눈치껏 가죽을 자르고 구두골 모양을 뜨고 본드로 밑창을
붙였다. 어르신들은 늘 점심때가 다 되어서야 공장에 도착했고 작

업실을 구석구석 돌아보기 전에 서둘러 예약된 호텔 식당으로 떠나가곤 했다.

상급영도들한테 심사를 받는 보고서나 통계도표, 재정예산서 등을 작성할 일이 없을 때 유는 가끔 혼자 작업실에 들어가보았다. 기술공이나 생산 관리자, 디자이너는 더더욱 아니어서 유가 할 수 있는 일은 없었다. 유는 기껏해야 아줌마 직원들과 실없는 농이나 주고받으며 가위를 넘겨주거나 둘둘 만 통가죽을 옮겨주곤 했다. "한 10년 지긋이 있어보라구. 때가 되면 일을 가르치지 않으리." 유처럼 할 수 있는 일이 없는 선배 '과장'들은 유를 보고 그렇게 말해주었다. "뭐, 시키지 않으면 더 좋은 게 아닌가."

공장을 다니는 동안 유는 선을 보고 결혼을 하고 아이를 얻었다. 비좁고 어두컴컴한 셋집에서 아이가 걸음마를 연습하던 어느날, 간만에 열린 직원회의에서 유는 십수년 생산해온 기존의 구두 말고 새 디자인을 한두종류 추가하면 어떻겠냐고 제의했다. 매출액이 나날이 부진하니 좋은 아이디어 있으면 대담하게 제출해보라는 공장장의 일장연설 뒤 그 나름 한참의 고민 끝에 발설한 것이었다. 졸음모드에 진입하기 직전의 과장, 처장들이 일제히 잠에서 깨어 유를 바라보았다. 눈부신 햇살이 격자창문을 통해 실내로 쏟아지고 있었고, 수십명의 사람들이 모인 회의장 안은 날아가던 파리도 떨어지게 할 것 같은 무거운 정적에 휩싸였다. 말하자면 그런 것일지도 몰랐다. 나른한 오후, 허름한 건물, 곳곳에 배어 있는 가죽의 누린내와 회의장을 누르던 무거운 침묵 같은…… 어쩌면 이런 것일지도 몰랐다. 반복되는 일상, 나아질 것 없는 인생, 기성세력의

독재, 생활의 중압감…… 그러고도 몇개월이 더 지나서야 유는 마침내 그곳을 떠날 결단을 내렸다. 유보다 먼저 '하해'한 친구로부터 소개받은 직장이었는데 규모가 크지는 않았으나 열심히 뛰어줄 사람을 간절히 바라는 신생 외국 독자기업이었다.

그런데, 과연 그 결단이 옳았을까? '○○시'라고 쓴 표지판이 멀리 보이고 있었다. 몇년간 손을 보지 않은 모양인지 바탕은 누렇게 떠 있었고 빨간 페인트를 입힌 글자는 비바람에 얼마간 색이 바랬다. 그래도 그것은 여전히 가장 중요한 길목에 세워져 있었다. 집나간 탕자를 맞이하는 아버지처럼. 어느 춘절휴가엔가 ○○시의 어머니 집으로 돌아왔다가 우연히 만난 적 있는 첫 직장의 과장이 그랬다. 정부가 존재하는 이상 영원히 건재할 것 같았던 공장이 부도를 냈고, 과장, 처장들과 공장장은 자기 집 안방으로 혹은 다른 국영기업 사무실로 뿔뿔이 의자를 옮겼다고. 더이상 보고서 따위마저 쓸 필요가 없어졌지만 그러나 나라에서 내려오는 봉급은 여전하다고 했다. 어떤 사람은 새 공장 영도들한테 병원진단서를 내고는 개인사업을 열심히 하고 있는 중이라고 했다. 결국 자진 '하해'를 하지 않는 이상 그들 모두는 이 세상을 떠날 때까지 생계를 보장받을 수 있다는 얘기였다. 생계라니…… 생계라니! 실로 어마어마한 축복이 아닐 수 없었다. 젊은 날, 혈기와 열정으로 똘똘 뭉쳐 있던 유는 '생계보장'이라는 것의 절대적인 가치를 단 눈곱만치도 가늠하지 못했던 것이다.

많이 먹지도 않은 배 속에 가스가 차오르고 있었다. 버스는 국도에서 갓길로 내려와 주유소가 있는 휴게소에 들렀다. 기사가 차에서 내리자 승객들은 투덜거렸다. 장거리도 아니고 고작 두세시간 달리면 목적지에 도착할 수 있는 여정에 기름도 없이 떠났냐는 것이었다. 화장실에 가고 싶었지만 유는 참았다. 동행이 없는 한 짐가방을 버려두고 함부로 내릴 수는 없었다. 승객들의 말처럼 고작 두세시간 달리는 여행길에 자신은 화장실 없이 갈 준비조차 하지 않았던 것 같았다. 더부룩한 속을 달래며 버스가 다시 기우뚱 국도로 올라서는데 드디어 마로얼한테서 연락이 왔다.

"어, 미안혀. 충전기가 접촉이 잘 안됐는 모양이야. 꺼져 있는 줄 몰랐네……" 마로얼이 말했다. 아직 그 마을에 살고 있냐는 유의 물음에는 "그럼 거기 살지. 원래 우리 증조부때부터 살던 땅이니까……" 하고 너스레를 떨기도 했다. 유의 동네가 있던 땅이 증조부 때부터 살던 땅이라니, 이건 뭐 동북평원 전부라는 건가.

"이잉, ○○시에서 여기 읍내루 오는 버스 있어. 읍에서 마을까지는 오토바이나 삼륜차 타고 들어와야 하니께 빨리 와." 전날보다는 나아졌지만 신호는 여전히 그리 좋지 않아서 마로얼의 목소리는 퍽이나 석쉼하게 들려왔다. "우리 징이가 있으믄 마중 나가라고 할 턴디, 시방 읎어서리……"

"스마트폰으로 바꾸지 그러오? 마거 이젠 부자 아닌가?" 유가 한마디 떠보았다. '부자'라는 말에 마로얼은 껄껄 웃었다. "부자는 무슨, 닭 몇마리 기르고 밭 좀 있는 거 가지고……" 마로얼이 그 시골동네로 이사 간 뒤 처음이자 마지막으로 그를 보았던 날, 그의 말대로 80마리의 병아리들은 아직 하우스 안에 있었고 새로 일군 옥수수밭은 몇이랑 되지 않았다. 친구가 좁은 앞마당에 주차를 하는 동안 마로얼은 먼발치에서 바라보고 있었다. 마로얼은 한창 괭이로 옥수수밭의 돌을 걸러내다 말고 그 자리에 앉아 마른 빵을 뜯어 먹던 중이었다. "아니, 보상금은 받아서 국 끓여 잡쉈나? 근사하게 새집 좀 짓고 살지 않고." 유는 두루마리 휴지와 세제를 한아름 안고 내려와 차 문을 경쾌하게 닫으며 버려진 창고 같은 마로얼의 초가흙집을 돌아보았다. "집이야 지어야지. 일이 얼추 끝이 나믄." 유를 알아본 마로얼은 그제야 벌씬 웃었다.

마로얼은 유네를 데리고 앞산에 올라갔다. 구불구불 좁은 산길을 타고 한참 올라가다보면 한아름 굵은 소나무, 잣나무와 백화나무, 밤나무들이 울창한 산이었다. 산이 많고 밭이 적어서 동네 사람들은 철따라 나물이며 버섯, 밤송이와 개암 따위를 해다 살림에 보탠다고 했다. 여우나 늑대, 흑곰과 호랑이 같은 큰 짐승은 진작에 없어졌지만 너구리와 살쾡이, 토끼, 까투리 같은 것은 아직 꽤 많아서 종종 덫을 놓기도 한다고 했다. 산은 생각보다 훨씬 컸고 길은 그에 비해 너무 좁았다. 정장바지에 구두를 신은 유는 더이상 올라가기 힘에 겨워서 헐떡헐떡 바위 위에 걸터앉고 말았다. 나무줄기들 사이로 내려다보이는 동네는 떨다 만 이삭에 붙은 낟알들마냥 어설펐다. ○○시 시민이 될 기회를 버리고 이 앞뒤 꽉 막힌 산골짜기에 와서 뭣하는 거냐고 유가 말했다. 일단 땔나무 걱정은 않고 살겠다고 친구도 말했다. 마로얼은 그들을 등지고 미츨하게 높이 솟은 백화나무 아래에 서서 자신의 손으로 지은 초가집을 내려다보았다. 공기도 좋고 땅도 많아서 좋다고 마로얼은 장알 박힌 두 손바닥을 썩썩 비벼댔다. "몸뚱아리만 부지런히 움직이믄 굶덜 않고 살 수 있는데여. 아파트에 남으믄 나 같은 거 뭐하고 살겄나? 몸땡이가 성할 때 여그서 매일매일 밭을 쪼매씩 만들매 사는 거이 낫지." 초봄의 새싹이 아직 터져나오지 않아서 산과 밭은 고요했다. 하얀 껍질의 백화나무 줄기들 속에서 마로얼의 색 바랜 인민복 자락만 바람에 펄럭거릴 뿐이었다.

"땅이 지금처럼 값나갔던 때가 없잖수? 옛날 말로 지주 아니유?" 유의 말에 마로얼이 대답했다. "그런가, 그려. 성택이 자네가 오믄 내 땅 한번 보여주꾸마……" 마로얼은 그러나 유가 꾸어달라고 청했던 돈에 대해서는 아무런 언급도 하지 않았다.

○○시 교구가 가까워왔다. 가로수들 뒤로 새 건물들이 우후죽순처럼 일어선 신도시가 보이기 시작했다. 수도공사와 전력공사 건물 근방부터는 전에 동네의 논밭이 있던 곳이었다. 크고 넓은 부지를 골라 이사해온 신도시의 정부청사며 경찰서와 어느 외국인학교 건물들이 차례로 지나갔다. 그리고 이어 동네의 집들이 밀집해 있던 중심가, 인민공사가 흩어지고 나서도 여전히 주민들의 모임 장소로 남았던 '탈곡장', 그 대형 공터가 있던 곳도 지나갔다. 유는 이제 정확히 어느 곳이 '탈곡장'이 있던 자리인지, 어느 상가가 유네 집 앞마당이었는지 알아볼 수 없었다. 동네 터 위에 지어진 새 아파트단지는 동네의 옛 이름을 전혀 연상치 못할 금속활자를 머리 위에 높이 들고 서 있었다.

어머니는 바로 그 새 아파트단지의 2동 303호에 살고 있었다.

5층은 너무 높고 1층은 마당이 있어 좋다만 아파트란 느낌이 나지 않는다고 어머니가 직접 선택한 집이었다. 어머니는 동네 사람들 가운데에서 개발업자와 가장 먼저 합의를 본 사람 중 하나였으며 아파트에도 제일 먼저 들었다. 어머니는 남편과 아들을 각기 저세상과 다른 도시로 떠나보낸 옛집에 일찌감치 미련을 접었다.

어머니는 아파트에 간소한 인테리어를 하고 많은 시간 집을 떠나 노인정이나 교회에 가서 거기 할머니들 속에 계시곤 했다. 말년에는 가끔 현관문이며 베란다 창문을 활짝 열어놓고 너그 아버지 오실 때 됐는데…… 하는 노망을 부리시기도 했다. 수없이 자기를 떠나가던 사랑하는 사람에 대한 못다 한 원망이었을까, 아무리 반복해도 면역이 되지 않던 이별의 아픔에 대한 자기방어였을까. 오랜 방랑생활 끝에 집으로 돌아온 아버지가 아이러니하게도 거푸 일년을 머물러 있지 못하고 갑작스레 돌아가시면서 어머니는 다시한번 버림을 받은 것이었다. 사랑으로부터, 그리움으로부터, 이 세상의 정으로부터.

어머니는 그때부터 어떤 변화를 자처하는 것 같았다. 어머니는 유에게 다른 도시의 대학도 고려해보라고 격려하셨고 ○○시의 안정된 직장을 그만두고 앞날이 불분명한 길을 택하겠다는 결정을 알렸을 때에는 동양의 어머니들이 흔히 보일 법할 반대의사도 비치지 않았다. 그러면서도 어머니는 떠나간 아버지를 마지막까지 기다리셨듯 아들의 귀향도 내내 기다리셨다. 옆구리가 아프고 식사를 하기 어렵다고 해서 아내가 모셔갔을 때 어머니는 이미 간암 말기였다. 길림대학 제일병원으로부터 사형선고를 받고 어머니는

1년 남짓 더 버티시다가 늦가을 이른 새벽 이불 속에서 조용히 돌아가셨다. 체중이 줄었을 뿐 눈에 띄는 증상도 통증도 없어서 진단을 믿을 수 없어하던 유가 광주로 돌아간 지 일주일 만이었다.

버스가 속력을 내자 차창 밖에 또렷이 솟아 있던 신도시의 건물들이 신기루처럼 사라져버렸다. "참 거짓말 같지, 안 그래? 반세기 동안 흥성흥성 살아 있던 큰 동네가 언제 있었나 싶게 없어졌으니……" 고개를 돌려보니 뒷자리 켠에 앉은 늙수그레한 남자 둘이 유처럼 창밖을 내다보고 있었다. 버스가 달리는 동안 졸고 있다가 깨어난 것 같았다. 유는 그들을 알지 못했다. 유의 아버지나 할아버지였다면 그들 쪽에서 먼저 알아보았을지도 모를 인근 조선동네의 어른들 같았지만. 국내 다른 도시로 이사했을까, 아니면 다른 나라에서 살다가 들렀을까. 오랜만에 ○○시를 둘러보는 유처럼 그들의 얼굴에도 세월의 터울을 둔 낯설음이 묻어 있었다.

"그러이, 떠날 사람 다 떠나고 이젠 원래 동네 사람들은 몇집 안 남았다며? 다들 나가서 잘살고 있을라나 몰러……" 바깥 좌석 쪽의 남자가 맞장구를 쳤다. "잘살아도 하루 세 끼, 못 살아도 하루 세 끼 밥이 아닌가? 세상 구경은 좀 했겠지들." 타령이라도 한곡조 뽑아낼 것 같은 분위기로 오랜만에 만난 옛 친구들은 가볍게 껄껄 웃었다.

누렇게 말라가는 키 큰 풀밭 속에 파란 슬레이트 지붕을 얹은 가건물들이 서너줄 길게 줄지어 있었다. 무슨 젖소농장이라고 간판을 올렸지만 우리 속에 있는 건지 젖소는 보이지 않았다. 젖소라는 글자만 봐도 유는 자연스럽게 마로다를 떠올렸다. 인민공사 때부터 마씨 할아버지의 젖소를 실제로 도맡아 기른 사람이 바로 마로다였으니까. "젖소들 때문에 아파트에 안 들었다 했었지. 벌써 10년 가까이 지났네그려……" 뒷좌석에서도 나직이 수군거리는 소리가 들려왔다. 설마, 하고 유는 머리를 흔들었다. 곧 ○○시 도심이 펼쳐지기 시작했다. 가로세로 질서 없이 세워놓은 먹거리 난전들과 형형색색의 봇짐을 멘 행객들 사이를 위태롭게 헤가르며 버스는 서서히 단층의 유리 건물, ○○시 버스터미널에 들어섰다.

7

붉은 해가 등 뒤 산등성이에서 뉘엿뉘엿 지고 있었다. 서쪽 하늘과 주변의 구름들이 꺼지지 않는 불길처럼 붉게 타오르고 있었다. 산등성이 아래로는 여인네의 치마폭처럼 완만한 굴곡선을 그리며 넓은 옥수수밭이 끝없이 펼쳐져 있었다. 수확기를 코앞에 둔 황금빛 옥수수였다. 뒷자리에 캐리어와 월병박스와 배낭을 세워 동여매고 유는 젊은 남자의 오토바이에 앉아 가고 있었다. 황혼나절의 미풍에 술렁술렁 싱그러운 파도를 일으키는 밭을 마주하니 자신도 모르는 사이에 어떤 감동이, 갈대밭 속 논밭의 첫번째 수확을 바라보는 할아버지 같은 감격스러움이 잠시 밀려왔다. 혹시 이런 것 때문이었을까? 이런 벅찬 느낌을 맛보기 위해 할아버지는 평생 달렸던 것일까. 따뜻한 석양을 잔등으로 받으며 오토바이 그림자는 멈

출 줄 모르는 한장의 표지판처럼 유의 앞에 길게 드러누워 달리고
있었다.

"오랜만에 들르시는갑죠? 친척집인가여?" 국도를 벗어나 좁은
시멘트길에 들어서면서 운전사가 물었다. ○○시 마트에서 월병세
트를 사고 낡은 소형버스로 마로얼의 읍내까지 도착한 뒤, 마가 가
르쳐준 우체국 앞에서 잡은 오토바이였다. 읍은 낮은 산줄기에 심
긴 옥수수밭들에 둘러싸여 있었고 가로세로 십자 모양으로 서너구
간밖에 되지 않았다. 읍의 거리가 끝나가는 국도변에는 아직 축축
한 흙더미 몇개가 하늘 높이 쌓여 있었다.

"그러니까, 이 동네도 개발한단 말이오?" 친척이 아니라 친구 집
에 가는 길이란 대답 끝에 유가 덧붙였다. 흙더미 곁 그것을 설명
하는 커다란 광고판 위에 읍을 중심으로 별처럼 흩어져 있는 작
은 마을들을 껴안은 산이 그려져 있었다. "글씨, 언제든 그렇게 안
되겠슈? 뭐 저 그림처럼 멋있게 될는지는 모르겠지만유. 허긴, 풍
문이 난 지는 2, 3년도 더 됐는데 돈이 딸리는지 여적 저러구 있네
유……" 짙은 털실모자를 깊게 눌러쓴 운전사가 뒤도 돌아보지 않
은 채 대꾸를 해주었다. 유는 고개를 돌려 점점 멀어져가는 광고판
을 바라보았다. 예쁜 리조트와 산뜻한 별장, 운치있는 휴양림이 우
거진 그림 속 산의 모습은 너무 우아하고 아름다워서 도무지 이루
어질 수 없는 환상처럼 보였다.

읍에 갔다오는 사람들을 여럿 실은 봉고차가 오토바이를 지나쳤
다. 뽀얀 흙먼지 속, 봉고차 안에서 커다란 장난감세트를 안은 어린
아이가 유를 말똥말똥 쳐다보았다. 친구가 운전하는 차를 타고 마

로얼의 산동네로 찾아간 날, 마의 딸내미가 그랬다. "울 아빠는 그래요. 꿈이란 너무 멀고 높은 것이니까 사람은 현실을 살아야 한다고. 근데 삼촌, 삼촌도 그렇게 생각해요?"

밀림 속을 누비는 작은 산짐승마냥 오토바이는 키 큰 옥수수밭 속에서 묵묵히 달렸다. 마른 옥수수잎들이 서로의 몸을 부대끼면서 서걱서걱 쓸쓸한 소리를 냈다. 북경에서 관광업 관련 장사를 하던 유는 한창 잘나가고 있던 차라 땅으로 되돌아간 마로얼을 이해할 수 없었다. 유는 ○○시 삼류 중학교 졸업생 소녀한테 운전석을 구경시켜주면서 자신있게 머리를 흔들었다. "아니, 난 그렇지 않아. 사람이 아무 비전 없이 현실만 산다면 얼마나 지긋지긋하고 의미없을까?" 소녀는 조심스레 핸들을 만져보았다. 언제 눌렸는지 모를 빵! 하는 경적 소리에 그녀는 깜짝 놀랐다가 까르르 웃어댔다. 정말 그런 것 같다고, 그러니 삼촌 말대로 나중에 면허증도 따고 차도 사서 읍내의 아파트에 살아야겠다고 소녀는 종알댔다.

앞산에서 내려와 마로얼의 아내가 끓여준 쏸차이전골을 먹고 떠나면서 유가 그랬다. "것 보우. 마거 인생은 그렇다 쳐도 징이는 어떡할 거요? 징이를 봐서는 지금이라도 읍에 나가 사는 게 낫잖우?" 마로얼은 미처 돌덩이를 걸러내지 못한 척박한 밭뙈기를 휘 둘러보면서 머리를 저었다. "아니, 징이도 마찬가지야. 땅을 떠나 살 수 있는 사람이 어디 있간?"

더이상 권해봤자 아무 소용이 없었다. 유와 친구는 마씨네 식구에게 손을 저어 보이고 반짝이는 차에 올라타 오던 길로 되돌아갔다. 한마리의 새처럼 가볍게 달려가는 그들의 등 뒤에서 산이 우두커니 지켜보고 서 있었다. "그니까 저 양반은 죽어도 안 떠난다, 그런 얘기야? 나 참, 저렇게 답답할 수가. 지금이 어떤 세월인데……" 최신 유행곡 씨디를 틀면서 친구가 말했다. 유도 무슨 말을 해야 좋을지, 어떤 것이 옳은 건지 알 수 없었다. 막연히 마의 이념은 정확히 아버지나 어머니의 이념 반대편에 있다고 느끼기도 했고 또 그렇지 않을 수 있는 것이라 생각되기도 했다. 그러나 어쨌건, 혹시 도움을 청할 일이 있으면 얘기하라던 마의 마지막 인사를 떠올리는 순간 풋 웃음이 나왔다. 다른 일이라면 몰라도 그런 일은 절대 없을 줄로 알았다. 영원히.

멀리 옥수수밭 너머 낮은 관목림 뒤로 작은 동네가 보였다. 동네를 지나치면서 유는 그곳에 이제 초가집이 하나도 남지 않았음을 알아보았다. 아주 못된 흙길도 더이상 보이지 않았다. 담장도 철대문도 높고 위엄있게 지어졌고 도시 건물의 외벽 인테리어를 본떠 채색 타일을 벽에 붙인 어느 집 지붕 위에는 샤워기용 태양열 집열판이 올려져 있었다. 잇달아 지나쳐간 몇몇 동네도 사정이 비슷했다. 동네와 동네를 잇는 옥수수밭 사이로는 간혹 넓은 참외밭이나 배추밭, 묘목을 키우는 묘포들이 듬성듬성 보이곤 했다. 산에서 내려오는 샘물을 가둬 만든 듯한 어장 하나를 지나면서 젊은 운전사가 심심풀이 삼아 이야기보따리를 끌렀다. 비료가 좋고 편리한 농기구들이 많이 나와서 농사일은 전보다 훨씬 쉬워졌다, 최근에 와서 환경보호랍시고 개간을 금지했지만 그전까지는 권장 삼아 묵인했으므로 보다시피 밭이 기하급수로 늘었다, 동네마다 길들이 포장되어서 읍내로 다니기 편해졌고 그래서 옥수수 거간꾼이나 토종 달걀 도매꾼들이 언제든지 드나들 수 있게 되었다, 농한기에 도시로 나가 버는 사람들이 많은 편이지만 크게 하우스를 짓고 유기농 야채를 심는 사람이나 새 기술로 과실수를 길러 돈을 버는 사람들도 있다, 지금은 도시마다 가로수를 늘리고 아파트단지들도 정원 꾸미기에 신경을 쓰는 통에 묘목이나 관상용 나무 장사가 한창 잘 되는 중이다…… 그러루한 얘기들이었다.

"형씨는 이화촌 누구를 찾아가는 거유? 혹시 나가 알고 있는 사람인가보시우다." 얘기가 거의 끝날 무렵에 남자가 얼굴을 반쯤 돌리고 유한테 물었다. 동네는 벌써 네다섯개 지나친 것 같았다. 꺼질 줄 모르는 불길처럼 타오르던 해는 이제 겨우 한조각 머리끝만을 남겨두고 있을 뿐이었다. 주황의 찬란한 석양 대신 어둑한 땅거미가 슬금슬금 사위를 덮기 시작했다. 8, 9년 전쯤 이사해온 마씨성의 집으로 산기슭 쪽으로 쑥 들어앉은 집이라는 유의 말에 남자는 머리를 갸웃거렸다. 부릉부릉 속력을 내어 둔덕 위로 올라가면서 남자가 기억났다는 듯 말했다. 마씨 성의 집은 인근 동네 합쳐서 몇집 안되는데 유의 말대로라면 작년에 서쪽 산비탈을 임대했다는 마다쉬이(馬大帥)네가 맞을 듯싶다고 했다. "이잉, 그 집이 맞는갑구먼유. 부지런한 양반이쥬. 일이 없어 사람들이 아랫목에 모여앉아 마작이나 놀구 있을 적에두 땅에 붙어서 일만 하더이…… 3, 4년 전에 새로 큰 집을 지었구만유. 이젠 뭐 땅부자에, 시에서도 알아주는 토종닭 양계업자에, 인근에서 젤루 크고 멋진 집을 가진 유지 아니겠슈. 온 읍내에서 몇대뿐이 볼 수 없는 은회색 쑤텅(速騰)을 굴리고 다닌답네유, 그 집 딸내미가."

"아버지가 사주지 않음, 나 혼자서 자동차 살 거예요. 달걀 팔아서……"라고 말하던 시골 소녀의 고집스러운 목소리가 유의 뇌리에서 다시금 울리고 있었다. 낡은 오토바이 위에 앉아 덜컹덜컹 엉덩이를 쪼으면서 유는 젊고 발랄한 징이가 자동차 안 푹신한 시트에 앉아 핸들을 잡고 여유롭게 운전하는 모습을 그려보았다. 이화촌을 바로 앞에 두었다는 마지막 둔덕을 힘겹게 오르며 젊은 운전사가 물었다. "근디 형씨는 뭣 땀시 이 먼 데루 친구를 찾아왔대유? 오늘은 원라 가족끼리 저녁밥 먹는 날이 아닌감?" 이제 그만 힘에 부쳤던지 둔덕의 꼭대기, 정점에 오르는 순간 낡은 오토바이는 털렁 힘없이 시동이 꺼져버렸다. 장시간 경직된 자세로 앉아온 탓에 유도 온몸이 쑤시고 아파왔다. 유는 오토바이에서 내려 길가 옥수수밭에 대고 지도를 그리듯이 오줌을 갈겼다. 심천, 강서, 호북, 안휘…… 유의 나이 마흔 하고도 넷, '하해'해서 돈을 벌기 시작한 지 십수년 만에 단돈 3만원이 없어 중국의 남쪽 끝 도시에서 여기 동북의 시골마을까지 이렇게 밤낮 쉬지 않고 사흘을 달려온 것이 아니던가. 이런 아이러니라니. 심양, 장춘, ○○시, 이화촌까지 와서 유의 오줌발은 드디어 멈추었다. 만약 마가 거절한다거나 액수를 채워주지 않는다면, 아니, 그 3만원을 꿔준다 하더라도 그다음은 어떻게 해야 할까.

부릉부릉 젊은 운전사가 다시 오토바이에 시동을 걸었다. "이젠 내리막길만 남았구먼유. 떨어지지 않게 꼭 잡으슈!" 손바닥만큼이나 겨우 남아 있던 해가 삽시에 산 아래로 훌쩍 빨려들어가면서 드디어 기다렸다는 듯 어두움이 떼를 지어 몰려내렸다. 좀 전까지 생기와 감동으로 술렁이던 무연한 황금빛 옥수수밭은 견디기 어려운 침묵의 검은 바다로 변해 있었다. 둔덕 아래, 검은 산자락 속에 묻혀 있던 동네가 검푸른 어둠속에서 희미하게 윤곽을 드러냈다. 유는 오토바이에 올라앉아 뒷자리의 받침대 가장자리를 단단히 잡았다. 오토바이는 곧 도착할 목적지를 향하여 전속으로 내리달았다. 점점 더 짙어가는 어두움을 찢고 달리기 위해 오토바이는 어쩔 수 없이 헤드라이트를 켰다. 산속 어디에서인가 쿠르르엉— 정체를 알 수 없는 짐승의 포효가 환청처럼 나지막이 들려왔다.

8

"아빠, 어떤 아빠들은 집을 떠나지 않고도 잘 살던데, 아빠는 그러면 안되는 거야?" 지난 춘절, 넉달 만에 집으로 돌아간 유에게 아이가 물었다. 워낙 어려서부터 유가 집을 떠나 있는 모습만 보아와서 그런 물음 자체를 품지 않던 아이였다. 어쩌다가 아이에게 집을 떠나야 살 수 있는 아빠가 되었을까. 식구들을 모두 데려와 함께 살아야겠다는 생각을 해보지 않은 것은 아니었다. '하해' 후 첫번째 경유지 청도에서는 새로 시작한 직장생활에 여념이 없었고, 장사가 잘되었던 북경과 상해 시절에는 일을 너무 크게 벌인 탓에 시기를 놓쳤고, 그뒤로는 경기가 점점 나빠져서 더이상 엄두를 내지 못했을 뿐이다. 다기세트를 수출하던 일이 그전보다 이윤이 훨씬 줄어들자 급한 마음에 충분한 사전조사 없이 시작한 새 사업도 매출이 지지부진하던 중이었다. 20평 남짓한 가게세와 창고 임대비, 두명 직원의 월급은 매달 꼬박꼬박 나가야 했지만 워낙 경쟁이 치열하고 인터넷 상거래가 폭발적으로 발달하는 통에 벌어들이는 돈은 지출을 메꾸기 힘들었다. 씽크대와 화장실의 수도꼭지며 배수관을 손보던 유는 아내를 힐끗 돌아보았다. 아내는 식탁에 앉아 한냄비 가득 콩나물뿌리를 다듬고 있었다. "내가 얘기한 거 아니에요, 이젠 애가 커서 혼자 생각할 줄 알게 된 거죠. 틀린 말도 아니잖아요." 일년에 한번, 전국민이 티비 앞에 앉아 시청하는 「춘절야회」가 시작되기 직전, 유는 아이와 함께 밖으로 나가 폭죽을 터뜨렸다. "그러니까, 나도 그만 집으로 돌아올까?" 털실모자를 눈두덩까지 내려쓴 아이는 그 말에 얼굴 가득 웃음꽃을 피웠다. 팡팡! 울긋불긋 여러가지 색깔의 꽃불이 밤하늘에서 찬란하게 피어났다가 순식간에 사라졌다. 유는 화려한 꽃불들이 사라지고 난 뒤의 밤하늘을 한참 올려다보았다. 조도가 낮은 별들은 얼마간만 희미하게 빛날 뿐이어서 하늘은 그전보다 더욱 공허해 보였다.

어린 백양나무들이 길 양옆에서 우수수 가지를 흔들었다. 잎은 거의 떨어져 없었고 길고 가는 손가락 같은 가지들만 앙상히 남은 나무들이었다. 백양나무숲 위로 둥근 달이 불쑥 솟아 있었다. 파르스름한 달빛이 사위 어둠을 실실이 쪼개고 있어서, 숲을 뚫고 앞쪽 옥수수밭으로 뻗은 구불구불 시멘트길이 그나마 너무 어둡지 않았다. 배낭을 지고 월병박스를 들고 캐리어를 드르륵드르륵 끌면서 유는 그 길을 걸었다. 키를 넘는 옥수수들과 구불거리는 길의 곡도 때문에 멀리 앞쪽에서 반짝이는 불빛은 시야에서 한참씩 사라지곤 했다.

"이 길루 쭉 걸어들어가믄 마다쇠이네 대문이 나올 거유." 마로얼의 땅이 시작되었다는 백양나무숲 앞 마을 길가에서 젊은 운전사가 유를 내려주었다. 다른 동네들 것처럼 높고 커진 마을의 집들은 저마다 길을 사이에 두고 우중충 솟아오른 검은 산과 마주하고 있었다. 하얀 전등 불빛이 새어나오는 어떤 대문 너머로는 촤륵촤륵 쇠사슬 소리와 함께 컹컹 개 짖는 소리가 들려오곤 했다. 마을에 들어서서부터 남자의 휴대폰은 세번이나 울렸다. "저그 백양나무숲 둘레에 박아놓은 까만 철책이 보이시쥬? 이 붉은색 대문 있는 집 동쪽 편으루유. 그 울타리 너머 안쪽부터는 마다쇠이네 개인 땅이라 들어가기가 좀 그러네유." 남자는 유가 내리기 바쁘게 오토바이를 돌려세우고 전화를 받았다. 중추절의 저녁밥상을 차려놓고 식구들이 재촉하는 모양이었다. 조글조글한 거스름돈 지폐 몇장과 매캐한 연기 냄새를 남겨놓고 남자는 부리나케 유를 떠나갔다. 유는 남자가 들씌워놓은 먼지 속에서 헤쳐나와 어정쩡 백양나무숲으로 걸어들어갔다. 꺼겅꺼겅 까투리가 날개를 푸득거리며 우는 소리와 날카롭고 아즈란 들고양이의 울음소리 중에 다시 쿠르르— 좀 전과 비슷한 짐승의 소리 같은 것이 들려왔다. 아― 우― 하고 동네에서 어느 집 개가 밤하늘을 향해 길게 울부짖고 있었다.

까만 철책과 어린 백양나무숲 이야기를 꺼내자 마로얼은 유가 걷고 있는 길이 자기 집 서쪽 입구가 맞는 것 같다고 했다. "그전에야 동쪽길 한갈래밖에 없었으니께 자네는 몰르지. 글고, 밭이 좀 커졌나? 지금 보는 건 서쪽 밭이니께 절반도 안되거등……" 거기에다 임대한 산의 면적까지 합하면 사실상 사방 1킬로미터 내의 지경이 모두 마로얼의 소관인 셈이라고 했다. "좀더 들어오다 나믄 우리 집이 보일 걸세. 징이가 아적 길림서 돌아오덜 않았으니께, 들어오믄 같이 밥 묵자구." 마로얼의 휴대폰 너머에서는 그의 외손녀인지 어린아이가 칭칭 떼를 쓰는 소리가 함께 들려왔다. "그러니 마거, 땅 좀 있는 정도가 아니구먼. 이렇게 넓은 땅을 어떻게 다 관리한다오? 일거리 있으믄 나 좀 시켜주소. 나도 이젠 마거처럼 한 곳에 뿌리박고 살고 싶네." 유의 말에 마로얼은 픽 웃었다. "해보겠다는 마음만 있다믄야 일도 있고 돈도 벌겠지, 시간이 쪼매 걸리겠지만. 근디 자네가 어디 이런 곳에 눌러살 사람이던감……"

굽이를 트는 길의 앞쪽에서 불빛이 더욱 가까워졌다. 발에 채는 돌부리 소리와 그 소리에 놀라 도망가는 풀벌레 소리가 외롭게 끌려가는 캐리어의 바퀴 소리를 동무해주고 있었다. 사락사락 산자락 쪽의 밭에서 옥수수들이 무언가에 헤집히듯 심하게 요동치고 있었다. 그 옆, 시야가 그나마 좀 트여 있는 서쪽 낮은 밤하늘에서 북두의 끝자리 별 세개가 보였다. 나그네의 길잡이라는 북극성은 좀더 가운데 하늘의 별들 중에 있을 것이었다. 유는 머리를 들어 둥글게 내리덮인 밤하늘을 올려다보았다. 보름달이어서 별은 많이 보이지 않았다. 그래도 참으로 오랜만에 보는 시골의 밤하늘이었다.

"별이 참 많지? 성택이 니는 별을 보면 뭐가 생각나노?" 아버지가 물었고 어린 유가 대답했다. "음, 장춘, 심양, 북경, 하얼빈. 또 오상, 가목사, 장백, 반금, 소가둔, 차루허…… 아 참, 그리고 조선, 일본, 영국, 미국……" 아버지는 유를 안고 반짝이는 별 가득한 밤하늘에 대고 하하 웃었다. 별을 보면 지방 이름들이 생각난다는 아이는 처음이라고 아버지는 말했다. 그러나 유는 걱정스레, 아버지는 저 별들을 좋아하냐고, 저렇게 많은 별 같은 곳을 하나하나 모두 다녀보고야 집으로 올 거냐고 물었다.

아버지가 떠나는 이유가 정말 그 많은 곳들을 돌아보기 위해서였다면 그는 그 소원도 이루지 못하고 돌아온 셈이었다. 아버지는 투명한 링거 줄을 팔뚝에 꽂은 채로 침대에 누워 질질 끌려갔다. 유가 링거 병을 들고 앞에서 끌었고 어머니와 간호사 한명이 뒤에서 밀었다. 환자복으로 바꿔입은 아버지는 어린애같이 유순하게 누워 있었다. ○○시 읍내에서 시작해볼 사업거리를 구상하다가 위암 말기라는 판정을 받고, 담당의사마저 의미없는 일이라 귀띔했음에도 아버지보다 어머니가 더 원해서 결정한 수술이었다.

"택이 아버지, 가면 안돼요. 사람이 염치가 있어야지. 어떻게 나한테 이렇게 모질 수가 있어요? 무조건 돌아와야 해요……" 수술실 문 어귀가 저만치 보여서야 어머니가 침대에서 떨어져 나갔다. 문 안에서 남자 보조의사가 유의 손에서 링거 병을 받아들었고 유도 그만 그 자리에 멈춰 섰다. 의사들이 잠깐 서서 수술 차트를 주고받을 때 아버지가 말했다. "택아, 나중에 엄마가 많이 울거든 그래라. 아버지를 보내주라고. 니 아버지는, 사실 한번도 제대로 떠나본 적이 없는 사람이다." 의사들이 다시 덜덜거리며 침대를 끌어갔고, 아버지는 유가 볼 수 있게끔 링거를 꽂지 않은 다른 팔을 공중에 흔들어주었다. 아버지는 마취에서 깨어나지 못한 채 그대로 돌아가셨다. 수술실에서 나온 아버지는 헐렁한 담요 밑에서 가로세로 찢어진 알몸으로 누워 계셨다. 잠이 든 중에 무엇을 보셨던지 파랗게 질린 아버지의 입꼬리는 야릇하게 올라가 있었다.

어떤 집이, 새로 지었다는 마로얼네 것 같은 큰 집이 어슴푸레 보이기 시작했다. 반짝이는 불빛은 바로 그 집의 네모난 창문 안에서 비쳐나온 것이었다. 집은 높은 둔덕 위에 고고하게 솟아 있었는데 그 둘레로 넓게 담장이 쳐 있었다. 삐꺽 — 하고 철대문을 밀고 들어가면 곧 흥성흥성한 앞마당과 눈부신 전등빛 속의 안락한 방들이 나올 것 같았다. 마로얼네 중추절 밥상에는 얼마나 많은 요리가 준비되어 있을까. 남은 길은 곧게 뻗어 있어서 옥수수들도 더는 시야를 가리지 못했다. 큰 백양나무 한그루가 외따로 서 있는 곳까지 갔을 때 유는 거기서 산 쪽으로 뻗은 다른 한갈래의 길을 볼 수 있었다. 지금 걷고 있는 시멘트길보다 더 좁은 모랫길이었는데 그 길을 따라가노라면 옥수수밭은 끝이 나고 산이 시작되는 것이었다. 유는 한 손으로 캐리어 손잡이를 잡고 다른 손으로 백양나무의 줄기를 잡고서 잠깐 그대로 서 있었다. 꺼칠꺼칠한 백양나무 껍질 위로 날카로운 연장이나 짐승의 발톱이 낸 것 같은 자국이 다섯줄 평행으로 죽 그어져 있었다. 마로얼의 집에서 나오는 불빛은 훨씬 따듯해 보였다. 유는 고개를 돌려 산으로 뻗어올라간 모랫길을 멀리 바라보았다. 길이 닿아 있는 산은 마치 한마리 거대한 곰처럼 몸뚱이를 잔뜩 웅크리고 있었다.

"아빠, 오늘은 중추절인데 저녁은 먹었어?" 하고 아이가 문자를 보내왔다. 유는 뿌연 어둠속에서 혼자 파랗게 빛나는 휴대폰을 꺼내들었다. "그래, 곧 먹을 거다. 아들은?" 답장을 미처 보내기 전에 새로운 문자가 다시 떴다. "일 보고 오세요, 몸조심하고. 우린 괜찮아요. 뭣 땜에 그렇게 다니는 줄 아니까." 유는 그 문자들을 유심히 살펴보았다. 무엇 때문에 다니는 줄 안다니, 대체 뭘 안다는 걸까. 유의 할아버지 세대가 떠났던 것이 새로운 희망을 찾아서였다는 것? 유의 아버지가 떠났던 것은 자유를 위해서라는 것? 아니면, 유가 떠났던 것이 어떤 꿈 때문이라는 것을 말하는 것인가.

순간, 유는 어떤 큰 짐승의 것이 분명한 포효를 똑똑히 들었다. 쿠르르어엉—! 낮고 웅글진, 가슴을 허비는 듯한 울음소리, 그럴 리 없겠지만 유는 직감적으로 그것이 곰이 내는 소리라고 확신했다. 철창 속에 갇혀서 고향 산을 그리며 검은 눈만 슴벅이던 웅담용 사육곰이 아니라 머루, 다래, 돌배와 찔광이를 뜯어 먹고 물고기, 두더지도 잡아먹는 진정한 산의 곰 말이다.

숲속 어느 은밀한 공지, 한가위 보름달을 올려다보면서 곰은 앞발을 들고 빙글빙글 춤을 추고 있었다. 유흥을 아는 한량이나 한을 푸는 여인네처럼 고즈넉한 정적과 일체를 이루며 무아지경 속으로 빠져들어간 채. 혹독한 겨울 추위와 굶주림, 덫의 위험이 그를 기다리고 있을 것이었다. 점점이 별들이 살포시 내려와 파란 반딧불이로 그 주위를 날아다녔다. 인간이 추구하는 다른 모든 것들처럼, 그것 역시 잡으면 벌레가 되고 바라보면 아름다운 빛이 되는 것이었다. 유는 캐리어의 손잡이를 단단히 잡고 월병박스를 옆구리에 낀 채 그것을 따라 걸어갔다. 용의 머리를 새겨넣은 마로얼의 높은 대문이 바로 유의 앞에 있었다.

쓰레기통 위의 쥐

작열하는 태양이 부서지는 은빛 난간, 그 난간 너머로 언뜻언뜻 체육복을 입은 아이들이 보인다. 난간 위 양쪽 거대한 돌기둥 사이에는 장춘시 30중학교라고 쓴 기다란 팻말이 암초 사이에 걸린 허연 배처럼 가로로 누워 있다. 조양공원 맞은편, 신세계슈퍼 옆, 엊저녁 광다가 전화로 알려준 것처럼 학교는 찾기가 그리 어렵지 않았다.

저 아이들 중에 지금 혹시 밍이가 있을까? 량씨는 새벽 홰를 치는 시골 장닭처럼 목을 길게 빼들고 학교를 향해 걸음을 재우친다. 버스가 빵— 경적을 울리며 량씨 곁을 지나쳤고 마주 오던 행인들이 슬쩍슬쩍 그를 훔쳐본다. 50년 세월을 살아오면서 이제는 적응할 만도 해야겠지만 저번 겨울 이후 반년 만에 출입하는 도시라 낯선 사람들의 집요한 시선이 량씨는 그래도 적잖이 신경 쓰인다.

20년 전 결혼식 때 맞춘 싸구려 감색 양복이나 조물주가 성의없이 대충 주물러 박아넣은 듯한 혐오스러운 이목구비도 그러려니와 한쪽 다리가 가늘고 무력한 탓에 심하게 기우뚱거릴 수밖에 없는 량씨의 걸음걸이가 도시 사람들에게는 늘 상당한 구경거리가 되는 것이었다.

드디어 난간 앞이다. 이 시간에 들일 차량이 없는 이상, 물론 대문은 꽁꽁 잠겨 있다. 그 대신 사람이 드나드는 작은 문은 열려 있지 않을까. 두리번두리번 구석 쪽을 살펴보던 량씨를 향해 문뜩 어디서 튀어나왔는지 모를, 금박줄 입힌 제복의 수위 한사람이 석고상 같은 얼굴을 하고 힘차게 손짓한다. "뭐요 당신?"

적선을 바라는 장애인처럼 보였던지, 여차하면 당장 물러가라고 내쫓을 태세다. 량씨는 삽시간에 얼굴이 벌겋게 달아오른다. 여그가 맞는디. 230번 버스 타고 조양공원 앞에 내렸으끼, 여그가 틀림없을 턴디. 량씨는 되도록이면 착한 인상을 지어 보이려고 애써 웃음을 쥐어짜며 늙은 수위한테 다가선다. "밍이 애비지유. 1학년 7반 량밍."

동생 광다가 밍이를 입학시킬 때에도 늙은 수위는 오늘처럼 까탈스러웠을까. 혈육이라고 짐작하기 어려울 정도로 광다는 량씨와 달리 키도 크고 잘생긴데다가 반짝반짝 빛나는 쎄단까지 운전하고 다녔으니 아마 이따위 쓸데없는 의심은 받지 않았을 것이다. 몇해 전에 돌아가신 량씨의 아버지가 노랫말처럼 외웠듯이 광다는 운이 좋았는데, 읍내에서 중학교를 졸업하고 무일푼으로 이 도시에 와선 어떤 전자상가의 점원으로 일하다가 그만 그 가게 외동딸과 결혼까지 해버린 것이었다. 그것은 량씨한테 그다지 나쁜 일이 아니었다. 중학반까지 있는 읍내 학교를 마치고 난 아들 밍이한테는 아무쪼록 가난한 절름발이 아버지보다야 건강하고 넉넉하게 사는 삼촌네 집에 기거하는 편이 백번 나은 일이 아니겠는가. 량씨는 동생이 자기 대신 모든 입학수속을 마친 초겨울에야 옥수수를 팔아서 광다가 미리 대준 입학금이랑 밍이 생활비를 대충 맞춰서 찾아갔다.

"량밍이라니?" 늙은 수위가 량씨의 행색을 다시 한번 아래위로 깐깐히 살핀다. "이 학교 학생 부모란 말요?" 량씨가 대답하기도 전에 수위는 왜 이렇게 기억에 없지? 하는 얼굴로 머리를 절레절레 흔들며 돌기둥 뒤편으로 감쪽같이 사라져버렸다.

"여기 와서 싸게 싸인이나 하시우!" 닭 쫓던 개 지붕 쳐다보는 격으로 량씨가 멀거니 돌기둥만 보고 있을 때, 그가 미처 유념하지 못했던 돌기둥 아래쪽에서 드르륵 네모난 작은 창이 열렸다. "뭔 일루, 누굴 찾아왔는지, 학생 이름이랑 같이 써주시우." 기다란 끈에 허리를 묶인 볼펜이 수위가 펼쳐놓은 외래인원 방문수첩 위에서 동동 맨발을 구르고 있었다. "1학년 7반 담임이라 합던데……" 하면서 량씨는 짜증 섞인 수위의 얼굴을 흘끔 넘겨본다. 담임을 찾아온 게 아니라 그가 불러서 왔으니 뭔 일인지 모르겠다는 말은 늙은 수위가 듣는 즉시로 다시 새시를 드르륵 닫아 잠글까봐 입 밖에 내지 않았다. "고1 7반 담임이라, 마선생님이겠구먼." 따릉따릉 전화기 울리는 소리에 수위는 량씨더러 들어와 기다리라는 손시늉을 해 보이며 벽 쪽 테이블께로 돌아서 걸어갔다.

엊저녁, 금방 늙은 소 누렁이를 몰고 산에서 내려오는데 량씨의 휴대폰으로 어떤 낯선 남자가 전화를 걸어온 것이었다. "량밍 부모님이신가요? 저 밍이 담임인데······" 마른 옥수숫대를 한아름 안고 마당으로 들이던 아내가 누렁이를 앞세운 량씨를 보고 걸음을 멈추었다. "아이고, 선상님! 선상님이 웬일루······" 하나뿐인 아들놈의 선생님이란 말에 량씨는 그렇잖아도 항상 발음을 부정확하게 버무려내는 혀는 물론, 온몸까지 더불어 숙연하게 경직되고 있음을 느꼈다. "우리 밍이가 아프나유? 누구랑 싸웠나유? 아니믄······" 머릿속에서는 온갖 불길한 단어들이 엽총 소리에 놀란 까마귀떼처럼 푸득푸득 어지럽게 날아다니고 있었다.

"하하······" 남자가 웃었다. "그런 게 아니고······" 량씨는 질 나쁜 휴대폰 신호밖에 이용할 수 없는 산동네의 통신사정을 탓하며 일찍 무뎌진 청각을 바짝 곤두세웠다. "뭐 큰일은 아닙니다만, 그래도 부모님이 직접 한번 오셨으면 해서요. 여적 한번도 오신 적이 없으시잖아요. 삼촌이 얘기해주시지 않던가요? 밍이 요즘 학습태도가 좀 그런데······ 그리고 학적부, 학적부 문제도 중요한데······ 그니까, 학교는 계속 보내실 타산인 거죠······?"

"몇시에 만날 건지 약속은 하고 오셨남? 지금은 수업시간일 텐데······" 수위가 들고 있던 전화통을 놓으면서 량씨를 돌아보았다. 큰 선심이나 베푸듯이 문 옆에 받쳐놓은 나무 걸상을 가리켜 보이면서. "아니, 내보구 오늘 오라구 혀서 온 거인디…… 또 무슨 약속 같은 거이 혀야 한다나유?" 수위는 무슨 구원자를 바라듯이 자기의 얼굴만 바라보는 이 귀찮고 무식한 방문객을 향해 나 원 참! 한숨을 지을 수밖에 없었다. "그럼 뭐 인제라두 전화해보시든가. 근디, 전화번호는 가지고나 있수?"

남자의 전화를 받고 난 뒤, 량씨는 마음이 뒤숭숭해져서 일손이 잡히지 않았다. 누렁이를 우사에 들이고 마당의 암탉들한테 옥수수 가루나 뒤줌 뿌려주고는 들어와서 아내가 밥상을 내올 때까지 구들턱에 걸터앉아 애꿎은 담배만 태웠다. 대체 무슨 일일까? 학습태도라니? 학적부 문제는 또 뭐이고? 혹시…… 여하튼 공부를 좀 못한다는 얘기 같은데 그게 얼마나 엄중한 건지 실실 웃으며 얘기하는 남자의 어투로 미루어보자니 감이 잘 잡히지 않아 답답했다. 량씨는 평소 즐겨먹던 가지볶음도 몇젓가락 집지 않고 저녁상을 물리고 나선 끝내 참지 못하고 부엌에서 달그락달그락 사발을 헹구는 아내한테 소리를 질렀다. "근디, 큰 시내 학교들은 아이덜이 공부 못하믄 부모를 오라고 허는가?"

마당 여기저기에 널린 둥우리에 들어앉았던 암탉들이 저들끼리 구구구 주절거렸다. "글씨요, 시내 학교 선상들으는 책임성이 강해서 그런가비지요?" 타다 남은 옥수수 대궁을 툭툭 발로 차서 한쪽으로 밀어놓는 소리가 들리더니 반쯤 드리운 꽃천을 제치고 안방 문간에 아내의 모습이 나타났다. "고중생이라서 그런 거이 아니갔어요? 대학시험 볼 날이 머잖으니께요." 아내는 거품도 나지 않는 싸구려 세제에 젖은 손을 앞섶에 닦으면서 문간에 잠깐 기대섰다.

아내는 특히 '고중생'과 '대학'이란 단어를 얘기할 때 유난히 힘을 주어 또박또박 말했다. 그 단어들을 들을 때마다 량씨의 마음이 언제나 흐뭇해지고 밍을 대견스러워한다는 것을 아내도 알고 있었던 것이었다. "그렇지? 그럴 수가 있겠군."

아내는 문지방을 넘어 량씨한테로 조심조심 다가왔다. "왜, 그리 걱정되므는 삼촌한테 전화를 넣어보지그래요?" 량씨는 걸음을 옮길 때마다 살짝살짝 흔들리는 아내의 탄탄하고도 호리호리한 허리를 눈여겨보았다. "그래, 그러지." 읍내하고 십여리나 떨어진 이런 척박한 시골동네에서 이 여자만큼 날씬하고 얼굴 반반한 아낙은 등불을 들고라도 찾아보기 어렵지 않은가. 그러나 량씨는 동네 사람들이, 지어 서른다섯이 되도록 아직 장가를 한번도 가보지 못한 앞집 송씨마저도 그런 아내를 둔 자신을 그다지 부러워 않는다는 것도 알고 있었다.

어쨌든, 하고 량씨는 거멓게 그슬린 아랫목 구들턱에 걸터앉으려는 아내의 허리를 낚아채어 자기 쪽으로 벌렁 드러눕혔다. 우리 아들 밍이는 온 동네, 아니 전대대(大隊, 중국 행정단위 중 가장 작은 단위인 촌村에 속한다)에서 개국 이래 유일한 고중생이 아니던가.

수위의 말이 옳다면 성이 마씨일 그 남자는 과연 이제 막 수업을 들어가는 중이라고 했다. "허허…… 아버님, 오셨군요? 미리 전화라도 주시지…… 4교시까지 쭉 수업이 있어서 한참 기다리셔야 하겠는데요?" "그라므요, 아이덜 일과를 먼저 해야지유. 내사 노는 사람이니께 기다리므 돼유." 량씨는 수위가 마주 앉은 책상이랑 멀찌감치 떨어져 문 곁에 바짝 붙어 앉아서 바깥을 내다보았다.

파란 인조잔디를 깐 널찍한 운동장에 타원형의 하얀 트랙이 그려져 있고, 가운데에는 듬성듬성 키가 훤칠한 농구대들과 네모반듯한 축구 골대들이 질서 정연히 서 있었다. 운동장 맞은편에는 높고 깨끗한 건물들이 어깨를 걸고 여러채 솟아 있었는데 어떤 것은 1층에서, 어떤 것은 2층에서 서로 통하게끔 통유리 복도로 이어져 있었다. 어느 건물이나 모두 읍내에서 돈을 가장 많이 들여 지었다던 정부청사보다도 더 훌륭해 보였다. 역시, 큰 도시가 다르긴 하이…… 저렇게 선진적이고 개명해 보이는 건물 안에서 아들 밍이가 하야말쑥하고 똘똘한 도시애들과 같이 어울려 공부를 하고 있을 거란 생각에 량씨는 저도 몰래 입이 헤벌어졌다.

운동장이 끝나 돌아오는 곳에는 좀 전 바깥에서 보았던 그 은빛 난간도 한구간 보였다. 초가을 한낮의 태양이 자글자글 난간을 뜨겁게 달구고 있었다. 이 불볕이 식고 나서 서늘한 10월이 와야 량씨 부부는 일년 동안 학수고대했던 옥수수를 비로소 수확할 수 있을 것이었다. 올해는 그리 가물지도 않고 큰 병충해도 없었으니 그만하면 풍작이겠거니와 이런 해에는 옥수수 값이 반드시 왕년보다 떨어지는 법이기도 했다.

재작년, 또 한번 크게 발작한 아내의 입원비 때문에 진 빚이 아직 남은데다가 이제 이후의 밍이 학자금과 생활비를 지속적으로 마련해내자면 사실 1년 옥수수 농사 수익만으론 늘 빠듯할 수밖에 없는 량씨네 가계부였다. 다른 집 애들처럼 밍이도 소학교나 중학교만 나와 도시에서 일자리를 구했더라면, 아내가 더이상 입원할

만큼 크게 발작하지 않는다면, 아니, 자신이 건강해서 다른 집 사내들처럼 농한기에 도시로 나가 일당을 벌어들인다면 얼마나 좋을까 하고 상상해본 적이 한두번이 아니었다.

난간 너머로 꽃양산을 받쳐든 여자들이 몇몇 지나가고 있었다. 광다의 처도 저런 꽃양산을 두개 가지고 있었다. 광다의 처는 또 아내가 만져보지도 못했을 밍크코트도 한벌 가지고 있었다. 옹근 가죽은 아니고 조각모음인데다가 길이도 약간 짧은 것이긴 해도.

저번 겨울, 밍이가 광다네 집에 기거하며 학교를 다니기 시작한 지 석달이 되어갈 즈음, 량씨는 첫 옥수수가 나오자 댓바람으로 거간꾼에게 넘겨 현금을 만들어가지고 한달음에 달려가 광다의 처한테 쥐여주었다. "형님두, 옥수수는 설 대목이 지나야 높은 값 받는 거 아니유? 밍이가 먹으므 얼매나 먹는다구…… 밍이 먹는 밥값보다야 우리 쥐안이가 먹는 과자값이 더 들지……" 하면서 광다가 생선요리 한점을 듬뿍 집어서 량씨의 공기밥 위에 놓을 때, 순간 광다의 처 눈에서 레이저 같은 것이 찍 나와 남편의 이마에 사정없이 꽂히는 것이었다. 량씨는 갑자기 콧속이 간지러워서 미처 얼굴을 뒤로 돌릴 새도 없이 반쯤 상을 마주한 채 쿡! 기침을 뱉고 말았다. 급히 막느라고 입에 댄 투실투실한 손가락 사이로 누런 가래침이 엉킨 밥알들이 비죽비죽 나와 있었다.

밍이보다 한살 적은 광다의 딸내미 쥐안이는 생선을 집으려다가 그 광경을 보고 찰칵! 수저를 내려놓더니 발딱 일어서서 제 방으로 휙 들어가버렸다. "에이, 밥맛 떨어지게…… 아, 량밍! 내 컴퓨

터 쓰고 나면 끄라 그랬지!" 목소리며 어투며 생김새까지 제 어미
를 똑 닮은 아이였다. "그만해라, 다른 반찬에다 더 먹지 그러니?"
광다는 딸내미의 싸늘한 등에 대고 하나 마나 한 잔소리를 하며 허
둥지둥 탁자 위의 휴지를 뽑아 량씨에게 한줌 쥐어주었다. "당신
은? 원래 형제간일수록 돈 문제를 깔끔하게 처리해야 서로 의도
상하지 않고 뒤탈도 없는 법인 거 몰라요? 우리도 저번에 겪을 대
로 겪었잖아요?" 광다의 처가 남편을 째려보며 총알같이 내뱉었
다. 량씨더러 들으라고 하는 소리였다. "내 그때 생각 같아서는 다
시 왕래하고 싶지도 않지만, 어쩌겠어요? 이 사람 하나밖에 없는
형젠데…… 그러니까, 이번엔 다거(大哥, 큰형) 생각이 백번 맞구만
요……" 광다의 처는 광다가 지지고 볶아낸 한상의 요리를 마주하
고 앉아 찔끔찔끔 맛만 보다가 또 수걱수걱 밥술을 뜨고 있던 밍이
를 건너다보았다. "밍이야, 천천히 많이 먹어라. 이 반찬들도 먹지
그러니? 한창 클 땐데 얼마나 허할까?" 밍이는 친절한 숙모의 말에
가타부타 대답이 없이 입안 가득 밥알을 씹으면서 제 앞의 돼지고
기 마늘종 볶음을 한젓가락 집었다.

　"쯧쯧…… 애가 저리 붙임성이 없다구요. 하루 종일 뭔 생각을
하는지 통 말이 없으니 답답해서 원. 나는 하느라고 하는데 아무래
도 제집만 하겠어요? 나중에 설운 소리나 안 들을는지……" 량씨
가 막차를 타기 위해 광다네 집에서 나올 무렵, 광다의 처는 물걸
레로 걸상 아래며 거실바닥 등 시형이 지나간 동선을 따라다니며
바지런히 닦아대다가 걸레를 든 채 현관까지 나왔다.

　광다가 형을 만류했다. "어쩌다가 오셨는데 하룻밤 자고 가시

쥬." 량씨는 머리를 완고하게 흔들었다. "아녀. 그 사람 혼자 있는 디." 광다는 제 처의 눈이 할기죽거리려는 것을 보고도 한마디 덧붙였다. "그럼 형님, 다음에는 다싸오(大嫂, 큰형수)랑 꼭 같이 오슈." 광다의 처는 그 말을 듣고 더이상 참지 못하겠는지 화장실로 들어가 걸레를 촤락촤락 빨아댔다. "내가 못 살아. 이 집에 어떻게 그런 여자까지 들인다고……"

량씨는 문을 열고 나가려다가 돌아서서 광다의 등 뒤에 서 있는 밍이를 한번 바라보았다. 철이 들면서부터 제 어미를 도와 군불을 때고 물을 길어오고, 방과 후마다 부실한 아버지를 거들어 밭일을 하거나 소를 먹이던 착하고 든든한 아들이었다. 밍이는 아무것도 듣지 못하고 보지 못한 듯이 묵묵히 서 있었다. 텁숙하던 머리는 도시 애들처럼 세련되게 깎았고 불과 석달 전까지 없던 여드름이 나서 갑자기 훌쩍 성숙한 것처럼 보였다. 워낙 말수가 많은 편은 아니었지만 밝고 구김살 없이 있는 그대로 표현을 하던 아이였는데 그날 광다네 집에서 본 아들은 흡사 다른 집 아이랑 바꿔치기를 당한 게 아닐까 하는 착각이 들 정도로 낯선 얼굴을 하고 있었다.

광다네 집 구석구석에서 피어오르는 향내 때문이었을까, 아니면 광다의 처가 화장실까지 뿌려놓은 향수 냄새 탓이었을까. 잠깐 동안 앉아 있는 사이 량씨는 머릿속이 혼탁해졌다. 밍이도 량씨를 내다보고 있었다. 자기를 데리러 온 삼촌의 차가 동네 어귀까지 들어왔다는 소식을 듣고 밍이는 아내의 포옹과 량씨의 쓰다듬는 손길을 어린애처럼 바랐더랬다. "또 올께이. 삼촌 숙모 말 잘 듣고 있어라이" 하고 량씨가 마지막 인사말을 건네는데 그날의 밍이 눈에는 웬일인지 그전 같은 순수한 아쉬움이 보이지 않았다. 량씨는 등 뒤에서 육중한 현관문이 쿵! 닫히는 소리를 들으며 기우뚱기우뚱 계단을 내려갔다. 그건 뭔가. 하마터면 계단을 헛짚을 뻔하여 량씨는 소스라치게 놀랐다. 복도 창문으로 들어오는 찬바람에 어지럽던 머리가 약간 개는 것 같았다. 그래, 밍이 눈에 들어 있던 것이 량씨에 대한 불신과 의혹이었단 말인가?

그 때문에 엊저녁 남자의 전화를 받고 나서도 량씨는 금방 광다에게 전화를 넣지 못했던 것이다. 아내의 몸은 쉽게 부끄러움을 버리고 뜨겁게 달아올랐다. 매번 숨 가쁘게 헐떡이는 아내의 몸을 타고 앉아 땀자루를 흘릴 때면 량씨는 다음엔 노총각 송씨가 얘기하던 그 '기구'라는 것을 한번 사볼까 하는 생각을 끊임없이 떠올리곤 했다. 한번도 말한 적은 없었지만 아내 역시 그런 상상 속에서 매번 량씨와의 정사를 아쉽게 마치는 것이 아닌가 싶기도 했다.

사십줄이 넘어가면서부터 무력한 왼쪽 다리는 근육이 더 많이 빠져나가며 점점 더 가늘어졌다. 그러나 늘씬하게 쭉 뻗은 아내의 두 다리는 아직도 탄력이 남아 있었다. 술을 많이 마신 날 밤이면 량씨는 가끔 아내의 맨다리를 그러안고 잠을 잤다. 아내의 넓적다리 안쪽에는 담뱃불로 지진 흔적이 두군데 있었고, 엉덩이와 오른쪽 유방 아래에는 희미한 흉터가 흉물스럽게 남아 있었다. 량씨는 어느 누구도 보지 못한 그 흔적들을 손가락으로 쓰다듬으면서 만약 이것들이 없었더라면 자신이 과연 아내를 지금처럼 사랑할 수 있었을까 생각하곤 했다.

아내도 그렇게 생각하는지는 모를 일이었다. 아내하고는 그런 진지하고 깊은 속얘기들을 해본 기억이 없었다. 아내는 조용하고 알뜰하게 일상을 살다가도 자주 상상 속의 세계로 끌려가곤 했다. 그녀는 상상의 세계에서 보고 듣는 것을 그대로 재현해 보이곤 했는데 그중 고정불변의 테마는 부엌에서 식칼을 찾아 자기 베개 밑에 감추는 행위였다. 동네 사람들은 그녀의 그런 행위가 터지기만 하면 무조건 사람을 보내 일밭에 나간 량씨를 불러왔다. 량씨가 허둥지둥 문간에 들어서는 모습을 보고서야 아내는 비로소 칼을 사람들에게 내주고 자기 베개에 누워 잠이 들었다.

량씨가 아내를 처음 집으로 데리고 오던 날, 광다와 그의 처는 가게 일이 바빠서 와보지 못했다. 그 얼마 뒤 광다 혼자서 선물이랍시고 스테인리스 냄비와 화장품 세트를 들고 찾아온 것이 전부, 광다의 처는 이날 입때껏 동갑내기 손위 동서네 집으로 놀러 온 일이 한번도 없었다.

뒷집에 살던 아버지가 돌아가셨을 적, 식구들이 한자리에 모이는 바람에 어쩔 수 없이 초상난 시댁에서 두 여자가 마주친 일이 있었다. 반짝이는 인조보석이 촘촘히 박혀 있는 까만 정장을 입은 광다의 처가 말이야 바른대로, 다거네는 곁에 살았다뿐이지 노인네 생활비는 다 우리가 댄 게 아니냐고 칼칼하게 언성을 높였고, 색 바랜 치마바지에 밍이의 점퍼를 걸친 량씨의 처는 까만 눈썹을 쪼프리며 입을 꾹 다물고 있었다.

광다의 처는 점심거리로 량씨의 아내가 만든 노란 옥수수 귀테를 거들떠보지도 않았다. 사실 온 동네에서 이렇게 구수한 귀테(찐

빵)를 부칠 줄 아는 아낙은 량씨 아내밖에 없었는데도 말이다. 그것은 량씨가 옥수수 대궁을 떼주고 아내가 커다란 가마솥 안벽에다 주먹만큼 큰 옥수수 반죽을 찰싹찰싹 붙여서 노릇노릇하게 구워낸 것이었다. 뱃살이 붙어서 정장치마 위가 불룩해진 광다의 처는 량씨가 떠다준 물도 마시지 않았다. 물은 까만 가죽물통에서 떠온 것이었는데 늙은 소 누렁이도 그 물통의 물을 마시고 있었기 때문이었다.

광다의 처가 어렵사리 시골동네로 행차한 것은 노인네가 남겨놓은 초가집과 세간 일부와 통장, 그리고 넉무(畝)팔푼(分)(중국 토지 면적의 단위)의 옥수수밭을 처리하기 위해서였다. 광다는 제 처의 눈치만 살피면서 가타부타 말없이 담배만 뻐끔뻐끔 태웠고, 량씨는 머리가 팽팽 돌아가는 제수씨의 정확한 유산 분할 계산방식을 무지막지하게 무시해버렸다. "법이 이렇고 저렇고 하는 거이는 난 모른다. 노인네 생전에 말한 대로 옥수수밭은 내가 가진다. 이견이 있어두 어쩔 수 없다."

그 일이 있은 뒤 한동안 두 형제는 서로 내왕이 끊겼다. 밍이 학교가 문제되는 바람에 량씨가 하는 수 없이 먼저 동생한테 부지런히 전화를 넣기 시작했고, 형제의 옛정을 생각해야 하는 광다로서도 더이상 나 몰라라 할 수가 없어 나선 것이었다.

그런 일련의 연유들 때문에 량씨는 광다와 그의 처를 떠올리기만 하면 괜히 속이 체한 것처럼 불편해지곤 했다. 아내가 드렁드렁 코를 골며 잠이 든 다음에야 량씨는 팬티를 입고 일어나 낡은 휴대폰으로 광다한테 전화를 넣었다. "그래, 나다. 우리 밍이 잘 있냐?

뭔 일 없고?"제 처가 바로 곁에 있는지 광다의 목소리는 자제하는 듯 낮게 들렸다. "그럼유, 잘 있쥬. 별일이야 있겠슈……"잠깐 부스럭거리며 끼익— 문 닫는 소리가 들리더니 베란다로 나갔는지 광다의 목소리가 좀 높아졌다. "왜 그러세유 형님? 뭔 일 있으세유?"량씨도 전화를 들고 잠든 아내의 곁을 떠나 부엌께로 나갔다.

"거 왜, 밍이 담임한테서 전화가 왔더라구. 뭔 놈의 학습태도가 안 좋니, 학적부가 문제 있니 하맨서 내일 한번 왔다 가라네. 기래, 니가 보기에두 밍이 태도가 좀 기러냐?"창문 바깥에서 칠흑같은 어둠이 량씨네 집을 숨 막힐 듯 감싸안고 있었다. 집 뒤에 있던 몇그루의 백양나무들이 우수수— 어두운 밤공기를 흔들고 있었다. "그니까 밍이가여…… 글씨, 전에는 개가 안 기랬던 것 같은디……"밍이 얘기가 나오자 광다가 갑자기 꺽꺽거리며 말문을 열기 힘들어했다. 뉘 집 거위를 눈독 들였는지 살쾡이가 아츠랗게 우는 소리도 들렸다. "말혀봐. 말을 혀야 내가 알지."량씨는 광다 앞에서 형님의 틀거지를 차리며 의젓한 듯 목소리를 눅잦혔지만 마음속에서는 그동안 단단히 쌓았던 어떤 성곽이 이제 막 금이 가고 부스러져 떨어져나가는 것처럼 불안했다.

광다의 얘기를 대충 정리하면 이러했다. 사춘기에 들어선데다가 갑자기 환경이 바뀐 탓일 수 있을 것 같다, 애가 처음에는 순순히 공부만 하고 말도 잘 듣고 심부름도 눈치껏 해주는 편이더니, 점점 책을 들고 있는 시간보다 휴대폰을 들고 있는 시간이 많아지고 식구들에게 문안도 건성, 감히 숙모가 묻는 말을 씹는 경우도 가끔 있을 뿐 아니라 언젠가는 쥐안이랑 대판 다툰 적도 있을 정도로 과격해졌다는 것이었다. "이런 말 하기 정말 좀 그런데유……" 하고 광다가 팬티 바람으로 나와 부들부들 떨며 저녁 찬바람을 맞고 있는 량씨한테 말했다. "우리 집 안방 화장대 위에 두었던 돈이 여러 번 없어졌거든유. 10원짜리 20원짜리들이라 많은 돈은 아닌데, 그래두 이건 경우가 다른 일이라 어르고 달래고 다 해보았는데두 눈 하나 깜짝 않고 딱 잡아떼더라구유. 그래 봬도 밍이 걔, 의외로 독한 구석이 있어유. 솔직히 걔 말을 어디까지 믿어야 할지…… 이런 걸 형님한테 얘기해야 허나 말아야 허나 걱정허구 있었쥬……"

오전 수업이 끝나는 종이 골짜기의 메아리처럼 길게 울렸다. 종소리는 마법사의 주문마냥 량씨를 벌떡 자리에서 일어나게 만들었다. "저그 저 중간 쪽에 있는 하얀색 건물이오. 대문으로 들어가서 복도를 따라 왼편으로 굽어들면 2층으로 올라가는 계단이 있을 거요. 마선생님은 수학 1조 사무실이지 아마." 늙은 수위가 생각보다 더 자상하게 가르쳐준다. 량씨는 푹신한 인조잔디의 운동장을 기우뚱기우뚱 가로질러서 맞은편 건물을 향해 걸어가기 시작했다. 수업이 끝난 아이들이 삼삼오오 떼를 지어 건물 밖으로 밀려나오고 있었다. 밍이의 담임은 밍이에 대해서 뭐라고 말해줄 것인가. 교문을 빠져나가는 아이들 곁으로 커다란 광고 글귀를 써넣은 컨테이너 차 한대가 천천히 지나가고 있었다. '당신에게는 과연 무엇이 보입니까?' 어떤 불길한 예감이 스물스물 량씨의 뒷덜미를 기어오른다. 머릿속이 이상하게 조금씩 흐리멍텅해지는 것 같다.

"글쎄요, 제가 이 반을 맡은 지 이제 한학기밖에 안되었으니까 성급히 결단을 내리지는 못하겠지만…… 혹시 부모님은 그전 선생님들한테서 무슨 소리를 들으신 적이 없었나요? 음, 예를 들면 거짓말 같은 거요……" 밍이의 담임은 전날 통화에서 일변 심각하게 어조를 낮췄다가 다시 허허 웃으며 그러나 조사해보면 그리 큰 문제가 아닐 수도 있다고 분위기를 은근슬쩍 풀어주곤 했다. "그래서 말인데요, 아마 밍이가 학적부 얘기를 부모님께 하지 않았을 수도 있겠다는 생각이 들어서요…… 그걸 해결하자면…… 일단, 내일 오실 때 비상금을 챙겨오시는 게 좋을 겁니다. 사오백이나 칠팔백, 뭐 많으면 많을수록 든든하긴 합니다만, 어쩌겠습니까? 형편대로 해야죠." 숨바꼭질하듯 안개 속을 누비던 남자의 종잡을 수 없는 말들은 결국 돈을 가져오라는 내용으로 끝나버렸다.

밍이의 입학수속에 대해서 깜깜이었던 량씨는 광다한테서 대강이나마 귀동냥을 하고 싶었지만 이내 전화기 너머 그 처의 새된 소리가 들리는 바람에 속 시원히 물어볼 새가 없어졌다. "수속은 다 끝났을 텐데 뭔 돈여? 농촌호구라서 다른 수속이 또 있다는 말인가, 아니면 혹시……" 거기까지 하다가 광다는 이내 제 처한테 "알았어, 금방 들어간다고, 가!" 하고 소리 질렀다. "차편은, 밍이도 매일 타고 다니는데, 시외버스 역에서도 바로 탈 수 있어여. 230번. 조양공원 역에서 내리슈. 뭔 일인지는 가보믄 알겄지……"

유리문으로 들어가 기다란 복도를 따라 왼편으로 걸어가다가 량씨는 수위가 알려준 계단을 만나 올라갔다. 2층 복도 남쪽 켠에 일렬로 죽 늘어서 있는 사무실 팻말들을 하나하나 읽어나가다가 량씨는 마선생이 있다는 수학1조 문 앞에 멈춰 섰다. 경찰서에 자수하러 온 범인처럼 가슴이 두근거린다. 똑똑똑…… "1학년 7반 마선생님 여그 계신가유?"

허허허 하고 사무실 안에서 어떤 남자의 익숙한 웃음소리가 들리고 있었다. 머리를 짧게 커트한 젊은 여자 선생이 벌컥 문을 열어주었다. "1학년 7반 담임 마선상님이 여그 계시우?" 중키에 약간 몸집이 큰 남자의 뒷모습이 귀퉁이 쪽 책상 앞으로 보였다. 대나무잎 무늬의 셔츠를 시원하게 받쳐입은 남자는 누군가와 기분 좋게 통화하는 중이었다. "애들이 다 그렇지요 뭐. 걱정 마세요 어머님, 제가 잘 돌보고 있으니까…… 하하하, 그건 제가 응당 해야 할 일인데요 뭐. 꼭 그러시지 않아도 되는데……" 여자 선생의 싸인을 받고 나서야 남자는 휴대폰을 든 채 금테 안경을 콧등으로 연신 올리추면서 량씨를 향해 문께로 다가왔다. 량씨는 이처럼 지적이고 고상한 지식인을 마주하고, 갑자기 어찌할 바가 생각나지 않아 그만 조공을 드리는 대신마냥 꾸벅 허리를 굽혀 인사했다.

"누구…… 혹시……?" 마선생은 량씨의 남루한 행색이며 햇볕에 그을린 주름진 피부와 사선으로 내려가 있는 한쪽 어깨며를 빠른 속도로 훑어보고는 깍듯이 맞인사를 하며 악수를 청했다. "네, 지가 밍이 애비지유. 량밍." 마선생은 제 상상 속의 량밍 아버지와 많이 달랐던지 어딘가 난감해하는 기색으로 슬그머니 량씨의 손을 놓았다. "그렇군요. 량밍이가 농촌에서 온 애인 줄은 알고 있었지만……"

선생들이 모두 나간 텅 빈 교무실 안에서 마선생은 량씨를 마주

하고 앉아, 머리가 아프다는 듯 이마를 찌푸리며 뭔가를 골똘히 궁리하고 있었다. 량씨는 바짝바짝 타들어가는 목구멍으로 침을 삼키면서 용기를 내어 조심스럽게 물었다. "우리 밍이가 속을 많이 태우는 갑죠? 공부를 영 잘 안하나유?" 마선생은 량씨의 그 지대한 관심사에는 그다지 흥미가 없다는 듯 가벼운 일소로 대충 무마해버렸다. "공부야 이제 1학년이니까 너무 급한 건 아니지요. 뭐 과분할 정도로 장난이 심한 것도 아니고……" 목구멍까지 가득 막혔던 답답한 것들이 약간 내려가는 것 같았다. 그렇다면 대체 뭐가 그리 문제란 말인가. 아직 펴지지 않은 남자의 이맛살을 걱정스레 올려 보다가 량씨는 한번 더 물었다. "그럼 학적부가 문젠가유? 농촌호구라서?"

그 말에 마선생은 마침내 뭔가 결단을 낸 듯한 얼굴을 들더니 량씨를 쳐다보았다. "그렇……죠. 그래서, 어제 얘기드렸던 돈은 가지고 오셨나요?" 마선생의 말에 의하면 밍이의 경우 호구 소재지의 구역을 옮겨 입학했기 때문에 다른 애들보다 필요한 서류가 더 있으며, 저번주까지 서류를 작성해오라고 밍이한테 통지했건만 아무 소식이 없는 것으로 보아 아마 밍이가 전해주지 않았을 것으로 짐작했다고 했다. 기일이 지나면 학적부 작성이 끝나서 개인적으로 다시 재건하기가 거의 불가능한 일이 될 텐데, 만에 하나 그렇게 될 경우 대학 입학시험은 물론 볼 자격이 없고 3년 동안 힘들게 공부하고도 결국 고중 졸업장 하나 얻을 수 없는 신세가 될 것이라고 했다. 그런데 차후 인생이 걸린 이 중요한 문제 앞에서 밍이 녀석은 될 대로 돼라, 어차피 대학은 안 갈 거니까, 라는 뱃심으로 경고를 무시하더라는 것이다.

마선생은 그쯤에서 말을 잠깐 멈추고 노란 금테 안경 뒤로 량씨의 얼빠진 표정을 면밀히 살피는 것이었다. "해서, 제가 학교는 계속 보내실 거냐고 물어본 겁니다. 부모님의 의향도 밍이랑 같은 건지……" 량씨의 약간 짧은 쪽 다리가 덜덜 떨리기 시작했다. 헛꿈을 꾸다 깬 사람처럼 량씨는 눈을 퀭하니 뜨고 마선생을 쳐다보았다. "밍이가 그랬다구유? 어차피 안 갈 거라구? 지놈이 어떻게 그딴 말을…… 우리가 왜 이 고상을 하며 살겠어유? 다 그놈 하나 대학에 보낼려구 이러는 게 아니겠어유? 말 같지도 않은 소릴…… 뭐가 없으믄 안된다구유? 해야지유! 빨리 해야지유." 량씨의 두꺼운 입술 사이로 흥분한 침방울들이 마구 튕겨나왔다. 량씨가 마침내 사태의 엄중성을 깨닫고 마음을 다급해하는 것을 보자, 마선생은 오히려 이맛살을 펴고 침착한 모습이 되었다.

"그렇군요, 제 짐작이 맞았군요. 근데 이 녀석, 그렇게 부모님께 말씀드리라고 재촉했는데도 연락하지 않았던 모양입니다? 허참, 오후 자습시간도 가끔 빼먹고, 잔머리 굴려서 거짓말이나 하고……" 량씨는 거기까지 듣고 더이상 앉아 있을 수가 없어서 벌떡 일어나버렸다. "내 이놈을 당장! 선상님, 내 이놈한테 단단히 물어봐야갔시유, 이 몹쓸 놈, 시방 교실에 있겠지유?" 마선생은 기대 이상으로 화에 사로잡힌 량씨를 보고 잠깐 당황하는 듯하다가 이내 그의 손을 잡고 만류했다. "너무 흥분하지는 마십시오. 요즘 애들이 원래 그렇습니다. 사춘기라 더할 거예요. 제가 나중에 잘 타일러보겠습니다, 그것보다 먼저 학적부를 해결하셔야죠……"

량씨는 계단 난간을 의지하여 손으로 무력한 다리를 짚고 서서 오가는 학생들을 물끄러미 바라보았다. 바지주머니에 손을 찔러넣고 껌을 질겅질겅 씹어대며 소란스럽게 지나가는 남자아이들이 한 무리 보였다. 남자아이들은 모두 밍이 같았다. 똑같은 체육복을 입고 굵은 목소리로 떠들던 아이들은 량씨 앞을 지나면서 흘끔흘끔 돌아보았다.

"여기서 기다리세요, 저 혼자 가볼게요." 교무실을 나선 마선생은 량씨더러 계단이 시작되는 2층 복도에서 기다리라고 했다. 량씨는 허리춤 깊숙이 쑤셔넣었던 까만 봉지를 열어 땟국에 전 빨간 지폐 네장을 꺼냈다. 학적부를 관리한다는 그 총무라는 작자한테 돈을 찔러주며 구슬려보겠다는 것이 마선생의 계획이었다. 마선생은 빨간 지폐가 겨우 넉장뿐임을 확인하고 나서 잠깐 말이 없었다. 농촌 학생을 위해 이런 번거로움을 무릅쓰는 도시의 선생님께 너무 죄송스러워서 량씨는 연신 허리를 굽혔다. "선상님, 전 아무것두 모르니께 어쩌겠슈? 그저 선상님이 애써주슈." "글쎄 사백이라, 이거 가지고 될래나……" 량씨가 기어이 손안에 쥐여주는 지폐를 들고 마선생은 머리를 절레절레 흔들다가 하는 수 없다는 듯 계단을 올라갔다.

서로의 어깨를 쥐어박으며 장난질을 하던 남자아이 하나가 량씨를 툭 밀쳤다. 난간을 붙잡고 서 있던 량씨는 평형을 잃고 휘청거렸다. "어, 죄송해요!" 남자아이는 자기 친구에게나 하듯 량씨한테 손을 번쩍 들어 보이고는 다시 아이들 속으로 들어가버렸다. 수

염이 거뭇하게 나기 시작한 아이였다. 요새 아이들은 옛날 같지 않은데 밍이가 그 아이들한테서 나쁜 짓을 배운 게 아닐 거냐던 광다의 말이 생각났다. 다툼질에 건성건성에 거짓말에 도둑질까지…… 1학년 7반이라고 했으니께, 한층 한층 뒤져서 다 찾아볼 끼다, 어디 찾기만 해봐라…… 량씨는 입술을 사려물고 계단 난간을 짚으며 끙 힘을 써서 층계를 올랐다. 몇계단 오르지도 않았는데 벌써 팔 근육이 저려왔다. 따끔하게 혼을 내야지…… 하나 더, 하나 더, 기우뚱기우뚱 힘겹게 올라가는 량씨의 뒤에서 누군가 살짝 팔꿈치를 부축했다. "아버지! 웬일루 여기를……" 이 건물 안 모든 아이들과 똑같은 체육복을 입은, 밍이였다.

"너 이 녀석, 여기 있었구나!" 마침 머리 위에서 쿵쿵 발걸음 소리가 들리더니 녀석의 담임이 내려오고 있었다. 심드렁한 목소리로 "좀 어렵긴 했지만, 이제 다……" 하고 말하다가 마선생은 그 곁에 서 있던 밍이를 보고 나머지 말들을 꿀꺽 삼켜버렸다. "그래, 선상님도 왔으니 차라리 잘됐다! 내 물어보자, 너 워디서 이리저리 거짓말허는 재주 배웠냐? 학적부 얘기를 허라고 선상님이 몇번이나 말했다며? 대학 안 갈 꺼라는 말은 누가 혔는겨……?" 계단을 오른데다가 화까지 뻗쳐서 량씨는 숨이 가빠졌다.

밍이는 약간 뜨악한 표정으로 담임을 쳐다보았다. 학적부요? 대학이요? 갑자기 무슨 사건들이 생각났는지 밍이는 말을 멈추고 차가운 얼굴이 되었다. 량씨가 여태 본 적 없던 한줄기 독기 같은 것이 그 아이의 눈에서 흘러나오고 있었다. "아니요! 저 거짓말 한 적 없어요! 내가 한 말이 아니에요!"

"뭐여? 이놈이 기래두……? 선상님이 여그 일케 서 있는데두 아니라고 잡아떼? 이것을 그냥……" 량씨의 눈에서 순간 번갯불이 번쩍 일었다. 아무리 따져도 눈 하나 깜짝 않더라는 광다의 말이 떠올랐다. 학교에서 이 정도라면 없어졌다는 광다네 안방의 돈도 밍이의 짓일게 분명했다. 밍이가 다른 말을 하기도 전에 량씨는 자기보다 머리 하나는 좋이 더 큰 아들에게 바람처럼 달려들어 귀빰을 매우 날려댔다. "내가 너를 글케 가르쳤더냐? 이놈의 자식! 내가, 너 어미가 이따위로 살믄서 그저 너 이놈 하나 올바르게 크는 거이 보구 싶었는데, 망할 놈의 자식!"

삽시간에 밍이의 한쪽 얼굴에는 벌건 손자국이 나고 말았다. 싸늘한 웃음 같은 것이 그 아이의 얼굴에 엷게 스쳤다. "왜 때려요, 뭐 어쨌다고? 올바르게 키워요? 당신 같은 사람이?" 량씨는 급기야 분수처럼 치미는 분노에 눈이 다 돌아가고 말았다. "이 자식이? 뭐가 어쩌고 어째?" 수탉의 모가지를 잡아 비틀 때처럼 량씨는 갈퀴 같은 두 손에 전신의 힘을 모아 밍이한테 달려들었다. 그려, 오늘 너 죽고 나 죽자…… 계단을 오르내리던 아이들이 둥그렇게 그들 주위에 모여들기 시작했다. 사태가 크게 번지자 마선생은 황망히 두 부자 사이에 끼어들어 사력을 다해 량씨의 손을 풀어놓았다. "진정! 진정하세요! 여기는 학굡니다!" 마선생은 량씨를 붙잡아 한쪽에 세워놓고, 될수록 목소리를 낮추며 밍이를 호되게 닦아세웠다. "거짓말을 했으면 인정해! 인정하고 뉘우치면 되는 거지, 그렇게 우기면 어떻게 고치겠니? 학적부 문제는 다행히 아버님이 제때 오셔서 넘어갔다만, 거짓말하는 버릇은 꼭 고쳐야 한다! 그게 작은 문제가 아니야. 네 일생의 품행에 관한 문제라고! 사람이란 무엇보다 우선 정직하게 사는 법을 배워야 하는 거다! 알아들었나, 량밍? 그렇지 않습니까, 아버님?"

　장사꾼들이 '싸구려'를 외치는 소리, 손님들이 흥정하는 소리, 드르륵 화물박스 리어카가 끌리는 소리, 오토바이며 짐차들의 경적 소리로 장터는 시끌벅적하다. 붐비는 사람들 속에서도 유난히 반듯한 어깨의 밍이가 앞서 걷고 있다. 량씨는 허기진 배를 안고 뒤뚱뒤뚱 따라가며 손으로 연신 짧은 다리의 무릎을 짚는다. 점심시간이 한참 지난데다가 예상에도 없던 화를 내고 용까지 쓰다보니 창자가 휑하니 비었다.

　항주만두가게 앞에서 밍이가 걸음을 멈추고 피끗 량씨를 돌아본다. 마선생님이 밍을 야단치고 주위에 모인 아이들을 돌려보낸 뒤 량씨는 흥분이 차차 가라앉았다. 선생님께 삿대질을 당하며 엄한 꾸중을 듣고 있던 밍이, 둥그렇게 모여 그런 밍이와 량씨의 꼬락서니를 구경하던 아이들, 량씨는 그 순간 홀로 솟은 산 같은 아들만의 외로움을 느꼈던 것이다. "뭐 어디 만두집이라도 없냐? 대충 먹고 가자." 몇마디 인사치례가 끝나고 마씨가 밍이를 교실로 올려 보내려 할 때, 무뚝뚝한 목소리로 량씨는 아들을 불러세웠다.

　항주만두집들이 대개 그러하듯 가게 안은 비좁았다. 량씨는 주방하고 가장 가까운 테이블에 앉았다. 밍이는 아무 말도 없었다. 량씨가 손짓을 하여 마주 앉긴 했지만 아비의 얼굴은 쳐다보지도 않았다. 밍이의 볼살을 후려치던 손바닥에는 아직 그 아이의 야들야들한 피부 촉감이 느껴지고 있었다. 말벌한테 쏘인 것처럼 벌겋게 부어 있는 아들의 한쪽 얼굴은 량씨의 가슴을 저리게 만들었다. 엉덩이는 여러번 때려보았지만 얼굴에 손을 대기는 처음이었다. 밍이도 다른 집 아이들보다 철이 일찍 들어서 귀뺨 맞을 짓은 종래로 하지 않았다.

량씨는 돼지고기소 만두를 세통이나 시키고 죽도 두그릇 시켰다. 만두는 작고 뜨거웠다. 속을 들여다볼 수 없는 하얀 만두들은 갈색의 대나무 찜통 안에서 평화롭게 모락모락 김을 뿜고 있었다. 대체 어떻게 된 일일까. 그 열정적이고 책임감 있는 선생님과 버릇없고 과격하게 변해버린 밍이, 그리고 광다네 안방의 사라진 돈들…… 그러나 량씨는 마선생이 떠나고 교문을 나서서 밍이와 단둘이 있게 되자, 갑자기 어떤 지독한 최면에서 소스라치게 깨어나는 것 같았다. 저번 겨울 광다네 집에서 그랬던 것처럼. 량씨는 가게 주인을 불러서 한냥짜리 어르궈터우를 시켜 마개를 땄다.

이런 느낌은 아주 오래전, 20년 전이나 30년 전에도 느껴본 적이 있었지 않은가. "너냐? 거짓말한 사람이 너냐?" 량씨의 목소리가 이제 많이 누그러졌음을 알아채고 밍이가 고개를 들어 아비의 눈을 바라다보았다. 진한 눈썹 아래 곧게 뻗은 콧날, 속눈썹이 까만 쌍겹눈과 갸름한 턱, 밍이는 신기하리만치 제 어미를 똑 닮아 있었다. 아니, 지금 이 아이가 바로 아내가 량씨한테 시집오던 열아홉살이 아닌가.

"아버지는요? 아버지는 저한테 이제껏 정말만 말했나요?" 밍이가 되물었다. 가까스로 버티고 있던 량씨의 성곽 어디선가 우지

끈 소리가 나고 있었다. "어떤 애가, 아니 어떤 사람이 그러더라구요. 나는 아버지와 엄마에 대해서 잘 모르고 있다고." 밍이는 고개를 돌리고 열린 문 바깥으로 쉴 새 없이 가고 오는 사람들을 바라보았다. 불신과 의혹에 흔들리는 그 아이의 눈에는 바깥 풍경이 과연 무엇으로 보일까. "그래서?" 하고 량씨는 작은 술병을 입에 대고 머리를 뒤로 젖히며 꿀꺽 한모금 들이켰다. "캬―, 넌 어떻게 생각허냐?"

230번 버스, 조양공원 맞은편 역으로 두 부자는 좀 전처럼 앞서거니 뒤서거니 걷고 있었다. 돼지고기소가 듬뿍 찬 하얀 만두로 든든히 배를 채운 량씨가 밍이를 앞서갔다. 손으로 부실한 쪽의 다리를 짚을 때마다 몸 전체가 우스꽝스럽게 기울고 있었다. 바로 섰다쑥 기울며 비뚤어지고, 다시 바로 서서 한발 내딛는 량씨의 걸음걸이는 시골의 펌프같이 절주 있었다. 아슬아슬한 짧은 치마를 입고 노란 파마머리를 위로 높게 틀어올린, 긴 가짜 속눈썹을 깜빡거리며 걸어오던 아가씨가 량씨를 빤히 쳐다보았다. 겨우 열여섯이나 열일곱 정도 되었을, 직업이 의심스러운 옷차림의 아가씨다. 량씨는 큰 도시 유흥가에서 2년간 밥벌이를 했다던 왕년의 아내 같은 어린 아가씨를 못 본 척 지나쳐 간다. 첫번째 발작이 있고 나서 어린 아내는 고향동네로 돌아왔으며 그로부터 1년 뒤 량씨와 살림을 합쳤다. 아내는 그후 20년의 세월을 살면서 다시 이 도시에 와본 적이 없었다.

30년 전, 동네에는 여러가지 소문이 나돌았지. 뭐 지금도 그 소문들은 없어지지 않고 여전히 누군가의 술잔이나 찻잔 밑바닥에 가라앉아 다리쉼을 하고 있겠지만. 어디 한번 맞혀보지 않으련, 뭐가 진짜인지……? 량씨는 잠깐 멈춰 서서 바싹 자기 뒤를 따라오는 아들을 돌아본다.

첫번째 소문. 어떤 팔자 사납고 지독한 계집아이가 있었대. 아버지가 일찍 죽자 재가한 엄마를 따라 계부와 말할 줄도 옷 입을 줄도 모르는 멍청한 여동생과 살았지. 어느날 집을 나가 강가에서 장난하던 동생이 물에 빠졌는데, 계집아이는 현장에서 도망가고 말았대. 동생의 장례를 치르는 날에야 몰래 돌아왔다나.

두번째 소문. 어떤 멍청하고 지저분한 계집이 있었대. 계집은 타고난 화냥년이라서 젖퉁이가 튀어나올 때부터 벌써 엄마의 남자랑 이러고저러고 하는 사이였대. 몇살을 더 먹고 나서 젖퉁이며 엉덩이가 더 커지니까 그 늙은 남자로는 성에 차지 않았는지 도시로 들어갔대. 돈도 벌고 화냥질도 하고……

세번째 소문. 가난뱅이에 못생기고 나이 많은 절름발이 총각이 있었대. 그놈은 몸이 불구라서 성격이 괴팍하고 무식하고 억지를 잘 쓰는데다가 부모형제도 몰라보는 욕심쟁이였대. 지참금이 없어 여느 색시랑 정상적으로 결혼할 수 없던 그놈은 윗동네 정신이 들락거리는 계집을 밤마다 몰래 찾아갔대. 배가 부르는 바람에 하는 수 없이 놈을 따라온 계집은 놈보다 아홉살이나 어렸는데, 정신이 이상해지기 전에는 도시에서 반반한 얼굴로 요상한 일을 하며 살던 년이래……

네번째……

물론 량씨는 밍이한테 그런 쓸데없는 풍문들을 일일이 말해주지 않았다. 밍이는 아직 어렸다. 밍이가 그 풍문을 제 귀로 모두 들었다면 부모에 대해 과연 어떤 상상을 할 것인가. 당년의 량씨도 그 풍문을 들을 때마다 독버섯을 먹은 것처럼 머리가 어지럽지 않았던가. 지금 량씨는 그것들이 모두 진실이 아님을 알고 있었다. 그러나 그중 몇가지는 확실히 발생했던 일들이기도 했다. 동생의 죽음, 계부와의 관계, 유흥가 생활, 발작하기 시작한 정신이상증세…… 그외, 정신이상의 계집을 임신시킨 절름발이 노총각과 동생의 덕을 그렇게 보고서도 옥수수밭 때문에 발길을 끊은 형 같은 얘기들도 말이다.

햇볕이 한창 따갑다. 230번 버스정류장이 가까워온다. "광다 삼촌네에는 들르지 않을 거예요?" 하고 밍이가 묻는다. "아니, 그냥 갈련다. 너 에미는 나 없으믄 안된다." 량씨는 버스정류장의 간이의자에 걸터앉는다. 마침 혼자 학교를 찾아간 형이 마음 쓰였던지 광다한테서 전화가 걸려온다. "형님, 입학수속을 해주던 부교장한테 물어봤는데유, 수속엔 문제없대유……" 량씨는 전화통을 잡고 멍하니 듣고만 있다. "요즘 학교 선생들이 얼마나 어두운데유. 우리 쥐안이네 선생도 보면 어휴…… 혹시……" 량씨는 거기까지 듣고 어험어험 기침을 심하게 깉었다. "알았어유 형님, 그만할게여. 우리 집에 들렀다나 가슈." 광다는 량씨가 들른다면 이번에는 돼지다리찜을 해주겠다고 했다. "왜, 형님이 젤 좋아하시는 거잖어여, 어렸을 때……"

량씨는 날이 갈수록 비실비실해가는 가느다란 다리를 내려다보았다. 고열이 왔을 때 미처 치료하지 못해서인지 중증 소아마비 후유증이 어린 량씨를 찾아왔고, 다리 때문에 농사일이 훨씬 더 힘들게 느껴지던 량씨는 가난한 아버지를 졸라서 중학이며 고중을 보내달라고 떼를 부린 적이 있었다. 도시에 나가 직장이라도 찾아 조금이나마 편안하게 밥을 벌어먹을 셈으로. 한 아이의 비용밖에 댈 수 없다던 아버지는 며칠 고심한 끝에 결국 량씨가 아니라 광다에게 학비를 맞춰주었고 그날 저녁 손수 량씨에게 돼지다리찜을 해주었다.

까만 간장에 졸인 돼지다리는 얼마나 구수했고 살집은 또 얼마나 쫀득했던가. 아버지가 광다한테도 집어주었지만 아무래도 량씨가 더 많이 먹었다. 광다도 여적 그 일을 기억하고 있었던 모양이다. 그런데 광다는 지금 그 처나 딸내미 쥐안이 때문에 옛날 맛이 나도록 돼지다리를 쫀득하게 찔 수 있을지 알 수 없었다. 광다네 집에는 제 아들도 남처럼 착각하게 만들 정도로, 사람의 머리를 어지럽게 만드는 향내들이 너무 진했으니까.

빨간 버스 한대가 멀리서 오고 있었다. 대여섯살쯤 돼 보이는 계집아이가 아이스크림을 먹다 말고 정류장에 있는 쓰레기통에 버린다. 계집아이는 자기가 입은 하얀 꽃치마에 구정물이라도 튈까봐 쓰레기통에서 멀찌감치 떨어져 던져넣었다. 악취가 심하게 나는 쓰레기통은 깔끔하고 문명스러운 도시 분위기와는 전혀 어울리지 않게 더럽다. 뚜껑이 부서져 온갖 쓰레기가 배를 갈려 드러난 짐승의 내장처럼 훤히 들여다보였다.

이상한 것은, 다 부서져 간들간들 겨우 한조각 붙어 있는 그 뚜껑 위에 자그마한 쥐 한마리가 조심스럽게 까치발을 딛고 서 있는 것이었다. 발레라도 추듯이 뒷발 하나를 추켜든 채 장난감처럼 꼼짝 않고 있었지만, 뱃가죽이 불었다 줄었다 하며 숨을 쉬고 있는 것이 진짜 살아 있는 쥐였다. 셀 수 없이 많은 사람들이 정류장을 지나쳐가고 쓰레기통 곁을 지나가면서도 아무도 그 이상한 쥐는 보지 않았다.

버스가 거의 정류장에 들어오는 것을 보고 량씨는 간이의자에서 주춤 일어난다. 그러자 사람의 기척을 느끼면서도 그대로 서 있는 쥐가 더 잘 보인다. 아니, 혹시 량씨의 눈에만 보이는게 아닐까? 세상이 그렇지 않던가. 사람들은 늘 진실을 보지 못하고 살아가곤 하니까.

230번 버스였다. 아버지, 하고 밍이가 량씨에게 귀띔한다. "웅, 그려. 나 간다. 잘 있어." 밍이의 부축을 받으며 버스로 오르던 량씨는 저도 모르게 그 이상한 쥐를 흘끔거린다. 참말로 아무의 눈에도 보이지 않는 겐가? 혹시 량씨 자신도 아내처럼 상상 속의 세계를 보고 있는 건 아닐까?

밍이가 푹 웃었다. "아버지도 보셨어요?" 량씨를 부축하여 버스로 올린 밍이는 아버지의 시선을 따라 쓰레기통 쪽을 피끗 돌아보았다. "신기하죠? 난 나만 본 줄 알았는데……" 도시에 들어와 공부한 지 근 1년 만에 처음으로, 밍이는 자기가 태어나 자란 고향에서처럼 맑게 웃었다.

돌
도
끼

―달래 캐는 때지요, 한창?

컴퓨터 화면에 온통 매달려 있던 남자의 눈길이 무심히 내 얼굴 위로 스쳐 지나는 것 같았다. 각종 도표와 조항과 서류들로 넘쳐나는 사무실의 공기는 그 종이들만큼이나 마르고도 파삭했다. 호적지 주소란의 글자들과 신분증 번호란의 숫자들을 수도 없이 조회해야 하는 호적과의 공무원으로서, 난데없는 달래 얘기를 들었으니 그 어이없음과 황당함을 어떻게 감출 수 있었겠는가.

―아니, 바람이 벌써 이리 따뜻해져서……

남자의 등 뒤로 약간 벌어진 창문 틈새를 턱짓하다가 나는 그만 입을 다물었다.

남자는 그런 나의 감상이나 변명 따위에는 전혀 관심이 없다는 듯 무표정한 얼굴로 마우스를 연신 딸깍거렸다. 반복되는 일거리에 질리고 피곤했는지, 진한 색 제복 위에서 남자의 얼굴은 그리스 신전의 석상처럼 굳어 있었다. 컴퓨터 뒤, 그의 책상에서 자판들이 타닥타닥 두들겨맞는 소리가 내게로 부딪혀오고 있었다.

나는 그 소리들 앞에 서서 그것들이 발생했다가 사라지기를 잠잠히 기다리고 있었다. 작고 동그란 소리들이었다. 왜 그것들은 그때 내 속으로 다가오지 못하고 아득하게 멀어져만 갔던가. 공허한 우주바다 속에서 자생자멸하는 별빛 같은 그들을 두고, 내 시간들은 여느 때보다 무력했다.

이제 이곳에서 호적까지 떼어가고 나면 아마도 다시는 들를 이유가 없어질 것이라는 생각에 가슴속 깊은 곳에서 한갈래 긴 숨이 올라왔다.

남자가 오른손을 높이 들었다. 쾅! 신성한 예식을 거행하는 것처럼, 쾅! 단순한 망치질을 하는 것처럼, 남자는 내 호적부에 빨간 도장을 내리쳐 찍어주었다. 솜씨가 아주 몸에 익어서 신이 들린 듯한 동작에 가벼운 리듬감마저 느껴졌다. 사람이 사람으로 된 이래, 그것은 가장 오래되고 단순한 노동의 모습이었다.

─달래라니요?

최종 확인을 마친 호적부를 덮다 말고 남자가 불쑥 말했다.

─고사리도 한참 늙었을 판에……

서류들을 한데 모아 돌려주면서 남자는 나를 올려다보았다. 짙은 눈썹 아래 눈매가 생각보다 날렵했다.

어, 저 눈매는…… 갑자기 내 기억의 다락방에서 녹슨 문 하나가

덜컥거렸다. 흠칫 멈춰 선 나를 느꼈던지 다음, 하고 순번을 부르려던 남자도 잠시 숨을 골랐다. ⋯⋯이요! 기억의 봉인이 뜯겨나가는 순간, 나는 어망결에 옆으로 한발 물러섰고, 내 뒤에 대기하고 있던 여자가 잽싸게 팔을 뻗어 서류를 내밀었다.

그렇게 해서 모든 것이 끝나버렸다. 그 땅에서 태어나고, 자라나고, 살아낸 모든 일들이 참말로 끝나버린 것이었다.

고속버스를 타고 돌아오면서 나는, 나를 따라 흠칫하던 남자의 눈길을 떠올리며 풋ー 혼자 웃었다. 내가 그를 알아보지 못했던 것처럼 그도 나를 알아보지 못한 것 같았다. 제복을 입고 컴퓨터 앞에 앉아 호적부에 도장을 휘두르는 공무원이라니? 리앙쯔가 그런 사람이 되리라고 누가 생각이나 했겠는가. 그런데도 남자에서 리앙쯔를 알아본 나 자신이 신기하고 용했다. 그러니 리앙쯔를 리앙쯔라 알아본 것은 내가 아니라 내 속의 직감이었을 게다.

버스는 남자가 있던 작은 시내를 벗어나서 톨게이트로 통하는 2차선 교외도로에 접어들고 있었다. 길 양옆으로 우거진 오래된 백양나무에 신록이 물들어 있었다. 한참 달리다보면 차창 바깥으로 우리 동네도 멀리 보일 터였다.

유리 창문에 이마를 갖다 대보았다. 빨간 도장을 맞은 호적부가 내 무릎 위 가방 안에서 아까부터 저 혼자 들썩이고 있었다. 글자에도 힘이라는 게 있을까. '천출(遷出)'이라고 박힌 글자를 보는 순간, 정말 이 땅에 박혀 있던 내 뿌리가 통째로 뽑히는 듯한 느낌이 이리 생생하게 드는 걸 보면 말이다.

결국…… 하고 나는 창문 손잡이를 밀었다. 리앙쯔였다니……
달래라니요? 라고 하던 남자가 떠올랐다. 그랬다. 달래는 우리 동
네 아이들의 것만이 아니었다. 달래는 남산의 것이었고, 그래서 남
산에 다락밭을 일구어 사는 리앙쯔네 동네의 것이기도 했다.

달래는 남산 골짜기 구석마다 무덕무덕 자라고 있었지만, 다락
밭 고랑 사이에 독거하는 달래의 머리가 제일로 굵었다. 파릇한 옥
수수싹이 터 나오기 전의 다락밭보다는, 대궁이 잘려나간 가을의
옥수수 둥치들 곁에서 달래는 더욱 굵고 파랬다.

야, 여기 우리 밭이야! 리앙쯔네 동네 사람들은 달래를 캐느라고
뚜껴지는 저들의 밭두렁을 기분 나빠 했다. 그러나 안면이 익고 마
음도 눅어지면 언제 그랬냐 싶게 허허 웃었다. 그려, 파가! 니네들
은 그걸 어떻게 해서 먹냐?

리앙쯔는 기억하고 있을까. 달래가 나던 남산과, 동네 가운데를
흐르던 대간선과, 그 강물 위에 걸쳐진 나무다리 같은 것들을 말이
다. 경운기나 마차가 다닐 수 있는 큰 다리가 있었음에도 두 동네
사람들은 한걸음이라도 줄이기 위해 그 나무다리를 자주 이용하곤
했다. 어른 키를 훌쩍 넘는 수심의 강물 위로 통나무를 켜서 이어
붙인 나무다리가 아슬하니 걸쳐 있었는데, 그 다리의 동쪽 끝은 리
앙쯔네 동네와, 서쪽 끝머리는 우리 동네랑 이어져 있었다.

두 동네가 꼭 그렇게 명확히 구분되는 것도 사실 아니었다. 외
삼촌네가 이사 가기 전까지 나는 자주 동쪽 동네로 놀러 갔었는데,
그래서 나는 거기에도 처음엔 우리 동네 사람이 더 많았다는 것을,
리앙쯔와 홍리네는 물론 다른 한족 집들도 몇채 없었다는 사실을

알고 있었다.

우리 동네 사람들이 먼저 살았던 곳이라는 사람도 있었고, 그전에 이미 다른 한족 집 몇집이 있었다는 사람도 있었지만, 무연히 펼쳐졌던 갈대밭이 논을 풀기에 적성 맞은 땅임을 알아본 사람들은 확실히 우리 동네 할아버지들이었다.

올망졸망한 처자식들을 배불리기 위해 장년의 할아버지들은 동북의 산골 곳곳에서 형제며 이웃들과 함께 이리로 몰려들었을 것이다. 마침 국고가 빈약한 나라에서도 쌀농사를 장려했으므로, 자진해 몰려와 제법 큰 동네를 이룬 이 땅에 수십리 길 위쪽의 저수지로부터 물길을 열어주었다고 했다.

당시로서는 막대한 역사였을 것이다. 그 넓고 깊은 강바닥으로 첫 물줄기가 천군처럼 들이닥치는 광경을 내려다보면서 우리의 할아버지들은 어떤 얼굴을 하고 있었을까. 나는 그 현장에 있지 않았으므로, 그들의 흥분을 다 알 수 없었다. 나는 그렇게 내려온 물줄기가, 동네 주위를 아득하게 감싸고 있는 논밭 구석구석으로 넘실거리며 흘러드는 모습을 보면서 자랐을 뿐이었다. 봄이면 까맣게 마른 논밭으로 하얀 물들이 서서히 채워지는 모습을, 여름이면 그 물판 위로 싱싱한 볏모들이 파랗게 줄지어 선 모습을 나는 좋아했다.

그래서인지 나는 때로 나무다리를 오가다가 그 아래를 흐르는 깊은 강물에 깜빡깜빡 정신줄을 빼앗기기도 했다. 소스라치게 정신을 차려서 종종걸음으로 다리를 건너고 돌아다보면, 강물은 빗살무늬의 주름을 넓게 접으면서 소리 없이 웃고 있었다. 뭘 모르는 철딱서니 없을 적에조차, 나는 강물의 그 소리 없음에 말로 못할 깊은 아련함을 가슴 그득히 느낄 수 있었다.

　─그 나무다리 밑이었어, 너희 할아버지가 이곳에 와서 처음으로 지었던 집이 말이야.

　대간선을 작은 물줄기로 나누는 수문 앞 빨래터에서 방치로 이불거죽을 내려치면서 엄마가 그랬다. 탕! 탕! 터갈라진 나무방치가 젖은 빨래 위에 시원히 내리쳐질 때면, 그 옆에 쪼그리고 앉은 나한테까지 물방울이 튀었다.

　불볕 여름의 빨래터에서는 늘 엄마들의 나무방치 소리가 탕! 탕! 들렸고, 그 사이사이로 아이들의 장난질 소리가 까르륵까르륵 멈출 새 없었다. 논밭이 늘어나고 땅이 풍요로워지면서 빨래터도 커지고 엄마들의 빨랫감도 늘어난 것이었다. 팬티만 입고 풍덩 뛰어든 빨래터의 옅은 물속에서 나는 엄마 따라 나온 다른 친구들과 같이 손바닥으로 피리 새끼들을 잡았다. 빨래터를 떠나 더 아래로 흘러가면서 강물은 돌돌돌 나지막한 소리를 내었고, 파란 이끼가 끼어 있는 강변가의 돌틈에 고인 강물은 수줍고도 매끄러웠다.

　─물에도 표정이 있는데, 특히 살아서 흘러가는 강물은 그 표정이 더 여러가지고 생생하지.

　지난 어린이날에 도심의 공원에 갔다가 연잎을 띄우고 하릴없이 누워 있는 호수 앞에서 내가 그런 말을 하니까, 내 키를 거의 따라잡은 딸애가 피― 하고 웃었다. 나도 웃었다. 온통 시멘트로 둘러싸인 도시에서 태어나 자라서 어쩌다 한번 잠자는 호수밖에 보지 못하는 딸애가 그런 것을 어떻게 알 수 있겠는가.

버스가 덜컹! 하고 한번 뒤채었다. 앞자리에 앉은 허연 뒤통수의 아저씨 머리 위로 시렁에 얹어두었던 보따리의 끈이 풀어져서 너덜거리고 있었다. 창문 밖으로 드디어 논이 보이기 시작했다. 모내기가 금방 끝난 뒤라 볏모들이 어려서 논은 그저 허옜다. 우리 동네 논은 아니지만, 논이 보이니 동네가 머지않은 것이었다.

'동네'라는 말은 왜 그리 친숙하고 포근하던지. "우리 동네 콩밭 이래. 괜찮아." "우리 동네 튀라지(트랙터) 아냐? 태워달라고 하자!"

어른들은 늘 삽을 메고 '논물 보러' 갔었다. "아부지 논물 보러 간다"라며 떼쓰는 아이를 달래는 어른들의 말투에는 자부심이 넘쳐났다. "빽빽하게 심는다구 산량(産量) 많은 게 아니더구만." "이 품종이 확실히 밥맛이 있다이까." 동네 비술나무 아래에서 아버지들은 시간 가는 줄 모르고 '논'을 얘기했으며, 그들의 콧구멍에서 초연히 날아 나오는 연기 줄기는 집집마다의 굴뚝 연기처럼 정스러웠다.

'단간(單干, 80년대 토지개혁에 따라 생긴 자영농)'이 되었다고 좋아하면서도 어른들은 또래끼리 팀을 무어 볏모를 심고 탈곡을 했다. 힘든 노동이 끝난 뒤에는 반드시 잔치가 열렸는데, 잔칫집 부엌에 쪼르르 달려들어가 가마솥 앞에 둘러앉은 엄마들의 손에서 받아먹던 개고기는 그렇게 맛있을 수가 없었다.

'마을 법'이 따로 있는 건 아니었지만, 한집의 경사는 모두의 기쁨이었고 한집의 초상은 으레 동네의 슬픔이곤 했다. 밤중이라도 어느 집 마당에서 불이야! 소리가 들리면 온 동네가 박차고 일어나

물초롱을 들고 달려나올 만큼 인심은 따스했다. 그래서 나는 엄마 등에 업혀 멀리 친척집에 갔다가도 등 너머로 어렴풋이 동네의 윤곽이 보이기 시작하면, 젖을 물고 자던 갓난쟁이 때처럼 편안하고 마음이 놓였다.

어린 리앙쯔는 바로 나의 그 포근하고 편안하던 유년의 동네에 이사 왔다. 빨래터로 가는 강가에서 처음으로 리앙쯔를 보았는데, 그 아이는 맞은편 강둑 위의 누런 양떼 속에 서 있었다. 양들은 평화롭게 풀을 뜯고 있었고, 리앙쯔는 빨간색 다라이를 머리에 인 엄마를 신기하게 쳐다보고 있었다. 엄마의 꽁무니 뒤에서 빨래방치를 휘두르며 따라가던 나도 리앙쯔를 건너다보았다. 강물은 우리 사이에서 소리 없이 흐르고 있었고, 우리는 너무 어려서 '말'을 건넬 줄도 몰랐다.

—그려, 새로 이사 온 집들이 점점 많아진다.

양을 치는 집도 있고 젖소를 기르는 집도 있지만 다들 동네 바로 뒤에 있는 남산에다 다락밭을 일구어서 옥수수를 심는다고 훗날 외삼촌이 알려주었다. 외삼촌은 동네 분위기가 옛날 같지 않다고 어딘가 모르게 섭섭해했지만 나는 바로 그 동네에서 '젖소네' 딸 홍리와 '견습목동' 리앙쯔를 알게 되었다.

아기를 업은 외숙모를 따라 들어선 '새로 이사 온 집'의 마당에 서였다. 검은 숯가루를 여기저기 묻히고 오랜만에 동네에 들른 뻥튀기 아저씨가 무거운 쇠냄비를 숯불 위에 걸쳐놓고 빙빙 돌리고 있었는데, 아저씨 등 뒤로는 벌써 소래기와 삼태기들이 줄을 지어 놓여 있었다.

외숙모는 다른 어른들처럼 소보치만 놓고 가버렸고, 나는 남아서 그 집 마당을 이리저리 둘러보기 시작했다. 과연 우리 동네 친구 집들보다 앞마당이 훨씬 컸고 마당과 집 둘레에 돌로 한창 담을 쌓고 있었는데, 구석 쪽으로는 나무기둥을 세워 만든 외양간이 기역자로 집 뒤까지 늘어서 있었다.

마당을 기웃거리다가 돌아서니, 열린 사립문 안쪽에서 짧은 단발머리에 쌍겹눈이 커다란 내 또래의 계집애가 나를 내다보고 있는 것이 보였다. 계집애 뒤에서 사내아이 하나가 불쑥 튀어나왔는데, 바로 강둑 건너에서 만났던 그 아이였다. 내가 먼저 웃었는지 그애들이 먼저 말을 걸었는지 잘 생각이 나지는 않는다. 사내애가 나한테 코를 찡긋거렸다는 것은 기억이 분명하다. 나는 그 아이들한테 악의가 없다는 것을 본능으로 느꼈다. 그리고 우리는 어느새 어울려서 집 안과 마당을 뛰어다니며 '붙잡기' 놀음을 했다.

아이들은 어떻게 그리 쉽고도 빨리 친해질 수 있을까. 훙리와 리앙쯔와의 만남을 생각하면, 나는 내가 겪었음에도 그 까닭을 잘 정리해낼 수가 없다. 아저씨가 냄비를 불 위에서 내려 커다란 그물망 앞에 세워놓자, 우리는 약속이나 한 듯 똑같이 두 손으로 귀를 틀어막고 아 — 악 — 소리 질렀다. 어마어마한 굉음과 함께 그물망 안에서 눈꽃처럼 흩날리던 옥수수튀밥은 따끈하고도 구수했다.

옥수수튀밥을 먹은 그날 뒤로 외심촌네 집에 놀러 갈 때마다 나는 그 아이들과 자주 만나 놀았다. 대파 이파리에 '길림간장'을 넣고 빨아 먹기도 했고, 수숫대로 만든 거미줄망으로 잠자리를 잡기도 했으며, 큰 애들처럼 꽈리 속을 후벼파고 까르륵 불어보기도 했다.

우리의 놀이는 항상 계획도 없고 절차도 없이 자연스럽게 시작되었던 것 같다. 아침을 먹고 훙리네 마당이나 골목길 가운데서 만나서는 아무 방향과 목적 없이 골목길을 뛰어다녔고, 그러다가 숨이 차면 길가 풀섶에 옹기종기 모여 앉아 개미굴을 파거나 땅강아지를 잡곤 했다. 누군가 말랑말랑한 흙을 이겨 그릇처럼 빚어내면, 곧 그 안에 풀씨를 털어넣어 반찬 만드는 놀이를 시작했다.

그들과 놀면서 느낀 게 있다면, 내 중국어 실력이 형편없었다는 것이다. 우리들의 놀이 규칙에 언제나 소소하게 차이가 난다는 것도 깨닫게 되었지만, 그런 것은 전부 문제가 되지 않았다. 그런 것들 때문에 우리 사이에 소통과 합의가 이루어지지 않은 적은 한번도 없었다.

누가 가르쳐주지 않았는데도 우리는 강물과 풀들과 벌레들의 표정을 읽어냈던 것처럼, 서로의 몸의 표정을 보고 그 의사와 마음 상태를 알아낼 수 있었던 것이다. 그것은 가장 원초적이면서 직접적인 교감방식이었는데 극히 단순한 것 같으면서도 정확했다.

다툼이나 삐침이 절대 없었던 것은 아니다. 소꿉놀이를 할 때 나보다 키가 크고 더 어른스러운 훙리가 항상 엄마 역을 맡아서, 그리고 어느날 리앙쯔가 갑자기 훙리를 가리키며 "사실 네가 더 예쁘다"라고 폭탄선언을 하는 바람에, 심술이 나고 기분이 나쁜 적도 있었다. 그러나 그뿐, 그들을 마음으로 미워한 적은 없었다. 우리 사이의 삐침은 이슬이 햇빛을 받아 반짝하는 것처럼 순간적이어서 흔적이 남지 않았다.

유년은 바로 그런 것이었다. 하늘은 늘 푸른 것 같고 새들의 노래는 늘 즐거운 것만 같은 시절. 고민이나 부족함 같은 느낌은 알지 못했다. 그것은 뭐랄까, 에덴동산 시냇가에 심긴 버드나무의 것 같은, 싱싱하고도 온건한 행복감이었다.

에덴동산 시냇가의 버드나무라면, 그런 행복감은 대체 어디에서 온 것일까. 과자나 라면, 각종 인스턴트식품들과 현란한 의류 같은 것은 아닐 것이었다. 동네를 떠나고 도시에서 일을 하며 10여년을 살아온 나는 가끔 그것이 궁금하곤 했다.

남자의 사무실에는 매일 종이들이 넘쳐나고, 우리 주위의 공기는 어디를 가나 그곳처럼 메말라 있지 않은가. 커튼을 치지 않은 창문턱에서 늦은 봄의 햇볕은 점점 따가워졌다. 비가 와도 물이 스며들지 않는 창밖의 시멘트길 위에서 자동차와 버스들이 먼지 날리며 달리고 있었다. 웬만큼 자란 관목들을 뿌리째 동여서 한바구니 고봉으로 실은 '해방(중국 자동차 상표)' 차 한대가 우리 버스를 아슬아슬하게 앞질렀다. 푸른 잎이 나기 시작한 나무들의 뿌리에 붙은 흙덩어리가 아직 젖어 있었다.

뿌리가 뽑히면서 마르는 것은 나무뿐이 아니지 않은가. 떠나가면서 마르기 시작한 것도 사람들 개개인만이 아니었다.

언제부터였는지 동네가 서서히 말라가기 시작했다. 동네를 말리기 시작한 것은 먼 나라와 다른 도시에서 불어온 바람이었다. 그 바람은 꼭 '차이'가 있어야만 불 수 있어서, 바람이 불었다 간 자리에는 모두 '모자라다'는 느낌이 들기 시작했다.

그것은 큰 수문 앞에서 생기는 소용돌이 같은 것이었다. 일단 휘말리면 누구라도 걷잡을 수 없이 빨려들어가 만신창이가 되고 마는 소용돌이인 것이다. 그러나 아직 소용돌이에 휘말려보지 못한 동네는 그 위력과 부작용을 알지 못했다.

사람들은 대간선의 강물이 너무 느리게 흘러간다고, 논밭의 볏모들이 쌀을 너무 적게 생산해낸다고, 마르는 가슴을 안고 조급증을 내기 시작했다. 삽을 메고 돌아오던 앞집 아저씨가 매일 새벽 논둑이 터진다고 닫혀 있는 동네 창문들을 향해 맹렬히 삿대질하고 나서 얼마 지나지 않아, 모내기와 탈곡기계를 같이 쓰던 아버지 또래 팀이 결국 해산되었다. 마을 잔치는 예전처럼 자주 벌어지지 않았다.

대체로 그맘때쯤이었을 것 같다. 매양 즐겁기만 하고 스스럼없던 홍리, 리앙쯔와의 사이가 조금씩 달라지게 된 것이. 지금의 우리는 오랜 시간 연락이 없었고, 이젠 친구라고 칭하기도 애매했다. 남자의 눈매에서 리앙쯔를 알아보고 나서도 바로 리앙쯔야, 하고 알은척할 수 없었던 것도 그 때문이다.

그때 나는 동네 친구들과 같이 열심히 학교를 다니고 있었다. 그래서 전처럼 외삼촌네에 자주 들르지 못했다. 그래도 방학에는 며칠이나 달포씩 더 머물 수가 있어서 홍리, 리앙쯔와 같이 놀았는데 만날 때마다 우리가 조금 더 자랐다는 것, 그래서 좀더 서먹해졌다는 것을 느낄 수 있었다.

서먹해진 우리가 다시 친해지는 데 걸리는 시간도 점점 오래가는 듯싶었다. 나는 학교에서 배운 중국어를 그들에게 열심히 써먹었는데, 어찌된 일인지 중국어를 잘 몰랐을 때보다도 잘 통하지 않는 것 같았다. '가위' 내는 방법이 다른 건 넘어갈 수 있었으나 제기 모양새가 달라서 놀이방법이 바뀌는 건 어쩔 수가 없었다.

우리는 '신호등 놀이'나 '나무사람' 아니면 숨바꼭질 같은, 될수록 규칙이 비슷한 놀이를 선택해서 놀았는데, 놀다가 한번씩 삐치면 하룻저녁이나 그보다 더 오래 거들떠보지 않기도 했다.

'자랐다'는 말은 도대체 무엇을 뜻하는 것일까. 말이 늘고 속셈이 많아지는 것을 '자랐다'고 한다면, 과연 그것이 '자라지 않은' 것보다 뭐가 나은 걸까. 그런데도 나는 어른들이 '자랐다'고 말해주면 그것을 칭찬으로 받아들였던 것 같다. 그런 마음이 듦으로써 유년은 어느새 떠나가고 있었다는 것을 나는 몰랐다.

그 무렵, 외삼촌네가 이사를 갔다. '도랑 건넛마을'은 리앙쯔네 친구 집들로 가득 차 있었다. 그리고 얼마 지나지 않아 낡고 삭은 나무다리가 헐렸다. '도랑 건넛마을'에 가는 일은 그때부터 거의 없어졌다. 그 모든 일은 봄이 지나면 여름이 오듯 자연스럽게 내게 들이닥쳤는데, 나는 연이은 그 변화들을 내 몸의 성장만큼이나 잘 받아들였다.

나무다리를 잃은 대간선은 몸뚱이만 남겨져 더 깊고 더 넓어 보였다. 강물은 여전히 풍성하게 흘러내려왔고, 강둑 위의 들국화는 변함없이 피고 졌지만, 나는 예전 같은 소리와 향기를 느낄 수 없다.

비술나무 아래에 가끔씩 모이는 어른들은 모두 바람이 전해다준 바깥세상 얘기들을 했다. 어른들의 입에서 바깥세상은 항상 동네보다 무언가 더 많고 더 좋은 곳으로 전해졌다. 그리하여 동네는 부족하고도 좋지 못한 곳으로 되어가고 있었다.

우리는 그 의미를 다 알아들을 수 없었다. 우리는 다만 우리 몸 안팎에서 죄어오는 어떤 팽팽한 분위기를 느끼고 있었다. 그 분위기를 이길 수가 없어서 동네 친구들 사이에서는 누가 자동연필을 가지고 있는가 하는 따위로 시샘을 냈으며, 하찮은 일을 가지고 시비가 붙기도 했다.

특히 호전적인 남자애들이 더 눈에 띄는 성장통을 겪었는데, 그것은 겨울날 하나로 얼어든 빙판 위에 그려놓은 '금'으로 표현됐다. 어느 동네 애들이 먼저 시작한 건지 알 수 없었다. 언어와 습관이 다르다는 이유로 남자애들은 서로 상대방에게 당연한 '적의'를 느끼고 있었다. 금 저쪽의 애들이 어느덧 우리 동네 애들만큼 많아졌다는 사실도 우리 쪽에서는 견디기 어려워했다.

충돌이 심한 날은 아이들 사이로 눈덩이나 돌덩어리들이 날아다닐 적도 있었는데, 지금 생각해도 아이러니한 것은 어느 쪽 얘기를 들어보아도 모두 상대방의 '적의'가 먼저였다고 느꼈다는 것이다. 그러니 그것은 사실, 어떤 '정의'가 절실하게 필요했던 우리들의 또다른 분출구였다.

나도 우리 동네 친구들과 어울려서 그 빙판에서 썰매를 지치며 놀곤 했다. 그러나 금을 넘어가서 말썽이 일어날까봐 언제나 금과는 멀찌감치 떨어져 있었다. 웬일인지 나는 금 저쪽 애들 무리 중에 혹시 홍리나 리앙쯔가 있지는 않을까 눈여겨보지도 않았던 것 같다. 그때 우리는 더이상 어린애가 아니었지만, 어린애들보다 더 유치하고 어리석었던 것 같다.

바로 그 시절이 거의 지나가던 자락이었다. 나는 그동안 훌쩍 커버린 소년 리앙쯔를, 우연히 만나버렸다. 빨래터의 상류 쪽 강가에서 친구들과 찰박찰박 수영을 연습하다가였다. 갑자기 맞은편 강둑 위 버드나무숲에서 '도랑 건넛마을'의 남자애들이 한무리 나타났는데, 그쪽에서도 기색이 아연한 것을 보니 의도한 것 같지는 않았다.

우리 여자애들은 악— 악— 소리를 지르며 급히 물속으로 몸을 숨겼다. 우리들의 소동에 으쓱해졌는지, 그들 중에는 부러 휘익— 하고 야유의 휘파람을 부는 녀석도 있었다. 우리들 중에서도 맞받아 욕지거리를 하는 사나운 애들이 있었지만, 그래도 그애들은 우리가 여자애들인 것을 감안했던 건지 더이상 과격한 행동을 보이지 않고 슬슬 이동하기 시작했다.

"근데 얘, 너 쟤 알어?" 얼굴이 기억되면 괜히 나중에 보복이나 당할까봐 고개를 수그리고 있던 비겁한 나를 친구 하나가 흔들었다. 그 친구의 말마따나, 강둑 위 무리의 맨 앞에서 걸어가던 키 큰 남자애 하나가 내 쪽을 돌아보고 있는 것이 보였다. 얼굴이 또렷하게 보이지는 않았으나, 전체 윤곽은 무척 익숙했다.

남자애를 보는 순간, 나는 어린 리앙쯔를 처음 만났던 그 천진난만한 강둑이 생각났다. 평화롭게 풀을 뜯던 누런 양떼와, 양떼 사이에 멈춰 서 있던 사내아이. 러닝만 걸쳐서 까맣게 타버린 팔뚝과, 단순한 호기심으로 가득 찬 맑은 눈빛이 아직도 그 둑 위 어딘가에 남아 있는 것 같았다. 나는 문득 부끄러움을 느꼈다. 둑의 그림자가 강물을 향해 내리덮치듯이, 어린 리앙쯔를 마주한 나의 부끄러움은 피해갈 수가 없었다.

　―쩟쩟…… 물줄기가 저리 부실해서야……

　뒷자리에서 우리말을 하는 할아버지가 혀를 차는 소리가 들려

왔다.

　―저수지 물이 다 도시로 간다잖우.

　맞장구를 치는 할머니의 소리도 들렸다. 나는 고개를 돌리지 않

았다. 차창 밖으로 강퍅하게 마르고 있는 대간선의 허리가 멀찌감

치 보이고 있었다.

　대간선이 찰랑찰랑하게 먹이던 논은 허기를 참지 못하여 한전으

로 말라가고 있었다. 시초에는 지하펌프를 박으면서 논을 살리려

고 애썼으나, 워낙 관개면적이 넓어서 펌프로는 해결이 되지 않았

다고 했다. 논만 경작하던 우리 동네 사람들이 떠나기 시작한 것도

굵직한 연유였다.

　마지막으로 동네에 들렀던 적이 언제던가. 아마 우리 집을 리앙

쓰네 동네 사람한테 넘길 때였겠다. 높은 돌담을 쌓은 한족 집들로

가득 찬 동네의 골목길은 어둡고도 좁아 보였는데, 나는 그 골목

길가에 서서 동네 택시를 기다렸다.

　―그리유, 도시가 좋은 줄 누가 모르는감? 우리야 볼 장 다 봤지

만, 애들이야 어디 여기서 살고 싶겠슈?

　나중에 동네로 이사 왔다는 한족 택시기사가 그랬다. 그러니 떠

나간 우리 동네 사람들 대신 이사 온 그 사람들도, 조만간 다시 떠

나갈 것이었다.

택시를 타고 동네 가운데의 다리를 건널 때, 나는 다리 아래로 겨우 졸졸졸 흐르는 강물을 보았다. 죽음을 앞둔 늙고 병약한 노인네같이 강물은 누렇게 얼굴이 떠 있었다. 찍혀나간 버드나무 둥치와, 피지 못한 들꽃들과, 말라버린 한적한 빨래터를 지나며 나는 혼자 발걸음 소리를 죽였다. 흐르는 물의 깊은 표정을 읽던 강둑이 바로 눈앞에 있었지만 나는 그 피폐해진 강둑 위에서 아무것도 느낄 수 없었다. 모든 게 이미 너무 멀리 와버렸다. 나는 다시 동네에 들르기를 포기했다.

대간선이 마르기 시작해서 사람들이 떠났던 것인지, 아니면 사람들이 떠나기 시작하니까 강물이 말랐던 것인지 나는 확실한 답을 모른다. 내가 알고 있는 것은 바람에 흔들린 사람들의 연속되는 떠남이었다.

"산이네······" 옆쪽에서 누군가 나지막이 감탄을 발하는 소리가 들렸다. 그쪽 창문 바깥으로 정말 구불구불 들쑥날쑥한 산줄기가 시작되는 게 보였다. 이제 버스는 그 남산 아래로 닦인 새 길 위를 달리고 있었다.

길은 산 아래에 있던 리앙쯔네 동네도 지날 것이었다. 그 길의 태어남으로 인해 바람이 전해준 다른 도시들의 실체는 더욱 구체적이 되어갔다. 길 양쪽에는 도시를 흉내 낸 형형색색의 가게들이 우후죽순처럼 생겨났다.

─그류, 나가야 되지유. 나가지 않으믄 뭔 방법이 있간.

어른들은 자전거를 타고 논물을 보러 가는 대신, 버스를 타고 새로 난 길을 따라 먼 나라와 도시들로 하나둘씩 떠나갔다. 축하와 위로를 주고받던 여러 모임과 잔치들은 줄어들었고, 대신 앞마당에 잡초 우거진 빈집들은 눈에 띄게 늘어만 갔다.

논물만 보고 있는 것이 이제 더는 방법이 안된다고, 남아 있는 어른들은 서로를 만나면 서로에게서 떠날 용기를 주고받았다. 마침내 그렇게 넓은 물판을 마주하고도, 이미 시작된 사람들의 갈증은 해소할 수가 없게 된 것이었다.

소년을 겪은 우리들은 '금'을 긋거나 돌덩어리를 던지는 따위의 영양가 없는 행위를 그만 집어치웠다. 동네에 퍼진 갈증이 사춘기에 들어선 우리 몸속에 들어와 우리를 싱숭하고도 허전하게 만들었다. 우리는 갑자기 뭔가를 간절히 바라게 되었으며, 그래서 더 큰 청년들과 어른들처럼 현란한 도시로 떠나는 꿈을 꾸는 것으로 우리의 새 출구를 삼았다.

떠나는 분위기의 동네 안에서, 우리는 우리도 떠나야 한다는 사실을 당연하게 받아들이고 있었다. 산 아래, 리앙쯔네 동네 뒤로 새로 난 길을 따라 자전거를 타고 중학교를 오가며 우리는 우리가 떠날 날을 기다렸다. 성질 급한 어떤 친구는 조급증을 이기지 못해 중학교 졸업을 눈앞에 두고 먼저 떠나버리기도 했다.

나는 그런 친구들처럼 용감하지 못해 그냥 고등학교로 진학하는 것으로 자연스럽게 떠나기를 기다렸다. 매일밤, 저녁 자습이 끝나고 노란 불빛 어린 가게들 앞을 지날 때, 나는 진짜 도시의 환한 불빛을 볼 그날을 그려보았다. 자전거는 매일밤 그 불빛들 사이를 덜컹덜컹 달렸고, 내 마음은 기다림에 절어서 바싹바싹 긴장했다.

그 길을 따라 도착한 리앙쓰네 동네, 식당으로 바뀐 어느 '농가 밥점'에서 나는 짧은 치마를 입고 메뉴를 받아 적던 홍리를 보았다. 어린 홍리와 멀어진 뒤로 참말 오랜만에 보는 홍리였다.

주방문에 드리워진 꽃무늬 천을 젖히며 그릇과 접시들을 들고 드나드는 앳된 여자 푸우위안(종업원). 나는 저녁 자습을 마친 친구들과 같이 볶음밥을 시켜 퍼먹다가 홍리를 알아보았다. 짧은 커트 머리에 콧물을 훌쩍거리던 어린 홍리가 저렇게 늘씬하고 굴곡있는 몸태의 여자가 되다니.

뻥튀기 아저씨한테서 같이 옥수수튀밥을 얻어먹던 일이며, 접시 꽃 이파리 위에 풀씨를 비벼 떨구어놓고 함께 놀던 소꿉놀이들을 추억하기보다 나는 눈앞의 홍리가 입은 최신 유행의 치마에 온통 신경이 쓰였다. 항상 나보다 어른스러웠던 홍리는 먼저 떠나간 우리 학교의 용감한 친구들처럼, 어떤 '떠남'을 이미 시작하고 있었던 것이다.

그런 홍리한테 알은척해야 하나, 하지 않는 게 낫나 하고 알량한 고민을 하던 나에게 다행히 홍리가 먼저 알은척해주었다.

—너, 맞지?

홍리는 아가씨들처럼 앞머리를 옆으로 슬쩍 넘기면서 내 어깨를 쳤다.

—어, 그래. 너…… 여기 있니?

나는 촌스러운 학생머리를 황급히 귀 뒤로 넘기며 어색하게 웃음 지었던 것 같다.

—공부하느라 힘들겠다. 나중에 밥 먹을 일 있으면 이리로 와라.

내가 어떻게 해줄게.

홍리는 어른들처럼 안쓰럽다는 표정을 지어 보이며, 친절하게도 내 교복에 붙은 실밥을 떼주었다.

나는 그저 웃기만 했다. 그래, 고마워, 그때 가서 보자,라는 따위의 상투적인 인사말마저 해주지 못했다. 그 밥집을 나오며 나는 간판을 다시 한번 쳐다보았다. 멀리서도 그 간판이 보이면 속으로 '홍리가 있는 밥집이야'라고 중얼거렸으나, 다시 들어가서 어른 같은 웃음으로 나를 맞아줄 그애 얼굴을 볼 용기는 도무지 나지 않았다. 어떤 새로운 세계의 입구에 들어선 듯한 홍리처럼 어디든지 가야겠다고 다짐을 했지만, 그것만 생각하느라 아직 떠나지 않은 나를 홍리가 부러워했는지는 눈여겨보지 못했다.

마침내 고등학교로 진학하여 떠나가게 되던 날, 짐보따리들을 들고 기차에 오르다가 나는 맞은편 플랫폼으로 걸어가는 홍리의 뒷모습을 보았다. 그것이 내가 본 홍리의 마지막 모습이었다. 이제 홍리와 나는 제대로 떠나는 것이었다. 우리가 타는 기차에는 어디나 온통 떠나는 사람들 천지였다. 차창 밖에서 손을 젓는 친우들 뒤로, 산과 강물과 밭을 안은 땅이 멀찌감치 지켜보고 있었다. 남아 있는 것들은 눈에 보이지 않고 그저 떠나는 것들 속에 끼여 있다는 것으로 나는 무척 설레었다.

그리하여 우리는 지금 모두 떠나왔다. 그런데 사실, 우리는 우리들이 무엇을 위해 떠났는지, 그리고 우리들이 떠난 그것이 무엇인지는 알지 못했다.

창문 밖으로 드디어 산이 전체적인 모습을 드러냈다. 산은 오래된 흙을 덮고, 전설 속의 거인처럼 이 땅 위에 엎드려 있었다. 산은 그 아래서 올망졸망 동네들이 태어나고, 대간선 강물이 논을 먹여 자래우며, 제 몸에 밭고랑 주름이 늘어나는 것을 지켜보면서 내내 침묵하고 있었다. 산의 침묵은 너무 무거워서, 우리들이 감당할 만한 것이 아니었다.

버스가 왼쪽으로 크게 굽이를 틀고 있었다. 내 몸은 미처 가눌 새 없이 오른쪽 유리창에 착 들러붙었다. 이 굽이가 지나면 동네가 보일 것이었다. 유리창 바로 바깥에서 산은 크고도 높이 솟아 있었다. 친구들과 같이 올랑졸랑 달래 캐러 올라가던 산길이 푸른 옥수수들 사이로 설핏 보였다. 골짜기 너머에 있던 군인들의 훈련장에서 그때처럼 총성이 아즈랗게 들려오는 듯싶었다. 빈 탄피를 주워 놀려고 리앙쯔도 우리 동네 남자애들처럼 그 훈련장의 지하갱도에 숨어들었을지 모를 일이다. 엄마 아빠를 따라 산을 오른 홍리도 아마 그 다락밭 이랑 사이에 앉아 흰 만두를 뜯어 먹곤 했을 것이다.

기차를 타고 이 땅을 떠나기 전, 나는 혼자 산으로 올라간 적이 있었다. 산등성이까지 올라가서 바람을 마주 안고 동네와 대간선과 논밭을 내려다보았다. 이제 곧 떠난다는 생각에 바싹바싹 마르던 내 몸은 조용하게 비어 있었다.

강물은 여와(女媧, 중국 고대 신화의 여신)의 젖줄기가 되어 멀리서부터 흘러와 이 땅을 적시고 있었고, 논은 강물 좌우로 하얀 초콜릿판처럼 반듯반듯하게 펼쳐져 있었으며, 동네의 집들은 그 논 가운데에 작은 골뱅이처럼 하나씩하나씩 박혀 있었다. 우리 동네와 강물과 논이 워낙 저리 생겼구나 하는 생각에 나는 잠시, 산이 알고 있는 뭔가를 알 것 같기도 했다. 그것은 내가 보았던 우리 동네의 처음이자 마지막 전모였다.

끼익— 버스가 급정거를 하면서 속도를 늦추었다. 맞은편에서 달려오던 컨테이너 트럭이 제 앞차를 추월하느라 전조등을 번쩍이며 중앙선을 넘나들고 있었던 것이다. 1차선으로 차로를 바꾼 버스는 막 리앙쯔네 동네를 지나고 있었다. 홍리가 있던 '농가밥점'의 인테리어며 간판 모두가 바뀌어 있었다. 새로 선 식당들 사이로 동네에 남은 큰 다리도 얼핏 보였다. 아직 거기서 사는 사람들의 집들과 동네 전체가 유리창 너머로 바람처럼 지나갔다.

그리고 곧 모든 것들이 시야에서 사라지고 말았다. 남자의 자판 치는 소리들이 나의 시간 속에서 타닥타닥 생겨났다가 이내 사라지던 것처럼, 동네의 그림자도 그 시간 속에서 별빛처럼 나타났다가 사라져버린 것이다. 시간의 낫질처럼 무정한 것이 또 어디에 있을까.

마른 사무실 안에서 푸우— 숨을 내쉬던 남자는 지금쯤 목깃 단추 하나를 풀며 나를 떠올리고 있을지 모르겠다. 나를 따라 흠칫했으니 아마 내가 이렇게 어린 리앙쯔를 촉촉하게 떠올리는 것처럼, 어린 나를 회억하고 있을 것 같기도 하다. 고사리도 한참 늦었을 판에…… 라는 말은 남자가 했다.

가방 안에서 도장을 맞은 호적부를 꺼내보았다. 남자가 신들린 듯 익숙한 동작으로 찍어준 것이다. 그럼으로써 남자는 리앙쯔와 나의 유년을 모두 함께 영영히 봉인해버린 것이었다.

그러고 보니, 남자의 그 모습이 유난히도 익숙했던 이유가 떠오른다. 그날 산을 내려오다가 주운 돌도끼 때문이었다. 엄마를 따라간 다락밭 머리에서 어떤 아이가 장난질했던 모양으로, 동그랗게 판 작은 구덩이 옆 돌무지에 그것이 버려져 있었더랬다. 예사 돌모양이 아니어서 주워들고 보니, 매끌매끌하게 갈린 몸뚱이며 아직 무디지 않은 날이며 영락없이 도끼 모양을 하고 있었다.

자연석은 분명 아니었다. 혹시 아득한 옛날, 부락을 이루어 사냥과 농사를 겸하며 겨우 먹고살던 유년의 인류가 쓰던 것이 아닐까 하는 생각이 피끗 들었다. 고고학자들이 주웠더라면 문서의 공백을 메우기 위한 입씨름을 또다시 시작했겠지만, 가난하고도 무지한 사람들이었다는 데는 아마 공감했을 것이었다.

나는 그 매끌매끌하게 갈린 차가운 돌도끼를 손안에 넣고 감싸 쥐어보았다. 허기를 채우기 위해 겪었을 당시 사람들의 절박함과 함께 예상외의 부드러운 촉감도 전해졌다. 문뜩, 그 사람들의 피곤 속에 사실 우리가 모르는 다른 것들이 더 있을 수 있겠다는 생각이 들었다. 아니, 어쩌면 그 사람들은 우리가 누리지 못한 다른 풍성한 것들로 인해, 우리가 추측하는 험한 상황을 느끼지 못하며 살았을지도 모른다. 과자 없이 즐겁던 내 어린 시절과, '법' 없이 모이던 우리 동네의 시초를 생각하면 말이다.

그 땅의 길을 다 달리고, 버스가 뜨거운 마른 햇살 쏟아지는 톨게이트 입구에 들어서고 있을 때 나는 창문 밖으로 목을 빼어 돌아보았다. 내가 철없이 떠나보낸 것들이 내 뒤에서 잠자코 나를 보고 있었다. 버스가 들어가는 길 입구 위쪽에는 '장춘'이라는 표지판이 걸려 있었다. 차아충 차아충…… 아득한 옛날, 돌덩이를 갈아 도끼를 만들면서 사람들이 흥얼거리던 단순한 멜로디가 아직 거기서 여유롭게 흘러나오는 듯싶었다.

노마드

1

"근데, 그 새로 온 이모 말야. 슬이 누나 말고 왜, 그 키 좀 작고, 단발 파마한······ "

"음, 그래서?"

"중국 사람이야?"

"아니."

"그럼, 한국 사람?"

"아니!"

"설마, 북한······ 이야?"

박철이는 커피 한잔을 받쳐들고 창밖을 내다보다가 파란 등받이를 씌운 의자 뒤를 잠깐 훔쳐다 보았다.

"아니, 조선족이야."

"그러니까 중국 사람 맞네."

"엄마는 네가 중국 본토사람이냐고 묻는 줄 알았지."

의자 짬 사이로 젊은 여자와 남자아이의 목소리가 가만가만 새어나오고 있었다. 아무에게나 함부로 들리고 싶지 않다는 의도를 눈치챌 수 있을 정도로 낮춘 목소리였으나 벌써 박철이의 귀는 그 목소리에 민감해지고 있었다.

미세한 물방울들이 유리창에 부딪쳐 아름답게 부서지며 날리고 있었다. 위에도 아래에도 온통 안개같이 뽀얗고 시원한 물방울들이었다. 엷은 구름층을 지나가는 모양이다.

"손님, 무엇을 도와드릴까요?" 예의 바른 미소를 예쁘게 띠고 스튜어디스 한명이 박철이를 내려다보고 있었다. 박철이는 다 마시고 바닥이 드러난 빈 커피잔을 건네주었다. 유난히 희고 가는 손목의 스튜어디스에게는 어떤 범접하지 못할 생소한 아름다움이 배어 있었다.

박철이는 다시 고개를 돌리고 그 거대한 공기바다 속에 시선을 잠가버렸다. 4년 전, 중국 땅을 떠나 한국의 하늘로 날아가던 그날처럼.

땅 위에 있을 때는 도무지 볼 수도 없고 상상할 수도 없었던 풍경이 펼쳐 있어서 박철이는 그날 잠시 넋을 잃은 듯 입을 헤벌리고 창밖을 내다보았다. 더구나 비행기가 이륙하기 전까지 땅 위에서 보았던 하늘은 장대 같은 빗줄기들을 사정없이 내리쏟고 있는 무겹고 어두운 구름들뿐이었다. 이런 날에도 비행기가 뜰 수 있으려나 괜한 걱정으로 전전긍긍하고 있을 때 비행기는 용케도 활주로를 달리기 시작했고 조금 심하게 흔들리는 게 아닌가 싶어서 탑승을 후회하고 있을 때 끝내 그 두꺼운 구름층을 뚫고 날아올랐다.

거짓말같이, 기적처럼 하늘 위의 하늘은 평온하고 황홀하고 아름다웠다. 한번도 본 적 없는 태고의 궁창 같은 신비스러운 쪽빛, 그 무연히 펼쳐진 아득한 공기바다에 유유히 떠 있는 구름섬들, 첩첩산중 같기도 하고 자유롭게 달리는 말떼 같기도 한 그 구름들을 보며 박철이는 순간 가슴이 꺽 메어왔다.

떠나길 정말 잘했어, 하고 박철이는 그날 혼자 앉아서 중얼거렸다. 썰렁하고 딱딱한 구들 위에 팔베개를 하고 누워서 꾸어온 모든 꿈들이 정말 해피엔딩으로 끝나는 영화나 소설처럼 이루어질 수도 있다는 생각에 박철이는 튀어나올 것처럼 심하게 날치는 심장을 어찌할 수가 없었다.

돈을 벌어 집을 사고, 색시를 얻어서 시내에 나가 자그만 가게라도 열어 먹고살아야지. 열심히 일하고 돈을 벌어서 아기도 기르고, 엄마 아부지도 모셔와야지. 그것이 박철이가 꾸던 꿈이었다. 다른 재주 없이 오로지 땅만 파서 먹고살던 부모 슬하에서, 내로라하는 학벌도 갖추지 못하고 장삿속이 유난히 트이지도 못한 박철이로선 그만한 꿈도 언감생심이 아닐 수 없었다.

이것저것 닥치는 대로 일을 찾아서 자기 입이나 겨우 챙기던 박철이에게 한국으로 시집을 가주겠다던 누나는 일생에 몇명 안되는 귀인임이 분명했다. 누나가 보낸 초청장으로 마침내 한국 입국비자를 받을 수 있게 된 박철이는 이래서 사람들이 쥐구멍에도 볕 들 날이 있다고 말하는구나, 깨달았다.

"엄마, 장춘은 많이 춥대? 북경이나 상해는 춥지도 않고 그렇게 좋다던데⋯⋯"박철이 뒤쪽에 앉은 남자아이의 약간 들뜬 목소리가 낮게 흘러나왔다.

"아빠 회사일 땜에, 놀러 다닐 새가 없을 거야⋯⋯"흥분한 아들애와 달리 한층 가라앉은 여자의 목소리는 대충 거두다 만 씽크대처럼 어수선하게 얘기를 마무리지었다. 중국에 와서 사업하는 집안인가? 박철이는 펼쳐져 있던 탁자를 탁! 소리 나게 접어서 의자 옆으로 붙였다.

이제 이 거대한 철물 덩어리 속에서 불과 반시간만 더 버티면 비행기의 목적지이자 박철이의 목적지가 될 중국 땅에 도착할 수 있었다. 그 텁텁하고 씁쓰레한 것 같으면서도 약간 누린 것 같기도 한 중국 냄새, 정확히 어떤 냄새였는지 기억할 수는 없었으나 분명 박철이는 어둑한 저녁녘에 우리를 찾아 들어가는 닭이나 양처럼 지금 그 냄새가 그리워서 안절부절못하고 있었다.

거무튀튀해서 밝지는 않지만 부담이 가지 않는 중국 사람들의 색깔, 언어도 다르고 교양있는 말투도 아니지만 약간 부잡스럽고 무식한 듯하면서도 아직 순진함이 남아 있는 표정과 억양이 박철이 자신과 닮아 있어서 중국 사람들은 대하기가 한결 편했다.

애초부터 중국을 떠난 것은 중국에 돌아오기 위함이었다. 중국에 와서 사업하는 한국 사람들이 반드시 돈을 번다는 보장이 없는 것처럼 박철이도 한국에 가기만 하면 무조건 돈을 벌 수 있다는 헛

된 상상은 하지 않았다. 다만 열심히 일하고 악착같이 돈을 모으면 꿈을 이룰 가능성이 영 없지 않다는 생각을 했을 뿐이었다.

"거기 가서 일할 때는 그저 나 죽었다 생각해야 되는 기라." 한국 생활 경험이 있는 '선배'들은 하나같이 이런 조언을 빼먹지 않고 반복해서 들려주곤 했다.

"참말로, 놈(남) 밑에서 일하자믄 그만한 각오 없이 되겠나? 걱정 마래이." 돈만 벌믄 되제, 내가 뭐 거기서 평생을 살 끼가? 누가 뭐라 카든 상관없다! 하고 박철이는 나름대로 생각했지만 정작 어느 '놈' 밑에서든지 죽었다 하고 살아 있기는 생각보다 훨씬 어려웠다.

그의 온몸 각 기관들은 무의식중에 이미 전국민 모두 '절대평등' 해야 한다는 생각에 깊숙이 물들었는바, 머리는 죽은 것 같은데 입이 살아 있어서, 입을 겨우 죽였는데 눈이 살아 있어서, 눈까지 죽였다고 방심하고 있을 때는 주제넘게 손가락이 불쑥 살아날 때도 있어 박철이는 봉급도 챙기지 못하고 자주 잘려나가곤 했다.

죽은 듯 살아 있는 법을 터득할 때까지는 제법 시간이 걸렸는데 마음먹고 해보니 또 안되는 것도 아니었다. 죽어야 할 때와 살아야 할 때가 있다는 요령도 알아냈는바 뭐니 뭐니 해도 효율로 살아가는 그 나라에서는 열심히 일해주는 것 외에 다른 어떤 첩경이 없다는 것도 뒤늦게나마 깨달았다. 능숙하고 성실한 일솜씨로 '놈'들의 인정을 받아내기 전까지는 철저히 죽어야 한다는 것, 일단 인정을 받은 후에 자신의 가치를 정확히 받아내야 할 때는 자신있게 살아나야 한다는 것, 이 두가지 철칙이 박철이의 깨달음의 정화였다.

"근데 너, 학원에서 배운 중국말로 대화할 수 있겠어?"

"으음…… 해보지도 않았는데 어떻게 알아?"

"나중에 엄마 미용실에 나와서 그 조선족 이모랑 중국말로 대화해봐라."

조선족을 그냥 조선족이라고 말한 것뿐인데도 박철이는 한국 사람의 입에서 '조선족'이라는 단어를 들을 때가 가장 미묘하게 불쾌해졌다. 무의식간에 "중국 조선족인데, 일 잘해!"라고 칭찬하던 사장들의 모습이 떠오르기 때문이었다. 그런 평범한 칭찬 앞에는 마치 '중국 조선족은 워낙 한국 사람과 달라서 일 잘 못하는데……'라는 전제가 이미 깔려 있을 것 같은 느낌 때문에 박철이는 항상 그런 말들을 다만 말 그대로 받아들일 수가 없었다.

중국이라는 온통 다른 종류의 언어를 시끄럽게 지껄이는 속에서 살아오다가 박철이가 처음으로 볼 수 있었던 한국은 무궁화 위성이 보내주는 17인치 크기의 모니터 화면이었다. 텔레비전에서는 절대로 흘러나올 수 없다고 생각한 조선말이, 억양과 말투는 달랐지만 정말로 텔레비전에서 흘러나왔을 때, 박철이는 순간 온몸이 떨리는 전율, 감동이란 것을 느껴보기도 했다.

그것은 태어나서부터 사람에게 순화되어 살던 셰퍼드가 어느날 갑자기 같은 혈통을 가지고 생활하는 야생 이리 무리를 만났을 때 느끼는 흥분 같은 것이라고나 할까. 문득 몸에서 잠잠히 흐르고 있던 핏줄기들이 요동을 치면서 자신의 원천을 그리워하는, 강렬한 소망 같은 것이 불쑥 생겨난 것이었다.

물론 그 이유만으로 떠난 길은 아니었지만, 돈을 벌어 시내에서 살고 싶은 박철이의 꿈이 더 큰 이유가 됐지만, 어차피 떠나는 것이라면 바로 그 원천이 흐르는 곳으로 가고 싶었던 것이다.

멀리 비행기 아래로 푸른 겨울바다와 장난감 성곽 같은 하얀 도시가 내려다보였다. 하늘 위에서 내려다보기에는 중국이든 한국이든 가난한 동네든 부유한 도시든 다 똑같이 아름다워 보였다. 그 땅의 실체를 알자면 비행기나 위성으로는 모자라도 한참 모자라다는 말이다.

일에 대한 입장 차이 외에 박철이가 난감했던 것은 단지 같은 말을 하고 있다는 이유로 그 나라 사람들한테 무의식간에 걸었던 근거없이 높은 기대였다. 다만 다른 점은 영어가 많이 섞인 교양있는 말투나 세련된 옷차림, 그리고 교통질서, 위생습관, 음식솜씨 등등 대체로 그런 자잘한 것들뿐이라고 어리석게 단정한 박철이는 마침내 그런 자잘한 것들이 모여 기어코 넘을 수 없는 큰 벽이 된다는 사실을 실감해야 했다.

한종족이되 이제는 도무지 한무리에 어울려 살아갈 수 없는 야생 이리와 셰퍼드처럼, 같은 액체지만 한용기에 부어놓아도 도무지 섞일 수 없는 물과 기름처럼, 박철이는 결코 그들 중의 한사람이 될 수 없음을 인정해야 했다.

그래서 박철이는 축구경기에서 승리하는 대한민국 때문에 짜잔짜 짠짜! 박수 치기보다는 참패하는 중국 때문에 괜히 냄비뚜껑 위의 라면을 참담하게 집어 먹으며 마음이 짠해졌고 "중국산 냉동꽃게에서 또다시 발암유발 의심물질인 말라카이트그린이 검출되었습니다……"라고 떠드는 아홉시 뉴스를 볼 때마다 용암처럼 솟구

치는 분개를 느끼곤 했다.

한국 사람들이 말하던 '중국' 조선족이라는 이름을 박철이 자신이 공식적으로 인정한 셈이 된 것이다. 이왕에 '중국산'이라면, 다만 4년이란 시간 동안 한국물로 코팅되었을 뿐인 '중국산'이라면, 정말 '중국산'답게 중국 브랜드로 살아가야 하지 않을까? 그렇게 박철이는 원천을 찾아, 꿈을 찾아 떠났던 원위치로 다시 돌아오기를 마침내 결단한 것이었다.

사실 돌아와야 하는 것 외에 박철이가 선택할 수 있는 길은 없었다. 만약 한국 사람들이 박철이를 가리켜 굳이 '중국'이라는 규정어를 붙이지 않았더라면, 북에서 중국을 거쳐간 사람들에게 하던 것처럼 '비자'라는 것을 요구하지 않았더라면, 아니 그냥 '중국산'으로도 불편 없이 살아갈 수 있었더라면 그것은 또다른 얘기가 되었을 것이다. 어쨌든 그 '만약'들은 박철이에게 절대로 일어나지 않았다.

"아빠 회사 얼마나 멀어? 아빠 나오시는 거지?" 아직 꿈이 많은 남자아이의 목소리는 중국 땅이 가까워올수록 더 흥분하고 있었다.

"으응…… 당연히, 나와야겠지?" 그러나 여자의 목소리는 중국 땅이 가까워질수록 더 불안하게 떨리고 있었으며 박철이는 어느 순간 그 속에서 잠깐 번뜩이는 과도의 날 같은 서늘함도 느낄 수 있었다.

이 이상한 느낌은 뭐지? 자신의 근거지를 떠나 낯선 곳에 떨어져야 하는 외로움? 경계심? 아니면 어떤 다른 종류의 불안함? 물론 그것은 박철이와 전혀 상관없는 일이었다. 그들은 중국 장춘으로 날아가는 비행기에서 앞뒤 의자에 우연히 같이 앉았을 뿐이고 사실 그 여자가 아닌 다른 어떤 사람이 앉았다고 해도 박철이에게는 아무런 의미도 없는 일이었으니까.

그 여자가 선아나 수미 같은…… 박철이가 알고 지내던 여자가 아닌 이상 말이다. 그녀들의 얼굴이 문득 떠오른 것은 박철이 예상치 못했던 일이다. 이제 언제 다시 한국으로 들어갈 수 있을지 묘연하기만 한데, 그렇게 서로의 인연은 줄 끊어진 연마냥 애달프게 멀어질 것만 같은데, 이 시점에서 문득 그녀들이 생각나는 건 아마도 한공간에서 의자에 등을 기대고 앉아 있는 그 여자의 목소리 때문이었을지도 몰랐다.

차분하게 흐르면서도 내내 단호함을 잃지 않았던 수미의 목소리, 그 부드러우면서도 애절한 듯한 가슴을 흔드는 목소리 때문에 박철이는 수미를 영원히 기억할 수 있을 것 같았다.

"계집 복은 지지리도 없는 놈……" 박철이는 허리를 깊숙이 의자에 묻고 눈을 지그시 감아버렸다.

그녀의 이름이 진짜 수미인지 아니면 다른 무엇이었는지 박철이는 알 수 없었다. 그냥 고달프고 외로운 이국 노가다 생활에서 그녀를 만난 것이 정말 숨이 트이는 유일한 일이었다는 것 외에는.

일을 하고 자리를 붙이고 돈을 모으기만 하면 성공이라고 생각했는데 정작 그렇게 되고 보니 허전하고 외로운 심정은 날로 더해 갔다. 몇년만 더 '죽은 듯이' 일하다보면 돌아가서 버젓이 꿈을 이룰 거라고 매일매일 자신을 설득해보았지만 그의 육체는 몇년 후에 이룰 자그만 꿈 따위에 소망을 갖기보다 당장 누리고 채우고 싶은 무고한 욕망에 더 집요한 관심을 보이고 있었다.

의지로 육체를 다스릴 수 있는 사람이 과연 이 세상에 얼마나 있을까? 우리는 그런 사람을 가리켜 '성인'이라고 거룩히 일컫지만 불행스럽게 박철이와 그외 많은 평범한 사람들은 모두 '성인'이 될 수는 없었다. 박철이에게는, 마땅히 결혼할 나이가 훨씬 지난 노총각이 그렇듯, 먹고 입고 자는 것만큼 아주 중요한 욕구가 또하나 있었는데 그것이 바로 여자에 대한 갈급함이었다. 그런 박철이에게 호소력 넘치는 목소리를 들려준 수미는 결코 지나쳐버릴 수 없는 여자였다.

기체가 흔들리면서 고도를 조절했다. 창밖으로 보이는 하얀 지평선이 조금씩 기울고 있었다. 곧 기장의 안내방송이 나왔고 박철이는 둔중한 안전벨트를 다시 허리에 착용해야 했다.

이제 끝났군, 완전히 끝났겠지…… 그렇게 그립던 중국 땅에 비행기 바퀴가 닿아 덜컹하고 떨리는 순간, 박철이는 곧 심장이 터져나올 것 같은 기쁨과 동시에 문뜩 펑! 하고 터져버린 풍선마냥 쓸쓸함과 허전함을 함께 느꼈다. 거기 사람들과, 그 땅과 이제 이렇게 끝나버린 건가…… 내 꿈이 이제 정말로 이루어지기 시작하는 건가……

비행기가 완전히 멈추어 서고 안전벨트를 풀고 일어서서 짐들을 정리하며 박철이는 흘끔 뒤를 돌아보았다. 콧날이 뚜렷한 곱살스러운 얼굴을 가진 아들 옆에 생각보다 젊어 보이는 갸름한 얼굴의 여자가 서 있었다.

눈길이 마주친 박철이에게 보일 듯 말 듯 고개를 끄덕여 보이는 여자, 아마 박철이의 깔끔한 한국식 옷차림 때문에 '중국 조선족'인지 아니면 동족 '한국인'인지 얼핏 분간이 가지 않아서였을 것이다.

수미보다 예쁘진 않았지만 '미용실 사장'답게 화장과 헤어스타일이 한국 여자들 속에서도 돋보이는 세련된 여자였다. 사실 연예인 말고 조선족 가운데서는 수미만 한 여자도 없을 거라고 박철이는 늘 생각하고 있었다. 황홀하다거나 섹시하다기보다는 정말 고운 여자였다. 눈초리가 유난히 길어서 살포시 감겨올라간 눈은 그녀의 깊은 마음을 다 끌어내올 수 있었으며 자연스럽게 오뚝 선 콧날 아래의 도톰한 입술은 언제 보아도 육감적이었다.

"어서 오세요. 뭐 드실 거예요?" 멍청하게 넋 놓고 자신의 얼굴만 쳐다보는 박철이에게 수미가 건넨 첫 인사였다.

드르륵드르륵 짐가방을 끌고 공항 밖으로 나오니 중국 장춘의 겨울은 예상했던 것보다 훨씬 매섭게 추웠다. 훅— 찬 공기를 들이마시기 바쁘게 목은 쏙 움츠러들고 코끝은 쩽— 하고 1밀리미터쯤 얼어드는 것 같았다. 구정을 앞에 두고 한창 추울 때 도착했으니 더욱 그럴 법했다. 공항은 떠나던 날보다 많이 커지고 깨끗해진 것 같았지만 공항 주위의 옥수수밭은 여전히 넓고 조용했다.

새로 만든 주차장에서 얼쩡거리고 있는데 빨간색 택시의 창문이 열리면서 더부룩한 머리의 기사가 중국인 특유의 느끼하고 높다란 목소리로 박철이를 불러 세웠다.

"취 나르(어디 가)? 워 쑹니아(내가 태워다줄까)?" 마치 몇달 전부터 사귀어온 친구를 부르듯 스스럼없는 그 반가운 말투에 박철이는 저절로 걸음이 멈추어졌다. 물론 기사의 반가움은 박철이를 보아서가 아니라 그의 지갑을 생각해서 나온 것이었겠지만 어찌되었거나 박철이는 자신의 지갑이라도 반겨주는 그 친구가 싫지 않았다.

그것은 한국의 백화점 점원에게서 "손님, 사실 거 아니면 만지지 말아주세요" 하고 예의 바른 미소가 깔린 충고를 들었을 때와는 완전히 다른 기분이었다. 박철이는 자신의 지갑을 반겨주지 않는 그 점원에게서 원피스 따위는 사지 않을 거라고 얼굴을 붉히며 누나의 팔을 잡아끌고 다른 백화점으로 갔다.

통장에 저축한 돈이 얼마가 되든지 간에, 얼마나 성실하게 일을 해주든지 간에, 그의 몸속에서 30여년 동안 똬리를 틀고 숨어 있던 중국 냄새가 완전히 사그라지지 않는 한, 그런 일은 얼마든지 다시 있을 수 있는 일이었다.

그런데 정작 중국 냄새의 진원지인 이곳에는 하나가 아니라 몇십개의 냄새가 뒤죽박죽 섞여 있어서 사람들은 누구의 냄새가 어떠한지 별로 신경을 쓰지 않았다. 냄새가 어딘가 자기의 것과 다르다고 여기면서도 어차피 '중국' 냄새라는 것에서는 동일하다고 생각하기에 그들은 차라리 지갑의 두께 따위에 더 관심을 보이는 것이었다.

"엄마 중국말도 잘 못하잖아. 주소만 갖고 어떻게 찾아간다고 그래?" 끌고 오던 트렁크를 짐칸에 넣고 택시 조수석 문을 여는데 귀에 익은 듯한 목소리가 들려왔다. 전에 당해보지 못했던 혹독한 추위 때문에 언짢아져버린 뒷좌석의 아들애가 빨갛게 언 콧등을 실룩거리며 저만치 떨어진 곳에 짜증을 내며 서 있었다.

나와 있을 거라고 짐작했던 남편이 보이지 않자 여자는 겁도 없이 서툰 중국어로 택시기사한테 흥정을 붙이고 있었던 모양이다. 무리에서 떨어진 아기 상어를 발견한 듯 벌써 여러대의 택시가 합동작전을 펼치는 어선들마냥 그들 주위로 엉기성기 '포위망'을 좁히고 있었다.

"더우 이거 자(다 같은 가격이오)! 쬐 나거 처 예 이양(어느 차를 타든지 똑같다우)!" 돈 좀 있어 보이는 외국인들만 보면 빈대같이 달려드는 중국인들, 이제 그들의 땅에서 더이상 고상해지지 못할 한국 여자의 표정을 핏─ 깨고소하게 비웃다가 박철이는 문뜩 기사한테 소리쳤다. "덩─후이루(잠깐만요)!" 도움을 바라는 듯 간절한 여자의 눈빛과 어쩔 수 없이 딱 마주쳤기 때문이었다.

"어디 가세요? 시내까지 합승할까요?" 정작 어렵게 결심을 내린 박철이의 제의를 듣고도 여자는 한국말을 하긴 하지만 신분을 확인할 수 없는 낯선 남자와 합승하는 것이 과연 더 안전한 일인지 선뜻 판단이 서지 않는 모양이었다.

"거기서 뭐해? 안에서 좀만 더 기다리지. 애 다 얼리겠네⋯⋯" 여자가 결정을 내리기 전에, 좀 늦긴 했지만 어딘가 언짢은 얼굴의 남자가 마침 나타나준 것은 굳이 긁어 부스럼을 만들고 싶지 않았던 박철이에게도 역시 잘된 일이었다.

"고맙습니다." 여자는 아들애를 데리고 남편이 타고 온 봉고차 쪽으로 총총히 달려가기 전 머리를 까댁거려서 박철이가 베풀어준

소극적인 호의에 가벼운 인사를 표했다.

"간이 큰 건가, 순진한 건가? 중국이 무섭지도 않은가베." 박철이는 차 안으로 들어가 문을 쾅! 닫고 혼자 기우뚱거리며 그의 앞으로 질러가는 봉고차를 무심히 내다보았다.

'미림성형사출회사'라는 회사의 차량이었다.

2

자갈을 깔아서 반듯하게 수리한 마을길에 들어서면서 박철이는 슬금슬금 놀라고 있었다. 초가집은 거의 없어지다시피 했고 대신 벽돌집에다 번듯한 2층 시멘트집까지 생겨났다. 심지어 마을 입구에는 웬만한 주차장까지 갖춘 식당들이 조선말로 된 간판을 버젓이 들고 서 있었다. 헛, 저 집이 이대장네가 아닌가? 무슨 까페라고 쓴 집은 동식이네고, 어쭈, 저건 뭐야? 노래방이잖아? 장사가 되나 보지?

공항에서 시내로 들어올 때까지는 워낙 시내니까 그동안 많이 변했겠지 예상하고 있었지만 읍내도 아닌 그들의 동네에까지 이런 변화가 있을 줄은 미처 생각지 못한 것이었다.

"야, 박철이! 바, 박, 박철이 맞제?" 조용한 마을길에서 혼자 스적거리며 뻘쭘하게 걷고 있던 박철이의 어깨를 탁! 무식하게 두드리는 사람이 있어 깜짝 놀라 뒤돌아보니 울퉁불퉁한 얼굴에 유난히 큰 입을 가진 익숙한 얼굴의 사내였다.

"이게 누꼬? 호영이 이 짜슥!" 그는 어렸을 때부터 한동네서 쭉 커온 허물없는 친구이자 중학교 때 한창 어울려다녔던 '4인방'의 멤버이기도 했다.

"야, 오래간만이네! 참말로 반갑데이!" 덩치가 산만 한 남자 둘이서 끌어안고 치고받고 하니 금세 조그만 동네가 떠나갈 듯 요란해졌다.

"그래, 그동안 잘 있었나? 시방은 뭐하고 있노?" 호영이와 어깨를 나란히 하고 집으로 오면서 박철이는 그간 궁금했던 안부들을 하나하나 꺼내놓기 시작했다. 물어보고 싶었던 것, 알아보고 싶었던 것이 사실 너무 많았다.

"내사 마, 할 일이라꼬 벼, 별, 별게 있갔나? 배 두번 타, 타아고 왔다. 니, 니는 마, 하, 하안—국 사람 다 됐네이!" 앞머리가 눈을 찌르도록 머리가 텁숙한 호영이는 예나 지금이나 외모상으로 별로 달라진 것이 보이지 않았으나 박철이는 자신이 보기에도 이제 '한국물감'에 많이 물든 것 같았다.

"짜슥, 내는 내지, 한국 사람은 무슨…… 야, 그보다도, 그 짜슥들은 시방 다 뭐하고 있노?" 박철이가 말하는 '그 짜슥들'이란 바로 한마을에서 쭉 중학교까지 같이 다녔던 '4인방' 친구들이었다.

"명수 그, 그놈은 일본 갔고, 추, 운—식이 그놈은 시방 남방에서 큰 회사 다닌다 카더라!" 호영이의 큰 입술이 소꿉친구를 만난 흥분 때문인지 슥슥— 바람이 나가면서 자제력을 상실한 듯 푸들푸들 떨렸다.

"짜아슥, 내를 보니께 그라고 좋나? 찬찬히 야그해보거라." 학교를 나와서 내지로 돈벌이 나갔다가 돌아왔던 그때처럼, 아니, 학교를 다니는 내내 그렇게 했던 것처럼, 박철이는 급하면 말을 먹곤 하는 호영이를 위해 어깨를 편하게 툭툭 다독거려주었다.

이윽고 이어지는 호영이의 브리핑은 처음부터 "아무개는 ○○로 떠나갔고"로 시작한 것이 결국 마지막까지 "아무개는 ○○로 갔고……"로 끝나버렸다.

"걔네 한국에서 몇년 잘 벌었쟤? 그냥 중국에서 살 끼지 와 또 가노?" 돌아오면 끝이라고 생각한 박철이의 머리로는 또다시 떠나갔다는 아무개들이 금방 이해되지 않았다.

그리고 다시 시작되는 호영이의 '심층분석'. 아무개는 여기서 시름을 놓고 살 만큼 벌지 못했다, 아무개는 와서 무슨 시작을 하기도 전에 쓸 만큼 다 썼다, 또 아무개는 읍내에 아파트 한채 사고 나서 다시 할 일을 찾지 못했다……

아무튼 그들도 박철이처럼 방랑 끝, 이라고 생각하고 돌아왔던 모양인데 그 끝이 자의든 아니든 다시 떠나가는 길의 시작이 되었다는 말이었다. 박철이는 주머니에 손을 집어넣고 폐 속에 갇혀 있던 답답한 공기들을 푸― 내다뿜었다. 그러면, 아무개들의 끝이 또다시 떠나는 길의 시작이 되었다면, 박철이의 끝은 어떤 시작이 될까? 아까 마을길 입구에서 보았던 넓고 휑뎅그렁한 논밭도 겨울이라는 계절 때문이 아니라 버리고 간 주인네들 때문에 저렇게 처량하게 누웠으리라.

"그란데, 이 동네 장사는 잘되나보제? 그 식당이랑 까페는 뭐꼬?"

"빵빠—앙!" 굽인돌이를 틀어서 자기 집 담장 쪽으로 들어가려던 박철이는 난데없는 차 소리에 깜짝 놀라 말을 하다 말고 얼결에 뒤를 돌아보았다. 착각인가 할 새도 없이 까만 자가용은 엉거주춤 길옆에 비켜선 두 친구를 스치면서 매끄럽게 마을을 빠져나가고 있었다.

"읍내서 내려오는 식당 손님들이 꽤 많다! 다 한족들이 내려와 하는 기다! 저어기, 쬐매한 샤오츠부(간이식당) 보이제? 저건 옛날에 매점하던 절뚝발이가 하는 기고……" 이제는 촌동네에 저런 차들의 출입이 별로 신기하지도 않은 듯 호영이는 씨엉씨엉 앞서 걸어갔다.

버리다시피 헐값에 넘겨받은 집에다 고급스러운 식당을 차려놓고 읍내의 지갑들을 청해 모으는 한족들이라…… 아직도 빠지다 만 노인네의 이같이 드문드문 박혀 있는 폐가들과 생기를 잃은 논밭, 그리고 조선말 간판을 들고 욱적북적 수다를 떠는 한족 식당들을 바라보며 박철이는 홀로 낯선 섬에 버려진 듯한 허전함, 그리고 손에서 떨어진 겨떡을 강아지한테 앗긴 듯한 안타까움과 동시에 어둠이 내려오기 전 한시 급히 산에서 빠져나와야 하는 긴장감도 함께 느끼고 있었다.

"이게 누꼬? 우리 철이 왔네예! 철이 아부지, 빨리 좀 와보소!" 집 안에 들어서기 바쁘게 아들이 그리웠던 어머니는 눈물을 찍으랴, 소리를 지르랴 야단도 아니었다. 그간 그리웠던 회포를 풀고, 서로 떨어져 살아왔던 얘기를 하면서 박철이와 호영이는 시간이 어느 곬으로 흘러갔는지 알 수가 없었다.

"그 짜슥들은 다 색시 있갔쟤? 호영이 니는? 니는 있나, 없나?" 어머니가 손수 차려준 술상을 마주하고 기분 좋게 술을 마시다가 취기가 불그스레 오르기 시작한 박철이는 넌지시 눈을 거슴츠레 뜨고 황소숨을 씩씩거리는 호영이를 쳐다보았다.

"내사 마, 색시를 하믄 뭐하갔노? 내가 먹고살기도 그란데…… 니는? 니는 있갔제?" 젓가락으로 생선요리를 집다가 박철이는 푸욱! 하고 웃어버렸다.

"니나 내나 별거 있나? 기집들은 널렸는디, 나하고 살라카는 기집은 없더라." 거푸 5년만 지나면 마흔 줄에 들어설 두 노총각은 아직 그 흔한 기집 하나 데리고 살지 못하는 자신들의 신세가 답답해서 허거픈 웃음을 지을 수밖에 없었다.

창문 밖으로 어둠이 질척질척 흘러내렸고, 온 마을을 숨 막히게 뒤덮었을 텁텁한 어둠속에서 젊은 여자의 맑은 웃음소리나 부드러운 잔소리 따위는 들리지 않을 것 같았다. 들린다 해도 식당이나 노래방에서 취객들과 한족말로 지껄이는 여자들의 꾸며낸 웃음소리뿐일 것이었다.

거나하게 술이 취해서 비틀거리며 일어나는 호영이를 박철이가 대문 밖까지 바래다주는데 끌떡끌떡 딸꾹질을 하며 호영이가 취중인지 참말인지 알 수 없는 한마디를 던져놓고 가는 것이었다.

"실은, 박철아, 내, 색시 하나 있었다……! 선화라꼬 꽤 쓸 만한 기집애였는디…… 끄억……꺽……" 박철이는 끝도 없는 터널 같은 어둠속으로 사라져가는 호영이의 뒷모습을 우두커니 지키고 있었다.

"선화라꼬? 선화, 선아……"

이튿날 아침, 밥상을 물린 박철이는 읍내에 가서 두루두루 구정
준비를 할 양으로 일어나 옷을 챙겨입었다.

"참, 어무이, 호영이 말인데예……?" 아버지가 한사코 입으라고
내놓은 털내복에 다리 하나를 꿰고 학처럼 서 있다가 박철이는 문
뜩 어젯밤 색시타령을 하던 호영이가 생각났다.

"색시 있었어예?" 가끔씩 전화로 동네 안부를 물을 때 도무지 들
어보지 못했던 얘기였다.

"있긴 있었다고 해야제. 시방은 없꼬마는." 어머니는 왈랑절랑
그릇들을 대야에 넣고 헹구다가 한숨을 가벼이 내쉬었다.

"그기 무신 말인겨? 그라믄 잔치도 했어예? 와 내한테는 그란 말
없었심꺼?" 안방과 주방 사이 문턱에 앉아 담배를 태우던 박노인
이 얼굴을 험상궂게 찡그리며 버릇처럼 혀를 쩟쩟 찼다.

"색시만 얻었스믄 됐제, 잔치는 무신 놈의 잔치? 니라믄 그라고
싶겠나?"

"그라니까, 밥 한때는 묵었으니까, 그라믄 된기라." 박철이는 두
꺼운 청바지에 오리털 점퍼까지 걸치고 목도리를 둘렀다.

"그라이까, 대체 무신 말임니꺼? 애 딸린 과분기여? 산동네 되놈
인기여? 아님 다리나 저는 여자인겨?"

"멀쩡하니 잘생긴 체네여. 호영이 그놈아보다야 백배 낫제. 조선
여자라 그란 거지……" 박철이는 가방을 챙기다 말고 삐끔삐끔 쓸

218

쓸하게 담배연기를 뿜어내는 아버지의 된서리 내린 허연 뒤통수를 멀거니 바라보았다. 놀랄 것 하나 없는 일이었다. 가끔 정신이 나갔다 들어왔다 하는 어머니에, 아래를 쓰지 못한 지 몇년 좋이 되는 아버지를 제쳐두고라도, 호영이 자신조차 말 더듬는 것뿐 아니라 어딘가 모자란 듯 바보스러울 때가 많은 녀석이었다. 그런 호영이네 집이 잘살 리가 없었고 그런 호영이를 보고 야무진 조선 여자가 작정하고 시집와줄 리 없었다.

"우찌나 예빛던지…… 뼈다구다 가죽 입혀난 거나 같았제? 을매나 굶었으믄, 밥알도 차마 몬 묵었다 카더라. 쯧쯧, 불상한 아제……"

"그라이 묵이고 살리므 뭐하노? 다 소용없는 짓이다." 어머니는 그 여자가 가엾다고 혀를 찼고 아버지는 그런 여자를 가엾어하는 어머니가 한심하다고 혀를 찼다. 그러나 지금 이 시각 박철이 마음에 걸린 것은 몹쓸 조선 여자가 아니었다.

"그 여자…… 이름이 선화 맞심꺼?"

"아마 그랬제?" 호영이의 '색시'가 정말 있었다는 것, 그 '색시'의 이름이 선화라는 것, 그리고 그 여자가 조선 여자라는 것에 박철이는 슬며시 머리가 아파오기 시작했다. 가방을 어깨에 둘러메고 박철이는 짐짓 태연한 척 거울 앞에 서서 허흠, 마른기침도 한번 깇었다.

그래서 박철이에게 이야기하지 않았던 모양이었다. 아무리 멀쩡하니 잘생겼다 해도 조선 여자는 호영이에게 자존심 상하는 일이었을 것이다. 호영이만 그리 생각한 것이 아니라 "밥 한끼 묵었으믄 됐제, 잔치는 무슨……" 하고 말하던 박철이의 부모님도 그리 생각해서 잠자코 덮어두고 계셨던 모양이었다.

언제 어디로 튈지 모르는 조선 여자, 호영이의 색시뿐만 아니라 박철이가 한국으로 떠나기 전 이미 동네에 있었던 여러 명의 조선 여자들이 지금은 하나도 남지 않았다고 했다. 아무개 색시는 시내 음식점에 다니면서 일을 하다가, 아무개 색시는 방앗간집 돈을 몇 천원 꾸더니, 또 아무개네는 세돌배기 어린 아기를 재워놓고 떠난 것이…… 거푸 5년을 버틴 여자들이 없다고 했다. 이제는 더 가난한 동네 한족 여자들을 데려오는 편을 훨씬 낫게 여긴다고 했다.

읍내 시장에는 박철이처럼 구정 준비를 하려고 들른 사람들이 애벌레 한 마리를 놓고 뜯고 있는 개미떼처럼 까맣게 모여서 북적거리고 있었다. 누덕누덕 기운 이불로 꽁꽁 싸안아 내온 싱싱한 야채들이며, 살얼음이 낀 수조 안의 파닥거리는 물고기들이며, 중국인 특유의 제조법으로 훈제한 돼지다리와 발쪽이며, 그리고 광주리 안에 움츠리고 있다가 뜀질하며 나오는 다리 묶인 토종닭들과 아직도 열기가 식지 않아 김이 문문 나는 돼지고기와 소고기…… 역시 중국은 먹거리만큼은 절대적으로 풍성한 나라였다. 피기름에 때까지 반들반들 묻은 외투를 입은 구레나룻 사나이한테서 박철이는 모처럼 먹고 싶었던 싱싱한 소고기와 큼직한 소꼬리며를 사서 가방에 넣었다.

"우리 시집에서는 내가 입쌀도 못 먹다가 왔는 줄 알더라." 한국으로 날아간 그날에 누나네 집에서 박철이는 삼겹살을 구워 먹었다. 살고 있는 자그만 아파트는 전세라고 했으며, 삼겹살을 굽는 매형의 얼굴에는 크게 선심을 쓴다는 비장한 표정이 역력하게 그려져 있었다. 박철이는 삼겹살의 기름기가 빠지기를 기다려서 김치 잎에 돌돌 싸 바작바작 씹어 삼키면서 가여운 누나가 이제 몇년 동안 소고기를 먹어보기는 글렀겠다고 안타깝게 생각했다.

소고기만이 아니었다. 치약을 위부터 짜는지 아래부터 짜는지와 같은 사소한 습관에서부터 괴팍한 B형과 소심한 A형의 성격 차이, 10년이라는 터울에서 오는 세대 차이, 그리고 엄연히 서로 다른 나라에서 다른 가치관을 가지고 살아온 문화의 차이 등 가지가지 문제들에 부딪쳐 누나와 매형은 자주 기진맥진했다.

매형은 직원 두명에 아르바이트 학생 한명뿐인 회사의 '김대리'였으며 경기가 널뛰기를 할 때마다 오늘 잘릴지 내일 잘릴지 전전긍긍하는 사람이었다. 평소에는 그럭저럭 괜찮다가도 술만 마셨다 하면 주정이 끝이 없어서 주위에 올똘한 친구 몇명도 없이 살고 있었다. 매형은 누나가 웬만한 한국 여자들보다 젊고 예쁘니까 그녀들처럼 살림도 잘하고 아기도 잘 키울 줄 알았던 모양이었다.

그러나 하나부터 열까지 다시 배워야 하는 살림을 살면서, 혼자 친구도 없이 외롭게 아기를 키우면서, 매일 가계부를 써도 좀처럼 붙지 않는 통장 잔고를 보면서 누나가 매형의 술주정까지 달래줄 수는 없었다. 한국에서 일을 한 첫 두해 박철이는 누나의 집에서 구정이라고 명절을 쇠었지만 매번 반복되는 부부싸움을 겪고 보니 외롭더라도 조용하게, 홀가분하게 혼자 명절을 쇠는 편이 더 나은 휴식일 거라고 생각을 바꾸었다.

겉모습은 다르지만 호영이네도 아마 본질적으로는 비슷한 문제에 시달렸을 것이다. 호영이는 조건이 열악했고, 더 자유롭고 더 나은 삶을 원하는 그의 '색시'는 조건이 무르익자 또다른 탈출을 꿈꾸었을 것이다.

가족들에게 도움이 되기를 기대해서 결혼을 결정한 누나처럼 그들의 결합에도 각자의 필요라는 이유가 먼저였을 것이었다. 호영이는 아마 '아내'보다는 우선 '여자'가 필요했을 것이고, 그 여자는 '남편'보다는 우선 '살 곳'이 필요했을 것이다. 호영이가 '여자'를 '아내'로 대우해주기도 전에 그 여자는 '살 곳'이 다른 데도 많다는 것을 알게 되었고, 이 전망 없는 '살 곳'이 평생을 같이해야 하는 '남편'이 될까봐 두려웠을 것이다.

그렇게 떠나간 여자, 그 여자는 정말 중국 다른 곳에서 살고 있을까? 아니면…… 혹시……선아처럼 한국에……

시장에서 야채며 고기에다 과일까지 한가방 가득 채워나온 박철이는 추운 듯 몸을 움찔 떨었다. 아니야, 어떻게 그런 우연이? 수미가 정말 수미인지 알 수 없었던 것처럼 박철이가 한국에서 만난 선아도 정말 선아인지 선화인지 알 수 없었다. 선화라고 하더라도 반드시 잠깐 동안 호영이의 색시였던 그 선화라고 장담할 수는 없었다.

고집스러워 보이는 굵고 까만 눈썹에 또렷한 이목구비가 개성적인 그녀의 성격과 잘 매치되었다. 잘생긴 여자였다. 체격도 육감적이라고 하기보다는 건강해 보이는 여자였다. 수미가 부드럽고 따듯한 수프라면 그녀는 잘 갈리지 않은 신선한 땅콩주스였다. 수미는 언제나 합리적인 말을 골라 하려고 애를 썼지만 그녀는 생각을 미처 가공하지 않은 채 툭툭 튀어나오는 덩어리들을 함부로 뱉을 때가 있었다.

"고아예요, 저는." 그녀가 그렇게 알려주었기에 꽤 오랫동안 박철이는 그녀가 정말 시설에서 자란 줄로만 알았다.

"인마, 고만 조져라이!" 노란 칠이 벗겨져버린 호영이네 구들 위에서 박철이는 한사코 건배하자고 우기는 호영이의 손목을 잡고 있었다.

"괘않다, 우리 집이께, 묵꼬 너부러지믄 그만인겨! 체, 놔라!" 워낙 푸들거리기를 잘하는 호영이의 커다랗고 두꺼운 입술이 들들 떨리고 있었다. 방울처럼 멋쩍게 큰 눈은 자주 초점을 잃어버려 핑— 하니 풀렸다가 겨우 원위치를 회복하곤 했다. 단단히, 속 시원히 취하고 싶은 모양이었다.

"알았다, 고마! 마셔라! 마시고 죽으믄 고만이제! 니나 내나 뭐가 아깝겠나?" 박철이는 머리를 뒤로 홀쩍 젖혀서 술잔에 반쯤 채워져 있던 흰 술을 쭈—욱 들이켰다.

"허어…… 니는 와 죽자고 마시노? 니는 살아야제…… 돈도 벌어왔으니께 인자 집도 사고, 색시도 얻고, 얼라도 낳고…… 그라이 살아야제, 어이? 억, 억, 허억……" 급기야 호영이는 눈물 콧물을 짜내면서 오열을 터뜨리기 시작했다.

박철이는 호영이보다 돈이 좀더 있다는 사실에, 호영이보다 좀더 잘났다는 사실에 괜히 미안해져서 어깨를 들썩거리는 못난 소꿉친구를 안쓰럽게 바라볼 뿐이었다.

"내도…… 헉, 얼라 있었다! 니 모르제? 선화 그 가시나가 고만 내 얼라를…… 윽, 윽윽…… 석달밖에 안됐다 카던데…… 어어억……"

"에잇 못난놈……" 박철이는 한숨을 푹— 쉬다가 다시 혼자 잔에 술을 채워서 답답하니 막혀 있는 목구멍으로 억지로 밀어넣었다.

"중국 사람한테 가서…… 석달 만에 도망쳐 나왔어요……" 언젠가 같이 포장마차에서 술을 마시다가 선아가 박철이에게 말한 적이 있었다.

"허긴…… 얼라까지 싸놓고 내빼으믄 내 어예 살갔나? 우찌됐든 간에 2년 동안 내캉 살아줬으니께 그만한 돈은 줘야겠제……" 눈물을 훔치며 호영이는 방금 전보다 많이 덤덤해졌다.

"그긴 또 무신 소리고? 돈 가지고 튀었더나?" 박철이는 도둑이 와도 탐낼 것 하나 없어 보이는 고물 천지인 호영이네 가장집물들을 둘러보았다. 칼자국이 선명한 짧은 다리 책상에, 따귀를 많이 얻어맞은 것 같은 귀머거리 텔레비전에, 유리가 반쯤 나가서 지난해 달력으로 대충 가린 이불장 문에…… 거기다가 건너편 방에서는 흐음흐음 하고 정신이 온전치 못한 호영이의 어머니가 코를 골고 있었다.

"니가 무신 돈이 있다꼬 그걸 갖고 튀나? 독한 가시나……" 선아의 고집스러운 눈썹이 떠올랐다.

"난요, 살아야 한다는 생각밖에 없었어요…… 다시 돌아간다면…… 그땐 죽어야겠지요."

"아이다, 내가 배에 있을 때 울 엄니 밥 끓여주고 울 아버지 송장

치른 아다. 내가 준기다, 그 돈……"

"으이구, 그래, 니 잘났다. 못난 놈……" 기어이 떠나가는 여자 앞에서 호영이가 또 무엇을 할 수 있었을까? 박철이는 젓가락을 들어 밥상을 두드리기 시작했다.

"그러던 그 어느날, 선녀가 떠나갔어요. 하늘 높이…… 선녀가 떠나갔어요. 선녀를 찾아주세요…… 아니 선화를 찾아주세요…… 허헉, 흐흐흐……"

"근데 인마, 대체 그 가시나 선화냐, 선아냐……?" 호영이는 벌써 밥상에 코를 푹 박고 크르륵크르륵 잠이 들어 있었다.

"선아야, 니가 맞냐? 니가 선화야? 아니제? 니가 수미를…… 아니제? 차마 니가 그랬겠나, 으이? 독한 가시나……"

3

박철이는 그때 자그만 고물회사로 옮겨 일을 하고 있었다. 고물 중에서도 낡은 전선만 취급하는 회사, 까놓고 말해서 쓰레기 수거점이라고 해도 틀리지 않는 말이었으나 군이 '회사'라고 이름을 붙이는 이유는 그 전선의 피복들을 기계로 깐다는 것 때문이었다. 기계라고 해도 전자동이 아니라 수동이어서 능숙한 일솜씨가 절대적으로 필요한 일자리였다. 허술한 공장 외관과 달리 경쟁이 치열하지 않고 현금을 바로 입수할 수 있어서 오히려 장마철에는 놀다시피 해야 하는 알짜 노가다보다 수입이 못지않았다.

사장과 직원 다 합해봐야 박철이까지 겨우 네사람, 두사람은 동업하는 사장들, 한사람은 대리, 그리고 박철이는 '중국 아저씨'라 불리는 직원이었다. 박철이는 괜찮은 일자리에서 더 많이, 더 오래 벌고 싶어서 성심껏 일했고 동업하는 두 사장은 그런 박철이를 아주 흡족해했다.

추석을 앞두고 모처럼 일을 일찍 끝낸 그들은 돼지갈비를 먹기로 합의를 보았다.

"여기 고기가 맛있다고 소문났다드라." 이렇게 운을 떼며 식당에 들어선 그들을 맞아준 여자가 바로 수미였다.

"어서 오세요, 뭐 드릴까요?" 수미의 고운 얼굴을 보는 순간, 박철이는 오래전부터 알고 지냈던 사람을 다시 만난 것마냥 이름할 수 없는 친밀함을 본능적으로 느꼈다. 포장은 비슷해도 본질적인 내용은 항상 서로 다르던 무리 속에서 살다가 마침내 만난 그 '진정한 동지' 수미를 만난 순간부터 박철이는 더이상 한국생활이 외롭지 않아졌다고 그후에도 쭉 그렇게 생각하고 있었다.

"어서 오냐고? 집에서 오지. 아따, 언니는 언제 봐도 이쁘다." 능글거리며 수미한테 농을 거는 사장과 대리를 보면서 박철이는 이상스럽게 벌써 미미한 질투 같은 것도 느끼고 있었다.

"인마, 너 결혼 안했다 그랬지?" 주문을 받고 돌아서는 수미의 등을 물끄러미 쳐다보는 박철이를 사장과 대리들이 마음 가렵게 쿡쿡 찔렀다.

"저 언니 이쁘지? 교포래." 혹시 수미한테 그 말이 들릴까봐, 아니 혹시 그 말을 듣고 얼굴이 왈칵 붉어진 자신을 돌아볼까봐 박철이는 화까지 슬슬 올리받쳤다.

"에이 참, 그만해요……" 수미가 저만치서 돼지갈비 5인분을 큰 그릇에 받쳐들고 다가오자 노총각을 놀려먹는 재미에 더없이 즐거워진 유부남들이 또다시 지껄였다.

"언니, 중국에서 결혼했어?" 그 말에 가스불을 켜고 고기를 올려놓다 말고 수미가 박철이를 흘끔 보는 것이었다.

"왜요? 좋은 사람이라도 있으시게요?" 농담인지 진담인지 알 수 없는 야릇한 미소를 띤 수미의 얼굴을 보는 순간, 박철이의 심장이 갑자기 작살 맞은 물고기처럼 퍼덕퍼덕 심하게 뛰놀기 시작했다.

수미를 보고 입만 다시는 유부남들은 대리만족이라도 해보려고 박철이를 내세워 강하게 밀어붙이기 시작했으며 수미는 수미대로 받아주는 듯 아닌 듯 묘하게 넘겨버리기만 했고 박철이는 박철이대로 흥분에, 짜릿한 즐거움에 고기를 어느 구멍으로 집어넣었는지도 몰랐다.

그렇게 시작된 수미와의 인연, 박철이는 기회만 되면 뻔질나게 수미가 일하는 갈빗집으로 드나들었다. 수미에게 이런저런 농도 걸어보고, 더 자세한 얘기를 들어보고 싶었으나 수미는 좀처럼 잡힐 듯 말 듯 박철이의 눈앞에서 나비처럼 팔랑거리며 날아다니기만 할 뿐이었다.

그러기를 얼마 동안, 그해 추석이 되어 한 도시에서 일을 하며 가끔 전화로 연락을 하던 윗동네 친구 녀석이 박철이를 찾아왔다. 워낙 붙임성이 좋고 성격이 능글맞아서 박철이의 초청을 기대하지도 않고 저 좋으면 아무 때고 불쑥 들이닥치는, 좀 주제넘게 구는 친구였다.

"야, 추석 어떻게 보낼까 걱정했지? 나 와줘서 정말 다행이지?" 1년 동안 쉬지 않고 일하고 겨우 추석 연휴 사흘에 목숨 걸어야 하는 박철이인데 수미가 아닌 살벌한 녀석이랑 같이 있어야 한다는 사실이 너무나도 반갑지 않았다.

"넌 애인도 없냐? 그 많던 애인들을 다 어떻게 먹어버렸대?" 박철이의 입이 퉁명스럽게 튀어나온 것을 보고 녀석도 무슨 감을 잡은 모양인지 눈을 껌뻑거리면서 집요하게 쳐다보고 있었다.

"이상하다, 넌 친구도 없고 여자도 없어서 반가워할 줄 알았는데…… 왜? 너 애인이라도 생겼냐?" 애인이란 두 글자를 듣는 순간, 박철이는 알몸으로 샤워를 하다가 짝사랑하는 여자에게 들킨 남자처럼 얼굴이 불끈 달아올랐다.

"애, 애인은 무슨…… 아니야, 절대 아니야……" 염치 좋은 윗동네 바람둥이 친구는 손까지 내저으며 완강히 거부하는 박철이의 모습을 보고 웃음을 참지 못했다.

"얌마, 아니면 아니지 뭐 그렇게까지 긴장을 하고 그러냐? 여자가 있긴 있는 모양이네. 왜? 유부녀야? 하긴, 애인 삼기에는 처녀나 과부보다 유부녀가 젤로 짜릿하다더라…… 짜식, 재간 좋네ㅡ" 한국생활 7년에 산전수전 다 겪었다는 녀석은 거리끼는 기색도 없이 박철이의 심기를 자극하는 말들을 툭툭 내뱉었다.

"아니라니까! 그만해!" 드디어 박철이가 화내기 시작하자 그제야 그 속없는 친구는 "정말 아니야? 아니면 됐고……"라고 씁쓸하게 마무리를 짓는 것이었다.

기어코 자기가 저녁을 사겠다는 녀석을 데리고 수미네 갈비집으로 간 것은 은근히 녀석에게 수미를 자랑하고 싶은 박철이의 욕심이었나보다. 자기는 사귄 여자가 셀 수 없이 많았다는 둥, 한국에서 동거해본 여자만 해도 한다스는 된다는 둥, 어떤 여자는 어떻게 다뤄야 하는지 자기가 박사라는 둥, 박철이는 남자로서 전혀 매력이 없어 보인다는 둥, 이제 기회가 되면 자기가 손수 여자를 소개해주고 기술을 전수하겠다는 둥…… 녀석은 하늘 아래 뻥이란 뻥은 모조리 치고 싶어 안달이 난 것 같았다.

그날 저녁장사가 끝나면 수미도 사흘 추석휴가가 난다고 했다. 완벽한 조각상처럼 예쁜 수미의 얼굴을 보는 순간, 수미의 눈초리가 박철이를 향해 미묘하게 떨리는 것을 보는 순간, 이 뻥쟁이 카사노바는 당금 얼이 나간 듯 멍청해졌다.

"얌마, 어디서 저런 일품의 여자를…… 야―, 너 다시 봐야겠다……" 수미가 상을 보러 간 사이 뻥쟁이 카사노바는 연신 침을 흘리면서 수미의 탱탱한 엉덩이를 느끼한 시선으로 좇고 있었다.

"그만해, 아직은…… 아니야……" 박철이는 녀석의 느끼한 시선이 불쾌해져서 일부러 팔굽에 힘을 단단히 주고 옆구리를 쿡! 필요 이상으로 아프게 찔러주었다.

"뭐? 아직 손에 안 들어온 거야? 야, 그럼 우리 똑같이 경쟁하는 거다! 아싸, 오늘 봉 잡았네―!" 뻥쟁이 카사노바는 옆구리를 슬슬 만지면서도 신이 나서 어쩔 줄을 몰라했고 박철이는 기분이 잔뜩 잡쳐서 녀석을 노려보기만 했다. 뭐야? 이게 아닌데…… 큰일 났다!

뺑쟁이는 과연 카사노바답게 식당 문어귀에 잠복하고 있다가 써빙 종업원들 가운데 수미가 묻어 나오는 것이 보이자 으흠으흠 유식한 신사처럼 목청을 가다듬으며 다가서는 것이었다.

"실례가 안된다면 차라도 한잔……"작업 멘트인 게 분명한 느끼한 목소리의 뺑쟁이와 그 뒤에 숨어 어찌할 바를 모르는 순진한 노총각을 번갈아보며 써빙 종업원들이 까르르 한바탕 웃어댔다.

"얘, 수미야, 차 한잔하겠다잖니? 빨리 가봐라. 정말 차 한잔뿐이죠? 술이라면 우리 같이 가주고 싶은데……"허거프면서도 어딘가 즐거웠던지 수미는 손에 땀을 쥐고 서성거리는 박철이를 향해 피식 웃고 말았다.

수미도 같은 자취방에 있다는 여자친구를 불러와서 외기러기 넷이 앉아 술을 마실 수 있었다. 이제 곧 연휴라 마음의 탕개도 풀렸고 오랜만에 같은 입장의 동지를 만나 편하기도 했고 그리고 아직 풋풋한 젊은 이성들끼리 만나 미묘하기도 했다. 감수성 민감한 소년, 소녀 시절로 되돌아간 것 같기도 하여 정말 즐거웠던 밤이다. 그 밥맛 떨어지는 뺑쟁이만 아니었으면 정말 완벽하지 않았을까?

하긴 그 녀석이 난데없이 끼어들어서 겁도 없이 수미한테 바투 다가가는 바람에 수미는 바람막이라도 찾을 겸 박철이한테 더 가까이 다가서버렸다.

"아, 오늘밤 두분을 만나 너무 즐겁습니다. 특히 우리 수미씨, 아직 씽글이죠? 저도, 사실 사랑 한번 제대로 못해본 순진한 노총각인데……"술이 거나해서 혀까지 꼬부라뜨리며 녀석은 박철이의 노래에 맞춰 탬버린을 치고 있는 수미한테로 몸을 밀착시키는 것이었다. 수미는 친구 뒤로 몸을 이리저리 피하는 것 같았고 박철이는 그런 수미를 집요하게 따라가며 술을 권하는 뺑쟁이 카사노바 때문에 노래 가사가 하나도 눈에 들어오지 않았다. 안돼, 수미는 안 돼…… 제길, 저놈을 그냥……

"이거 제가 할게요, 저리 가봐요." 수미의 여자친구가 눈치를 채고도 남은 듯 박철이의 마이크를 잡아 뺏어가자 박철이는 한달음에 소파로 달려가서 녀석의 손아귀에 들어간 수미의 손목을 풀어놓았다.

"얌마, 살살 해. 우리 수미씨 놀라잖아." 그 와중에도 느긋이 웃으며 거머리처럼 달라붙는 녀석, 덕분에 박철이 품에 안기다시피 녀석을 피하는 수미와 이미 말은 하지 않았어도 마음이 통해버린 셈이었다. 그런 식으로라도 서로에게 한발 성큼 다가간 그들이었으니 뺑쟁이 카사노바 한번 참 요긴하게 쓰인 셈이었다.

그뒤, 갈비집에서는 이미 그들을 한쌍의 커플로 공식 인정하는 눈치들이었다. 수줍은 웃음을 지으며 들어서는 박철이만 보면 다들 "수미야, 뭐하니? 빨랑 나와봐라……" 하고 일부러 수미를 부르는 소리를 길게, 높게 질러주곤 했다.

선아가 나타나지 않았더라면, 그들은 곧바로 확실히 이어졌을까? 수미만 생각하면 반드시 같이 떠오르는 여자였다.

찰랑찰랑 매력적인 눈웃음이 넘치는 수미를 만나보려고 또 한번 별러 들른 갈비집에서 박철이는 하루 휴가를 냈다는 수미 대신 새 아르바이트생으로 들어온 선아를 만났다.

"수미 언니요? 오늘 쉬는 날인데……" 선아의 목소리는 수미와 달리 딱딱했고 차가웠다.

"아, 예." 박철이는 될수록 실망한 표정을 보이지 않으려고 덤덤하게 앉아서 갈비탕 하나를 주문했다. 그냥 그 갈비탕도 먹지 말고 나올걸, 수미가 사라진 후 박철이는 자주 그날 일을 후회하곤 했다.

갈비탕이 나오기를 기다리면서 박철이는 무심히 새로 들어온 지 얼마 되지 않았다는 나이 어린 아르바이트생을 쳐다보고 있었다. 화장기 없는 얼굴은 굳어서 표정이란 것이 없었으며 상을 치우는 솜씨도 여간 서툴지 않았다. 손님들이 부를 때나 나갈 때에도 마지못해 겨우 나오는 인사말, 도무지 식당 아르바이트 생활에 적응하지 못한 선아를 보면서 '저렇게 써빙하다간 주인한테 말 듣기 십상인데……' 하는 따위의 쓸데없는 걱정이 슬며시 들었다.

죽여도 죽여도 죽지 않은 자신이 기억났다고 할까, 아무튼 같은 과에 속한 슬픈 동물이라는 예감이 번쩍 들었던 건 사실이다. 아닌 게 아니라 선아는 그날 고역을 치르고 있었다. 창가 쪽 테이블의 냉면 주문을 중복해 넣어 홀장(홀 써빙 관리자) 여자한테 야단을 맞는가 하면, 냅킨 좀 가져다달라는 손님의 말을 알아듣지 못했는지 물러가서 한참 서성이기도 했다.

"아가씨―! 냅킨요! 아니, 언제 말한 건데……" 그렇잖아도 성격이 조급한 손님들이 언성을 높이기 시작했다.

"아, 언니, 쟤 땜에 미치겠어. 어떻게 좀 해봐……" 써빙하는 여자들끼리 부아가 나서 선아를 쏘아보며 홀장 여자한테 뭐라고 수군덕거리고 있었다. 홀에 손님들이 많아서 당장에 뭐라고 하지는 않았으나 홀장의 기색도 보기 좋은 것은 아니었다. 혼자 주방 앞에 가서 무얼 해야 할지 자신없이 얼쩡거리고만 있는 선아의 안쓰러운 모습이 생전 처음 도전해본 갈비찜을 망쳐버려 매형한테 야단맞는 누나랑 비슷해 보이기도 했다.

큰 돌솥 안에서 발랑발랑 끓고 있는 갈비탕을 밑반찬과 함께 내오면서 선아는 불안한 눈길로 테이블과의 거리를 눈짐작해보았다. 제발 사고 치지 말아야 할 텐데…… 하고 생각하던 선아처럼 박철이도 숨을 죽이고 있었다. 참나물 무침과 겉절이, 깍두기와 동치미 그릇을 차례로 테이블 위에 놓고 뜨겁고 무거운 왕갈비탕을 내려놓는 순간, 선아는 발랑발랑 끓고 있는 뜨거운 국물방울에 손을 움찔거렸다.

"선아야, 이건 뭐니?" 이제 테이블과의 거리는 불과 15센티미터 남짓, 의도한 건지 아닌지 문뜩 다른 종업원의 새된 소리가 들려왔다.

"웃, 뜨거!" 갑자기 자기 이름이 들려오자 선아는 깜짝 놀라며 무거운 돌솥을 박철이 테이블 위에 떨어뜨리고 말았다. 선아는 데었는지 손을 감싸고 울상이 되었고, 박철이는 바지에 흐른 뜨거운 국물을 털어내느라 펄쩍 일어섰다.

"어머, 이거 어떡해? 손님, 정말 죄송합니다." 다른 종업원들이 달려와서 휴지며 물티슈를 건네주는데 정작 가장 죄송해야 할 선아는 우두커니 서서 여자들의 굽실거리는 등짝만 바라보고 있었다. "아니, 괜찮습니다. 일할 때 입는 바지라서……" 그 말에 박철이가 화내기를 기다리기라도 했듯이 여자들은 사뭇 서운한 표정이었다. 선아는 그제야 고개를 숙여서 입속으로 겨우 "죄송합니다, 죄송합니다"라고 외고 있었다.

"뭐, 일하다보면 다 그렇지요…… 누구는 처음부터 잘하나요? 정말, 괜찮습니다. 그쪽은…… 괜찮습니까?" 박철이가 그런 과장된 친절을 베풀었던 것은, 적어도 그때 당시에는, 다른 의도에서가 아니라 자신마저 그렇게 하지 않으면 선아가 그날밤을 버텨내기 어려워질 것이라는 생각 때문이었다. 그러나 친절과 인정에 갈급했던 선아는 박철이의 말을 너무 심각하게 받아들인 나머지 생각 이상으로 고마워하고 감동한 것 같았다.

도대체 선아와 수미에게 느꼈던 박철이의 감정은 무엇이었을까? 하긴, 사람은 각자 자기의 분위기와 냄새가 있고 그래서 모두는 다른 사람에게 다 서로 같지 않은 감정을 느끼기 마련이다. 어느 누구와의 감정이 또다른 어느 누구와의 것과 완전히 일치한다고 말할 수는 없는 것이다.

사랑이냐, 동정이냐? 아니면 그냥 우정? 호감? 박철이는 그것들을 온전히 구분할 수가 없었다. 수미에게 느꼈던 감정이 사랑인지 확실하지는 않았지만 어쨌든 선아에게 느끼는 그것과는 달랐다. 남녀 간에는 여러가지 좋은 감정들이 있을 수 있고 그런 감정들은 또 어느날엔가 사랑이 될 수도 있는 것이다. 결코 사랑하면 안되는 사이가 아니라면.

수미가 사라지고 박철이도 떠나기를 선택했을 때, 선아가 물어왔다.

"오빠, 만약에…… 그냥 하는 말인데요, 오빠가 수미 언니보다 나를 먼저 만났더라면 어땠을 것 같아요?"시간을 되돌려서 시험해볼 수 없는 일이어서 박철이는 뭐라고 대답해줄 수가 없었다. 그것은 아무도 모르는 일이었으니까.

다시 찾아간 갈비집, 수미는 여전히 뜸을 들이며 확실한 마음을 주지 않는데 선아는 적극적으로 박철이를 알은체해왔다.

"오빠 왔어요? 뭐 드릴까요?"

"그냥, 갈비탕 하나하고 소주 하나……"박철이는 괜히 마님 눈치를 살피는 돌쇠처럼 수미를 흘끔거렸으며 수미는 수미대로 자기보다 열살은 더 어려 보이는 선아와 부쩍 친해진 것 같은 박철이가 못내 아니꼬운지 슬슬 눈길을 피해버렸다.

'나보다 더 어린 여자라 이거지? 헛, 남자들이란, 별수 있나?' 꼭 다문 수미의 입술에서 당금이라도 그런 말이 쏟아져나올 것 같았다.

"아가씨 고향은 어디야? 난 중국인데……"혹시 선아가 자신을 정의롭고 멋있는 한국 남자로 착각해서 유난히 친절을 떠는 건 아닐까 싶어 박철이가 일부러 던진 말이었다.

"알아요, 중국인 거. 전 고아예요."저번에 보았을 때보다 훨씬 밝은 얼굴이었다. 손님들이 들어오면 쪼르르 달려가서 인사도 싹싹하게 해주고 손님들이 떠나면 잽싸게 쟁반을 들고 와서 상을 치우기도 했다. 더럽고 무거운 불판을 정리하는 다른 여자들을 도와주기도 하고 떨어져가는 밑반찬을 미리미리 챙겨주기도 했다.

생각보다 적응을 빨리 하는 선아가 철이 든 여동생마냥 못내 대견스러워지기까지 했다. "고아예요" 하고 웃으며 말할 수 있는 선아, 박철이는 그 개성 있는 얼굴을 쳐다보며 "그래?" 하고 덩달아 벌씬 웃어주었다. 한편으로, 무엇이 그리 바쁜지 주방과 다른 테이블에서만 맴도는 수미를 저만치서 바라보며 무슨 말이라도 걸어볼까 박철이는 고심했다.

"저기요, 동치미 좀 더 주시면 안되나? 수미씨 바쁜가보네……" 겨우 생각해내서 뱉은 구실인데 바로 옆 테이블까지 온 수미는 들었는지 말았는지 열심히 상을 치우기만 했다.

"알았어요, 잠시만 기다리세요." 눈도 마주치지 않고 상을 닦으며 수미가 휙 한마디 던지는데, 아직 둘 사이의 일을 알지 못하는 선아가 쪼르르 달려와서 찬그릇을 냉큼 가져가는 것이었다.

"오빠 동치미 좋아하네. 많이 떠드릴게요!" 선아는 박철이에게 해사한 눈웃음을 보내며 돌아섰고, 박철이는 어색하게 같이 웃어주며 수미를 쳐다보았고, 수미는 행주를 쟁반에 탁! 던지며 쌩하니 일어서서 가버렸다.

드라마가 따로 없었다. 다들 흘낏거리며 재밌는 구경거리로 보는 것 같아 박철이는 그만 일어나 계산하고 나가기로 했다. 수미는 쓴웃음을 지으며 차라리 주방으로 들어가버렸고 선아는 오히려 신이 나서 박철이를 문밖까지 배웅해주었다.

"오빠, 안녕히 가세요. 또 오세요―!"

뭐가 어떻게 돌아가는지 박철이도 모를 일이었다. 일을 마치고 자취방에 돌아와서 눈을 감고 누우면 생각나는 사람은 수미였다.

그러나 매번 갈비집에 가서 친오빠를 반기듯 방긋거리며 재잘거리는 선아와 쓸데없는 농이나 주고받다가 정작 수미한테는 쌀쌀한 눈총 때문에 말 몇 마디 걸어보지 못하고 얼떨결에 되돌아오곤 했다.

선아와 주고받는 말이 많아질수록 수미는 더 새침해졌고, 그런 수미와 말을 섞어보기는 더욱 힘들어졌다. 그런데 어느 대학교 디자인과를 다닌다는 선아는 이제, 수미와 미묘한 눈빛을 나누는 박철이를 보고서도, 게다가 언제든지 중국으로 돌아가야 할 단순 노무직 아저씨인 줄 알면서도 여전히 반기고 즐거워하는 것이었다.

이건 아니야, 뭔가 확실히 하고 넘어가야지. 박철이는 머리를 싸매고 며칠을 궁리한 끝에 결정적인 한발을 내딛기로 했다. 작정을 한 이상 소주 네 병도 무섭지 않았다.

"오빠, 너무 많이 마시는 거 아니야?" 선아가 다가와서 술병을 치우자 박철이는 용기를 내어 씽긋 웃었다.

"오늘 저녁, 일 끝나고 나하고 한잔 더 할까?" 선아는 갑자기 얼굴이 발개지면서 쪼르르 화장실 쪽으로 달려가버리는 것이었다. 가타부타 말도 없이 말이다.

수미의 꼿꼿한 눈총이 뒤통수에 박히는 걸 느끼며 박철이는 식당 문밖에서 퇴근하고 헤어지는 선아를 기다렸다. 그렇게 같이 간 포장마차에서였다.

"선아야, 나는…… 나는 말야, 그런 놈이야…… 나는……" 자신에 대한 선아의 마음이 무엇인지도 모르고 어떻게 거절을 할 수 있을까? 그것은 정말 바보짓 중의 바보짓이었다.

"알아요, 오빠 마음." 선아는 떠듬거리며 할 말을 찾지 못하는 박철이를 바라보다가 술잔에 소주를 채웠다.

"오빠, 난요…… 한국에서 오빠 같은 사람 처음 보았어요. 누구는 처음부터 다 잘하냐고…… 괜찮다고…… 말해주는 사람 말이에요." 고아의 서러움이 이제 다 나오는가보다 하고 박철이는 덤덤히 앉아 담배 한개비를 꼬나물었다.

"강을 건너기만 하면 될 줄 알았는데…… 중국 사람한테…… 석 달 만에 나와서…… 결국 여기까지 왔지요……" 선아의 눈시울이 발가우리해졌다. 박철이는 담배연기 한모금 내뿜다 말고 선아의 얼굴을 낯설게 쳐다보았다. 그럼 뭐야? 탈…… 북?

박철이로서는 그 일들이 얼마나 잔인하고 무참한 일인지 이해할 수 없었고 실감도 나지 않았지만 분명 선아한테는 피비린내 나는 어두운 과거인 것 같아서 외면할 수가 없었다.

"선아 니가 그런…… 야, 너, 정말 힘들었겠다……" 자기만 외롭고 슬프다고 생각했는데 자신보다 훨씬 외롭고 슬픈 여자가 여기 이렇게 초연하게 앉아 있었던 것이다.

"전요, 살아야 한다는 생각밖에 없었어요…… 다시 돌아가면, 그때…… 이 나라에 와야만 살 수 있었어요. 여기까지 와야 모든 게 끝날 거라고 생각했지요……" 고집스럽게 찌푸린 선아의 눈살을 이제 그만 펴고 다니라고 다독여주고 싶었다.

"그래, 그랬겠지……" 다만 생계를 위해 이 나라에 온 수미나 자신과는 달리 선아는 목숨을 부지하기 위해 생명을 걸고 이 나라로 달려온 것이다.

"근데 정작 여기 와보니까, 끝난 게 아니었어요. 또다시 처음부터 시작해야 했지요……" 쓰겁게 웃음을 짓는 선아를 보면서 박철이는 언젠가 회사에서 사장들이 하던 말을 떠올렸다.

"저저, 김대중, 노무현…… 정말 못살아. 아니, 우리도 먹고살기 힘든데 싫다는 사람들한테 왜 퍼주느냐고?"

"이제는 오든 말든 지네가 알아서 하라고 해야 돼. 아파트도 주고 돈도 주고 한다니까 여기가 뭔 천국인 줄 알고 까맣게 오고 있잖아."

"일이나 잘하면 모를까? 열심히 사는 사람 하나 못 봤네……"

박철이는 괜히 선아한테 미안해서 견딜 수가 없었다. 고향동네에 있을 때 그 자신이 그랬던 것이, 아니, 사장들이 얘기할 때에도 스스럼없이 맞장구를 쳐주었던 자신이 그 순간 얼마나 부끄러운지 몰랐다.

항상 강자한테 밟힘을 당했다고 억울해하던 박철이 자신이 엉덩이 아래에다 다른 약자를 깔고 앉았을 줄이야. 흐음, 애꿎은 담배꽁초를 비벼 끄면서 박철이는 선아의 또렷한 두 눈을 쳐다볼 용기가 더는 나지 않았다.

"미안하다, 후우—, 정말, 미안하다……" 콧물을 훌쩍 들이켜는 소리가 나더니 선아가 애써 밝은 목소리로 말을 이었다.

"아니에요, 오빠가 왜요? 열심히 일하면서, 제게 괜찮다고 말해주던 오빠가 얼마나 힘이 됐는지 몰라요." 박철이의 그 작은 친절이 선아에게는 그렇게 값나가는 생명줄이 되었을 줄이야. 그래서 선아는 박철이가 그토록 반갑고 좋았던 모양이었다.

"오빠가 미안하다, 더 잘해줬어야 하는데…… 미안해서 어떡하냐? 근데 나는……"

"알아요, 오빠 마음. 수미 언니한테 얘기해보세요. 언니 일은, 언니가 결정해야겠죠. 나는 그냥, 오빠가 편하고 좋았을 뿐이에요."

선아를 집까지 바래다주고 돌아서는 박철이의 마음은 애잔해진 것도 잠시, 이제 당당히 수미에게 갈 수 있다는 행복감 때문에 다시금 설레고 있었다.

그런데, 수미와 더 빨리 확실한 관계를 맺지 못했던 건 과연 선아 때문이었을까? 퇴근길에 박철이에게 손목을 잡힌 수미는 온갖 앙탈을 부리다가 결국 힘을 빼고 말았다. 선아와 확실히 해두었으니 이제 거칠 것이 없다고 여긴 박철이는 온갖 무식함을 다 꺼내서 수미를 제 방 매트리스 위에 밀어붙였다.

한창 싱그러운 나이의 아름다운 육체가 박철이의 몸 안에서 서서히 부풀어오르고 있었다. 뜨겁게 달아오르는 수미의 몸을 그러안고 박철이도 잠시 떨었다.

이렇게 아름다운 여자를 내가 가져도 되는 건가? 이 젊음과 성성함을 내가 누리고, 내가 책임져도 되는 건가? 박철이를 기다린 듯, 그러나 피할 수만 있다면 피하고 싶은 듯, 수미의 몸은 꿈틀거리며 요동을 치고 있었다.

"수미야, 사랑해―, 정말……" 격렬한 몸짓을 멈추고 박철이는 그렇게 수미의 몸 위에 쓰러져서 그녀의 땀에 젖은 머리카락을 쓰다듬어주었다. 수미를 원했던 그 강렬한 욕망이, 그리고 그녀를 가지고 난 후의 뿌듯함과 평생 지켜주고 싶다는 책임감이 바로 '사랑'일 것이라고 그때 박철이는 확신했다.

"사랑해? 정말? 걔는? 선아 걔도 오빠 좋아하잖아······" 여자란 별수 없이 여자인 것이다. 아직 자기 몸속에서 나오지 않고 있는 박철이를 두 다리로 단단히 휘감아안고 수미는 일부러 선아 얘기를 꺼냈다.

"걔는 이제 한국 여자야. 걔랑 결혼하면 불법 아니라니까." 박철이는 어이없이 핏 웃으며 수미의 콧등을 살짝 튕겼다. "이 바보, 다시 그런 얘기 해봐······" 박철이의 표현이 마음에 들었던지 수미는 흐뭇 기분 좋게 웃었다. 한국 여자라. 한국 여자면 한국 남자랑 결혼해야 적당하지 않을까? 아직은 같은 처지의 탈북 남자보다 박철이를 더 반가워한다지만 선아가 마침내 '한국 여자'로 적응하는 날이면 그때에는 오리지널 한국 남자가 더 좋다고 할 것이었다.

"오빠 정말 결혼 안했어? 중국에서 기다리는 색시 없나?" 샤워기로 온몸에 물을 뿌리고 있는 박철이에게 수미는 또다시 짓궂게 캐물었다. "색시는 무슨, 여자친구도 없었다. 왜, 넌 있어?" 어딘가 불안해하면서도 미적거리던 수미, 그때 박철이의 머릿속을 바람처럼 스쳐 지나가는 것이 있었다. 없으면 없다고 당당히 말할 것을, 수미는 차마 그 말을 여태 못하고 있었던 것이다.

"나 갈래요. 빨리 가서 씻고 자야 내일 또 출근하죠." 수미는 박철이가 샤워실에서 나와 몸을 닦는 동안 벌써 옷들을 몽땅 주워입고 휑하니 방문을 나가버렸다.

어디에서 잘못된 것일까? 너무 무식하게 밀어붙였나? 박철이는 바람처럼 떠나가는 수미를 붙잡지 못하고 우두커니 서 있기만 했다. 애초부터 박철이의 잘못이 아니었을지도 몰랐다. 그러니까 선아 때문도 아니었을 수 있었다. 수미한테 아직 끊어지지 않은 과거의 인연이 있을 수도 있는 것이었다.

어떻게 할 것인가? 박철이는 갑자기 비겁해지고 있었다. 수미의 뜨거운 몸을 안고 요동칠 때에는 확실히 그녀를 사랑한다고 생각했으나 정작 머리와 가슴이 식자 수미의 진짜 현실을 감히 직시할 수가 없어진 것이었다. 수미를 붙잡고 물어보지도 못했다는 것은 바로 그녀의 현실을 받아들일 용기가 없다는 뜻이었다. 그렇게 하고도 어찌 평생을 지킬 거라고 할 수 있겠는가? 박철이는 다시 주춤해졌다.

얼마큼 시간을 두었다가 갈비집을 다시 찾아간 것이 수미에 대한 결심이 굳었다는 의미는 아니었다. 그냥 미칠 만큼 수미가 보고 싶어서, 수미의 싱그러운 냄새와 매끄러운 몸이 그리워서 더는 견딜 수 없었기 때문이었다. 만약에 그녀의 상황이 정말 좋지 않다면, 그녀와 결혼할 수 없는 이유가 너무 확실하다면, 그냥 한국에 있는 동안만이라도 그녀의 남자로 살고 싶었다.

그러나 수미는 박철이에게 그런 기회마저 주지 않았다. 수미가 없는 갈비집, 여전히 손님들로 북새통을 이루고 있었으나 박철이는 그처럼 허전할 수가 없었다.

"아, 예. 오셨어요? 근데 어쩌죠? 수미 이제 없는데…… 서로 연락 안되나봐요?" 홀장 여자가 안됐다는 듯이 혀를 쯧쯧 차 보였다.

"없다니요……? 여기 그만두었나요?" 자신이 주저하던 사이에 수미가 사라질 줄은 꿈에도 생각지 못한 박철이었다. 자신만 결심하면 언제든지 만날 수 있을 거라고 생각했던 게 잘못이었다.

"그게 아니라…… 신고가 들어왔다고 해서……" 홀장 여자는 주위 사람들의 눈치를 살피며 박철이에게 가까이 다가섰다.

"마침 사장님이 경찰서에 아는 사람이 있었나봐요. 저녁장사 하다가 갑자기 떠났어요. 그래도 아저씨랑은 연락하고 간 줄 알았는데……" 여자는 최대한 낮은 목소리로 속살거렸으나 박철이의 귀에는 천둥 번개라도 치는 듯 들려왔다.

"일 잘하고, 착한 애였는데……" 홀장 여자가 뭐라고 더 주절거렸으나 박철이는 귓속이 먹먹해져서 더이상 아무 말도 들리지 않았다. 수미가 없어졌다, 어디서 찾을 수도 없다는 소리만 뇌리에서 맴돌 뿐이었다.

"오빠 오셨어요? 저 좀, 기다려주실래요?" 참담하게 카운터에 기대서 있는 박철이에게 반갑게 인사하는 여자 하나가 있었다. 수미 같은 모습을 하고 있는 여자는 선아의 목소리를 가지고 있었다.

약빠르고 친절한 수미가 하던 것처럼 그 여자도 능숙하게 주문을 받고 상을 보면서 박철이에게 손을 흔들어 보이기도 했다. 선아가 그새 또 훌쩍 커버린 것이었다.

"신났네, 신났어…… 알 게 뭐야? 지가 신고하고도 씁쓸한 척하는 건지?" 박철이의 등 뒤에서 다른 종업원들의 목소리가 낮게 들려왔다.

"워낙에 북한 애들은 도무지 믿을 수가 없다니까. 어제는 고아랬다가, 오늘은 강원도 출신이랬다가……" 박철이는 머리를 홱 돌려

입을 삐죽거리는 여자들을 쏘아보았다. 수미가 떠나간 이 마당에 누구라도 걸려들면 한판 붙고 싶은 심정이었다.

"오빠, 만약에, 그냥 하는 말인데요, 만약 오빠가 수미 언니보다 나를 먼저 만났다면 어땠을 것 같아요?" 선아와 마지막으로 마셔본 소주, 박철이는 선아의 눈빛에 흔들리지 않으려고 애썼다. 그러나 수미를 알 수 없었듯이 선아를 모르는 것 또한 마찬가지였다. 선아의 진실이 무엇인지 알 수 없는 채로 선아와의 미래를 꿈꾼다는 것 역시 모래 위에 성 쌓기처럼 언제 무너질지 모를 위태로운 일이었다.

만약에 선아의 진실이 선화였다면, 그녀의 말은 도대체 어디까지 믿을 수 있는 걸까? 박철이에 대한 그녀의 마음도 진실이라고 할 수 있을까? 오직 자신의 삶만을 위해 죽음을 무릅쓰고 달려온 그녀는 과연 수미한테 관용을 베풀었을까? 그러고 보니 선아를 떠난 일이, 그 도시를 떠난 일이 참으로 잘한 일인 것 같았다.

쓰러진 호영이를 눕혀주고 집으로 돌아와 온 밤을 뒤척거리며 박철이는 수미의 꿈을 꾸었다.

예전과 같이 고운 모습의 수미가 저만치서 달콤하게 웃고 있었다. 왜 연락 한번 안했느냐고. 찾으려고 얼마나 애썼는지 아느냐고. 얼마큼 그리워했는지 아느냐고. 이젠 모든 게 상관없다고, 무슨 일이 있어도 같이하고 싶은 용기가 생겼다고…… 박철이는 꿈속에서 수미를 향해 애타게 소리치고 있었다. 수미는 잡힐 듯 말 듯 거리를 두고 도망가면서도 자주 박철이를 돌아보며 기다려주었다.

파란 잔디밭이 무연히 깔린 어느 언덕에서 요행 잡은 수미의 손목을 끌어 품에 으스러지게 안고 박철이는 그날밤처럼 수미를 타고 앉았다. 수미의 따듯한 여자 속에 화산처럼 기쁨을 힘차게 뿜어내고 박철이는 축축하게 젖은 팬티 때문에 잠에서 벌떡 깨어나고 말았다.

4

구정을 앞둔 장춘 시내는 붐비는 인파로 몸살을 앓고 있었다. 거리마다 자칫 정체가 빚어질 정도로 차량이 불어났다. 와보지 못한 몇년 사이에 도심은 물론 시정부가 옮겨간다는 남쪽 개발구에도 고층 건물들이 시루 안의 콩나물처럼 빽빽해졌다. 네온싸인이 번쩍이는 호텔이며 백화점, 호화로운 식당에 싸우나까지, 박철이는 쉼없이 돌아가는 눈길을 멈출 수가 없었다.

한국으로 떠나기 전에는 자주 오던 시내였지만 기억 속의 어둡고 한산하던 소박한 모습과는 완연히 달라진 모습이었다. 다시 만난 옛 애인의 세련된 모습을 보듯 박철이는 자신이 없는 사이에 훌쩍 커버린 도시가 못내 반가우면서도 얼핏 생소했다. 요즘 장춘시의 아파트와 가게 시세도 알아볼 겸 시내에서 사는 큰집 잔치에도 참석할 겸 나선 길이었다.

"역 앞에 바로 전철역이 있으니 비싼 택시 타지 말고 전철 타고 오너라." 큰아버지가 가르쳐주었다. 전철은 서울의 지하철보다 훨씬 작았으나 깨끗하고 안전해 보였다. 사람들은 예전처럼 밀쳐대지 않았고 민첩하고 자신있게 몸을 움직이고 있었다. 숙련된 솜씨로 카드를 감지구역에 스쳐 보이며 지나가는 사람들을 흉내 내어 박철이도 급히 카드를 꺼내들었다.

전철이 들어서는 레일 옆에 다음 차량이 들어올 시간까지 표시되는 액정시계가 있었으며 사람들은 여유작작 의자에 앉아 있거나 한담을 하면서 대기하고 있었다. 아무도 뭐라고 하지 않았지만 박철이는 스스로 자신이 얼음산 속에서 한 세대를 자고 있다가 깨어난 '문명에 뒤떨어진' 사람 같다고 여겨졌다.

비록 정말로 잠을 잔 것이 아니라 더 문명한 도시에서 살다가 돌아왔다지만 말이다. 그 생소한 발전, 전에 없던 당당한 모습들에 박철이는 어느정도 겁을 먹은 것이 분명했다.

잔치는 큰집 식구가 산다는 아파트단지에서 그리 멀지 않은 호텔에서 한다고 했다. 호텔 로비에 들어서기 바쁘게 그날의 신랑인 큰집 막내아들, 박철이 사촌동생의 웨딩사진이 커다란 현수막으로 걸린 것이 눈에 들어왔다. 순백색이나 깔끔한 핑크빛을 많이 쓰는 한국의 웨딩홀과는 달리 중국 전통색인 빨간색을 흠뻑 들여 꾸민 장식이었다. 한뉘를 정부기관에서 일하고 퇴직한 큰아버지와 지금 장춘 제일의 자동차산업단지에 취직한 사촌동생의 인맥 때문인지 하객이 생각보다도 훨씬 많았다.

전문 악대를 청하여 축가를 부르고 이벤트회사에서 나온 사회자가 유창한 중국어로 사회를 보는 가운데 결혼식은 거의 무르익어 가고 있었다. 결혼식이라고 해서 뭐 별다른 절차나 재미도 없었다.

중국 전통 결혼식은 또 달랐겠지만 요즘 도시 중국인들의 결혼식은 사회자가 몇마디 말을 하는 것 외에 신랑 신부가 모든 하객들에게 술과 담배를 권하는 가벼운 인사뿐이었다. 하긴 요즘 한국 젊은 세대들의 결혼식도 간소하기 짝이 없었다. 하객들은 신랑 신부 입장시에 박수만 쳐주다가 신부가 따라주는 술 한잔 마셔보지 못하고 뷔페 음식만 먹다가 돌아오면 끝이었다.

박철이는 손님들한테 담뱃불을 붙여주느라 곤욕을 치르는 사촌동생의 한족 신부를 쳐다보았다. 어른들은 점잖게 술을 받아 마시며 덕담을 해주었지만 친구들 상에서는 장난기가 발동한 남자들을 당하기가 여간 어려운 것이 아니었다. 신부가 라이터를 켜고 담배를 꼬나문 친구에게로 가는 사이 다른 친구들이 어느새 담뱃불을 훅 불어 꺼버리곤 했다. 담배를 꼬나문 친구마저 일부러 목을 이리저리 돌리다가 급기야 의자를 딛고 올라서버렸다. 열이 오른 신부는 기다란 웨딩드레스를 두 손으로 걷어올리고 자신도 맞은편 의자 위에 홀쩍 올라서는 것이었다.

"칸 니 하이 닝 짜양(이젠 어떡할래요)?" 한족 여자 특유의 날카로운 목소리, 사촌동생을 비롯한 남자친구들이 활발한 신부의 우스꽝스러운 모습을 보고 우― 웃어버렸다.

박철이는 머리를 절레절레 흔들며 혼자 허구프게 웃었다. 활발하고 대범한 신부도 좋았지만 박철이는 그래도 다소곳한 신부가 더 좋다고 생각했다. 만약 어느날엔가, 꼭 수미와는 아닐지라도 결혼이란 걸 하게 된다면 옛날 동네에서 하던 식대로 하고 싶었다.

신부네 집에서는 아이들이 신랑의 신을 숨겨놓고 '젖값'을 빼앗는가 하면, 술상에 납작하니 엎드려 상객의 호통을 받아주어야 하고, 겨우 마을에 도착했다 싶으면 친구들이 뛰어나와 길에 엎드려서 '강탈'을 하고, 하객들은 온 밤 신랑의 집에 모여 술잔치를 벌이고, 덕담을 하고, 장난을 하고……

"형, 왔네! 한국 갔다더니, 고마워!" 사촌동생이 박철이네 상으로 술잔을 들고 왔다.

"샤오 쳰, 워 뱌오 거(우리 사촌 형)!" 목에 바투 맨 넥타이 때문에 번열이 난 모양인지 사촌동생은 이마에 송글송글 땀방울이 맺힌 채 곁에 따라온 신부를 바라보았다.

"아, 다거, 니하오(아, 형님, 안녕하세요)?" 키가 크고 몸매가 호리호리한 여자의 분위기는 선아나 수미와는 또 사뭇 달랐다.

"형, 광수랑 연이도 온다 했으니까 천천히 놀다 가……" 결혼하는 신랑은 바쁜 법이다. 하객들이 거의 모두 한족이라서 뻘쭘히 앉아 있는 박철이가 안됐던지 사촌동생은 또다른 사촌들인 광수와 연이의 이름으로 박철이를 달래주었다.

한국 슈퍼를 하고 있다는 광수는 금방 나타났지만 박철이보다 두살 아래인 연이는 늦어졌다.

"야, 오랜만이다!" 한국 사람과 장사를 해서인지 한국에 가보도 못했다는 광수는 한국 사람처럼 멀끔하게 꾸민 모습이었다.

"그래, 장사는 잘되는 모양이제?" 일단 꿍지고 온 돈은 좀 있다지만 아직 그것으로 어떻게 '새끼를 칠'지 방법이 서지 않은 박철이는 이미 중국 도시에서 끈끈하게 발붙이고 선 듯한 광수가 못내 부러웠다. 아파트도 사고, 색시도 얻고, 얼라도 기르고, 열심히 살

거라던 박철이의 꿈을 광수는 이룬 것이었다.

"뭐 전보다야 못하지만, 아직 먹고는 산다!" 있는 자의 여유라 할까, 광수는 박철이 앞에서 꽤 겸손을 떨었다. 110평짜리 새 아파트도 사고, 이제 식당도 하나 한다고 아버지한테서 들었는데 말이다.

"야, 먹고산다는 게 얼마나 대단한 건데…… 그만하면 너는 됐다." 광수 같은 사람이 있다는 것이 박철이에게는 어떤 희망으로 다가왔다. 그러나 광수는 금방까지 겸손을 보이던 목소리를 내리깔더니 "됐긴, 아직 멀었지……"라고 속내를 드러내 보이는 것이었다.

역시 인간의 욕심이란 끝이 없는 모양이다. 중국을 끝이라고 건너왔다가 다시 한국으로 날아간 선아, 결국 한국도 끝이 아니라 시작이라고 하던 그녀처럼, 박철이의 끝도, 광수의 끝도 끝나는 순간 다시 시작이 될 수 있는 것이었다.

"연이는 한국 회사 다닌다며? 잘되나, 요즘 회사?" 광수가 슈퍼를 하게 된 경위며, 요즘 들어 중국인들에게 인기있는 상품의 정보며, 식당 장사 요령들을 캐묻다가 문득 연이가 생각났다. 좀 통통하긴 했지만 곱살스러운 얼굴의 여동생이었다. 오늘 결혼하는 사촌동생처럼 한족 학교를 다니지 않고 조선족 학교를 다닌 덕에 그나마 조선족스러운 데가 있었다. 성적은 박철이보다도 별로였지만.

"걔야 뭐, 회사가 잘되든 안되든 상관있겠냐? 녹아나는 건 계집 좋아하는 한국 사장뿐이겠지." 연이 이야기가 나오자 광수는 조갯살을 발라 먹다가 모래라도 씹은 듯 얼굴을 찌푸렸다.

"결혼했겠지? 애는 있대?" 어쩐지 연이 이야기는 하고 싶지 않아

하던 부모님한테서 궁금증을 풀지 못한 박철이가 광수를 닦달했다.

"결혼? 흠, 언젠가 할 수도 있겠지. 어느 밸 빠진 녀석이나, 뭐 비슷한 애들끼리." 제 사촌임에도 연이가 무척 못마땅한 듯 광수는 자주 코를 흥흥거렸다.

"뭐 그럭저럭 괜찮은 애잖아? 눈치도 빠르고, 일솜씨도 잽싸던데? 생김새도 그만하면 괜찮고." 박철이는 도무지 광수가 흥흥거리는 이유를 알 수 없었다. 연이네가 광수한테 빚이라도 졌나?

"괜찮지, 아주 괜찮지! 뭐 지금은 개발구에 아파트가 두채라더라. 그뿐이겠냐? 회사도 지 거나 다름없으니…… 뭐 아주 '능력있는' 여자지, 안 그래?" 광수의 과장된 말투에서 박철이는 어렴풋이 무엇인가 눈치챌 수 있었다. 그 나이에 아파트가 두채 되자면, 여자는 반드시 '보통'이 넘어야 할 것이었다. 부모한테 물려받지 않았다면 자기 능력으로 갖추었다는 말인데, 그 젊은 나이의 여자가 과연 얼마만큼의 '능력'이 있었을까? 게다가 '계집 좋아하는 한국 사장'과 '지 거나 다름없는 회사'라?

"그러니까…… 연이 개가…… 혹시, 한국 사장이랑…… 그런 거야?" 이건 좀 놀랄 만한 일이었다. 작은아버지네뿐만 아니라 모든 박씨 친척들 가운데서도 그만한 '능력'의 소유자가 없었는데 연이는 어디에서 그런 '능력'을 키웠을까? 한국으로 떠나기 전 구정에 한번 만났을 때에도 박철이는 연이에게서 전혀 그런 '가능성'을 보아내지 못했던 것이다.

"나 참, 이제 개네들은 무슨 생각을 하고 사는지 알 수가 없단 말이야. 너 같으면 알고도 데려올 수 있겠냐, 그런 여자?" 광수는 얼마나 잘난 여자랑 살고 있는지 알 수 없었지만 박철이는 섣불리 코웃음을 칠 수가 없었다. 박철이가 그렇게 데려오고 싶어하던 수미가 과연 연이보다 얼마나 더 잘났을지 자신이 없었던 것이다. 중국에서 사업하는 한국 유부남이랑 산다는 것이 연이의 잘못이라면, 과거의 인연을 주렁주렁 달고 있는 수미는 지금쯤 박철이가 아닌 다른 남자랑 살고 있을지도 몰랐으니까. "에잇, 더러운 세상이 그런 거! 술이나 먹자!"

그런데 이런 장소에 나타나는 게 별로 합당치 않다고 여겼던 연이는 전혀 망설임 없다는 듯 자연스럽게 손을 흔들며 나타났다.

"아, 박철이 오빠도 왔네. 차가 얼마나 밀리는지…… 아가씨, 여기 수저세트 주세요!" 자기가 주인이라도 되는 듯, 박철이네가 여태 앉아 있은 것이 자신을 기다리기 위함이었다는 듯 연이는 광수의 아니꼬운 눈초리에도 아랑곳없이 수다를 떨었다.

"한국 갔다며, 언제 왔어? 돈 좀 벌었나? 광수 오빠는? 요즘 장사 잘돼?" 개발구에 사놓았다던 아파트 두채 때문인지 연이는 꽤 거들먹거리고 있었다. 적어도 수미라면 저렇게 티내지는 않을 텐데…… 과연 '능력있는' 여자가 다르긴 다르다고 박철이는 생각했다. 암 그래, 알고는 못 데려오지, 저런 여자……

"너네 회사는 잘되니? 요즘 경기가 안 좋잖아. 하긴, 너야 뭐 먹고사는 건 걱정 없을 테니……" 광수는 일부러 침을 뾰족하게 갈아서 말꼬리에 찔러놓았다.

"회사가 다 그렇지 뭐. 잘될 때 있고 안될 때도 있지……" 진한 화장에 비싼 정장을 받쳐입은 연이의 모습에서 박철이가 기억하던 그 '조선족스러운' 이미지는 찾아볼 수 없었다. 이 여자는 이미 여기까지 왔구나, 이 여자의 끝은 어디일까? 끝을 보고서 그칠 수나 있는 걸가? 박철이는 허리를 뒤로 젖히며 깔깔 웃는 연이를 보면서 못내 서글퍼졌다.

"여보세요? 어, 난데…… 왜?" 연이가 휴대폰을 들고 자리에서 일어나자 광수는 박철이에게 입을 삐죽거리며 눈을 끔뻑해 보였다. 이제는 광수의 몸짓이며 말투를 이해할 만했다.

"아니, 사모님이 회사에 나왔다고? 아침에 북경 간다고 하지 않았어……? 뭐? 내 사무실로 들어갔다고?" 등을 돌리고 바깥으로 걸어나가며 연이는 휴대폰에 대고 화를 박박 내고 있었다.

"거길 들여보내면 어떡해? 사장님은? 사장님 어딨어? 바꿔…… 아니, 내가 지금 갈게……" 연이가 잠깐 회사를 비운 사이, 연이의 '사모님'이 기어이 시끄러운 일을 벌인 모양이었다. 연이는 총총 걸어들어와서 빨간 봉투를 사촌동생한테 건네주고는 박철이네에게 손을 한번 저어 보였다.

"오빠, 나 일 있어서 먼저 간다, 나중에 보자!"

"쟤 봐라, 쟤…… 이번에 제대로 걸렸나?" 연이에게 들이닥칠 폭풍우가 상상되었던지 광수는 속이 후련한 듯, 그러나 어딘가 걱정스러운 듯 그녀의 뒷모습을 지켜보고 있었다. 박철이도 광수와 같이 연이의 롱부츠가 올라타고 있는 봉고차를 내다보았다.

'미림성형사출회사'라고 씌어져 있는 봉고차였다. 아니, 저건 그, 공항에서…… 저런 이름의 회사가 장춘에 또 있나?

5

며칠째, 박철이는 거의 매일 장춘 시내로 출근하다시피 했다. 시내에 자그만 아파트를 사는 것이 꿈이었던 그는 이제 그 꿈을 실현하기 위해 부지런히 뛰고 있었다. 사실 아파트는 문제가 아니었다. 좀 비싸고 좋은 걸로 살 수도 있었고, 돈을 남기기 위해 작고 낡은 것으로 살 수도 있었다. 문제는 아파트를 사고 난 후였다. 그 아파트에서 무엇을 하면서 살까? 아파트에 누워만 있다고 돈이 저절로 생길 리 없는 노릇이었다.

아파트를 좀 작고 낡은 것으로 사면 남은 돈으로 작은 가게 하나는 얻을 수 있었다. 박철이의 오랜 꿈처럼. 문제의 핵심이 바로 그것이었다. 어떤 가게를? 무슨 가게를? 어떻게 운영해야 돈이 모일 수 있을까? 광수가 하는 한국 슈퍼는 한국 유학생들이 많이 살고 있는 계림로에 있었다. 계림로에는 광수의 슈퍼 말고도 다른 한국 슈퍼들이 많았다. 계림로는 식당도 많고 장춘 시내에서 가장 번화한 거리에 속했으며 고로 가게 양도세도 엄청 비쌌다. 그런 고가의 가게를 임대하여 장사를 벌일 만큼 박철이는 자신도 없었고 경험도 없었으며 돈도 모자랐다.

직장을 찾기에는 늦은 나이고 내놓을 만한 전문지식이나 기술도 없었다. 박철이가 하고 싶었던 일은 이미 중국에 있는 사람들이 벌이고 있었고, 한국에서 눈으로 보아온 것은 중국에서 어떻게 접목해야 할지 난감했다. 슈퍼, 식당, 분식집, 치킨집 등등 여러 항목들을 검토해보다가 박철이는 마침내 한마을 살던 그 아무개들이 다시 떠나간 이유를 이해할 수 있을 것 같았다.

돈이 없어서 그렇게밖에 살 수 없었노라고, 돈만 벌어오면 꿈을 이룰 수 있을 거라고 자신했던 박철이는 이제 돈만 가지고는 아무것도 할 수 없음을 절실히 깨닫고 있었다. 가게도 좋고, 식당도 좋고, 번듯한 회사를 공짜로 차려준다고 해도 그것을 운영해나갈 능력이 없다면 아무 소용없는 짓이었다.

한국에 나가보지도 못하고 보잘것없는 밑천으로 구멍가게를 열었다는 광수는 지금 그 가게를 불려서 2호점 슈퍼까지 세웠는데 식당 하나 세울 밑천을 가진 박철이는 지금 동네 구멍가게 하나에도 쩔쩔매고 있었다.

그러면 어떻게 할 것인가? 이제 한국의 노가다생활은 무섭지 않은 박철이였다. 거기서 어떻게 하면 돈을 벌 수 있는지 요령이 선 박철이였다. 그렇다고 평생을 한국에서 노가다로 돈을 벌 수는 없지 않은가. 지금 할 수 있는 일이 없다고 아무개들처럼 아파트나 사놓고 다시 한국으로 간다면 언젠가 돌아온 뒤에는 또 무엇을 한단 말인가. 박철이는 다람쥐가 돌리는 그 무의미한 쳇바퀴로 몸을 던지고 싶지는 않았다.

이왕 '중국산'으로 살 거면, 그렇게밖에 살 수 없는 거라면, 더 늦기 전에 지금 시작하고 싶었다. 장춘 시내 구석구석에 있는 부동산중개소를 훑어보며 아파트 시세를 가늠해보다가 박철이는 예상을 훨씬 웃도는 가격에 입을 벌리고 말았다.

"평당 삼천오백원이면 싼 거죠, 주변 시설도 좋고…… 이제 다음

해부터는 막 오를 건데……" 계림로의 한 부동산중개소에서 주인 여자가 박철이를 붙잡았다. 헛, 평당 삼천오백원이 싼 거라고? 새 아파트도 아니고 낡은 아파트를?

"예, 좀더 고려해보구요……" 다른 아파트들의 가격을 훑어보긴 했어도 다 오십보백보였다. 어쩌자고 사람들은 층층이 놓인 찜통 속 만두처럼 다리 한번 마음대로 뻗지 못할 줄 알면서도 기어이 그 위에 살고 싶어 안달하는지 모를 일이었다. 씁쓸한 얼굴로 박철이 가 돌아서는데 주인 남자로 보이는 사내가 바깥에서 여자 손님 한 명과 흥정을 하며 들어왔다.

"머여우러, 나거 팡쯔 쭈이 스후이(이젠 없어요. 그 집이 젤 싸다 니까)!" 손님과 같이 집을 보고 오는 모양이었다.

"으음, 나거 부! ……워 부(그건 아니, 나 아니)!" 서투른 중국어 로 대꾸하며 연신 손을 내젓는 여자는 아이보리색 화려한 코트며 푹 눌러쓴 예쁜 털모자를 보아서 아마도 한국 사람인 것 같았다.

"아이야, 니 다오디 야오 선머 양더 팡쯔야? 나거 주 부저라! 전 지쓰 워러(원, 대체 어떤 집을 요구하세요? 이 정도면 정말 괜찮은 데, 나 진짜 돌아버리겠네)!" 서로 의사소통이 안되어서 흥정이 잘 안되는지 주인 남자는 애달아했다. 통역이나 친구를 붙이고 오든 지, 말도 안되면서 혼자 나와서 집을 계약하겠다고…… 박철이는 그 순진한 건지 간이 큰 건지 이해할 수 없는 여자의 얼굴을 피끗 바라보았다.

"아 참, 나 미치겠네. 저거 부, 저거…… 워(이거 아니요, 이거? 나)? 응? 이게 아닌데……" 털모자 아래에서 안타깝게 반짝이던 여자의 눈이 마침 자기를 바라보던 박철이와 딱 마주쳤다.

"저기요, 혹시 통역 되나요? 어?" 여자가 박철이를 보고 깜짝 놀란 듯 코트 속에 움츠리고 있던 목을 빼들었다.

"맞죠? 저기, 공항……" 순간, 박철이도 공항 주차장에서 함부로 중국 택시기사와 용감하게 흥정을 붙던 여자가 생각났다. 장춘 땅이 좁은 건가, 여자와의 인연인가? 하긴, 장춘 땅의 한국 사람은 거의 계림로에 있었으니까 살다보면 언젠가 한번쯤 마주칠 수도 있는 일이었다.

"아, 예, 안녕하세요? 집 찾나봐요?" 또 한번 절실하게 도움이 필요한 여자를 박철이는 물리칠 수 없었다. 통역을 해주다보니 집도 같이 가서 봐주게 되었고, 집을 보고 오다보니 내친김에 계약서 쓰는 것까지 도와주게 되었다. 어차피 박철이에게 시간은 많았으며 그냥 모른 척 지나치기에는 여자의 사정이 너무 딱해 보였다.

박철이는 한국 땅에서 돈이 없어도 말은 통했지만, 여자는 돈을 좀 가진 대신 의사소통은 박철이만큼 자유롭지 못했다. 박철이는 같은 말을 하는 한국 땅에서도 외로웠는데, 전혀 말이 통하지 않는 중국 땅에서 여자는 훨씬 더 외로울 것 같았다. 게다가 연이의 그 '미림성형사출회사' 사모님 일 때문에 박철이는 괜히 미안스럽고 여자가 더 궁금해졌다.

"오늘 정말 고마워요. 식사나 같이 할까요? 점심시간 지났는데……" 여자는 설마 박철이가 연이의 사촌일 것이라는 생각은 꿈에도 해보지 못했을 것이었다. 하긴 연이가 밉다고 사촌인 박철이까지 미워할 수는 없겠지만, 만에 하나 여자가 미리 알았더라면 박철이에게 도움 따위를 청하지 않았을지도 모르는 일이었다.

"난 괜찮은데……" 박철이는 연신 꼬르륵거리는 배를 달래면서 앞서서 총총히 걸어가는 여자의 뒤를 스적거리며 따라갔다. 밥 한 끼로 끝내야지, 저 여자랑 더 엮일 이유도 없겠지만 정말 이제 다시 엮여서는 안된다고 박철이는 속으로 단단히 별렀다. 여자가 만약 정말 '미림성형사출회사'의 사모님이라면.

"예, 우리 회사 맞아요." 여자는 비빔밥을 발갛게 비비다가 무심히 고개를 끄덕여 대답해주었다.

"아, 예. 그날 봉고차에 그렇게 씌어 있길래……" 박철이는 된장찌개를 입안에 떠넣으며 속으로 아차, 내가 왜 기어이 물었을까 하고 후회했다. 머리를 수굿하고 밥을 비비는 여자가 더 안쓰러워 보였다.

"그날 왜, 아들이랑 같이 왔잖아요? 북경에는 가보셨나요?" 무엇이 궁금했을까? 아니면 아무 말이라도 지껄여서 미안스러운 마음을 덮고 싶었던 걸까? 박철이는 준비해두지도 않았던 물음들을 외람되게 묻고 있었다. 어쩌면 여자의 가장 아픈 부분을 건드릴지도 모른다는 생각을 하면서.

"어제 애 아빠가 데리고 들어갔어요, 한국에." 여자는 조심스럽게 입을 벌려서 밥을 떠넣었다.

"아, 예…… 근데 왜 혼자 나오셨어요? 회사에 통역 한사람도 없나요?" 너무 많은 것을 물었다는 생각에 박철이는 다시 아차, 하고 후회하면서 밥상 아래 다리를 한번 꼬집었다. 여자는 별거 아닌 물음이라는 듯 씩씩하게 웃어 보였다.

"회사, 정리했거든요. 계속 그런 식으로 나가다간 안될 것 같더라구요." 박철이는 그 연약하면서도, 간이 크면서도, 억지로 씩씩하게 하는 듯 보이는 여자를 잠시 숨을 죽이고 바라보았다. 회사를 정리한 건지 결혼생활을 정리한 건지 알 수 없었지만 여자는 밝은 얼굴 위로 가만히 기어오르는 그늘을 애써 쫓아 보내고 있었다.

"그러면, 여기서 왜 집을……" 눈치 없는 박철이의 입은 끝까지 제멋대로였다. 한국 사람한테, 그것도 초면인 '선진국 부인'한테 사적인 질문을 많이 하는 게 가장 큰 실례라는 것을 박철이의 머리는 알고 있었지만 본능은 항상 이지보다 빠른 편이었다.

여자는 일곱살짜리 꼬마가 아기는 어떻게 생기는가를 엄마한테 물었을 때처럼 다소 당황한 듯, 기가 막힌 듯 한숨을 휴― 하고 내쉬었다. 박철이 같은, 한국 사람의 모습을 하고는 있지만 전형적인 조선족 남자랑 밥을 먹자고 한 것이 실수였구나 하고 일순 후회하고 있을지도 몰랐다.

"가게도 얻을 거예요. 한국에서 하던 미용실, 여기서 한번 시도해볼 거예요. 나중에, 우리 아들 중국 학교에 보내야지요……" 박철이와는 전혀 상관없는 지극히 사적인 일들을 도리어 전혀 상관이 없기에 감히 말해줄 수 있다고 여자는 생각한 듯했다.

그러니까, 박철이는 우물우물 입안의 밥을 씹어 목구멍으로 삼키며 머릿속의 정보들을 정리해보았다. 자신이나 수미나 선아와 누나 같은 '비한국인'들은 중국을 떠나 한국에 가려고 해볼 수 있는 온갖 노력을 하는 반면에, 이 여자와 같은 일부 '한국인'들은 되레 중국으로 건너와서 뭔가를 시작하려고 한다는 그 말이 아닌가!

"어우, 쉽지 않은 일일 텐데요. 근데 왜 하필이면 중국에…… 우리는 한국이 더 좋던데……" 간판은 한국 식당이지만 아무래도 음식들이 입에 맞지 않는 모양인지 여자는 밥술을 놓고 찻물을 마셨다.

"가능성의 유혹 때문이지요. 좀더 돈이 있었으면 미국으로 보내주고 싶은데, 그렇게는 어려우니까 차라리 가능성의 나라인 중국을 택한 거죠. 우리 세대야 뭐 더이상 큰 반전이 있겠어요? 다 자식들의 장래를 위하는 짓이지요." 일단 용기는 가상하다만…… 어느 누구의 용기가 가상하지 않았으랴! 수미와 자신은 생계를 위하여, 이 여자는 더 나은 미래를 위하여, 그리고 선아는 생존을 위하여 떠나가고 또 떠나오는 것이다.

"허 참, 사람 사는 거 보면…… 그러네요. 우리는 좀더 잘살아보자고 그쪽 나라로 떠나가고, 그쪽은 또 더 잘살아보자고 이쪽 나라로 떠나오고……" 박철이도 젓가락을 놓고 찻잔을 들어 입가로 가져갔다. "흣……" 박철이의 심각한 표정에 여자는 처음으로 피식 엷은 웃음 같은 것을 지어 보였다.

"그래요. 그렇게 따지고 보니까 결국 우리는 다 같은 노마드일 뿐이네요."

노마드요? 아, 유목민, 유목민이란 뜻이에요. 그 왜, 항상 장막을 가지고 다니면서 풀밭을 찾아 가축들을 방목하는…… 예, 몽골민족이 전형적인 유목민이죠. 여자와 헤어지고 돌아오면서 박철이는 머릿속으로 내내 그 단어를 외워보았다. 박철이는 영어라곤 알파벳이나 겨우 아는 정도여서 별스레 영어를 많이 쓰는 한국인의 말버릇이 아주 부럽다 못해 꼴사나울 때가 많았지만 여자가 가르쳐준 그 노마드란 단어는 참 신기하게도 귀에 쏙 들어왔다.

그렇게 따지고 보니까 마음이 많이 편해지는 느낌이 들었다. 자신의 인생에는 왜 이렇게 종착역이 없을까, 사주에 역마살이나 끼지 않았을까 하고, 뿌리 없는 부평초처럼 떠돌아다녀야 하는 자신이 마음에 들지 않으면서도 별다른 방법이 없었는데, 그렇게 따지고 보니 결국 다 같은 유목민일 뿐인 걸 괜스레 한탄할 것도 없겠다는 생각이 들었다. 북한 사람은 중국을, 중국 사람은 한국을, 한국 사람은 미국을 동경하듯이 어차피 좀더 잘살고 싶어하는 사람들의 욕망은 다 같은 것이다.

마을로 돌아오는 버스에서 박철이는 끝없이 이어지는 옥수수밭을 바라보며 문득 그런 생각이 들었다. 중국보다 훨씬 열악한 조선에서 살던 선아가 한국에 정착하여 무얼 이루며 산다는 것이 가장 어려운 일일 것 같았고, 반면에 중국보다 훨씬 나은 한국에서 살던 그 미용실 여사장이 중국에 정착하여 무얼 이룬다는 것이 어찌 보면 가장 승산 있는 일일 것 같았다.

박철이는 다시 버릇처럼 주머니에 손을 넣고 지갑을 한번 만져보았다. 자기보다 훨씬 앞서 나간 도시에서 아파트를 사고 가게를 사느니, 대신 이 넓은 옥수수밭에서, 혹은 논밭에서, 마을에서, 아니면 이보다 더 궁한 시골구석으로 들어가서 무어라도 시도해보는 건 어떨까? 도시 사람들 앞에서는 도무지 기를 쭈욱 펴고 다닐 수 없었던 박철이지만 이렇게 마을로 돌아올 때면, 아직도 소수레를 끌고 휘청거리며 가는 한족 농부들을 볼 때면, 장마철의 김치움에 물이 차오르듯 자신감이란 것이 이유도 없이 절로 솟기 때문이었다.

창문 밖으로 무연히 펼쳐진 옥수수밭들이 하얀 이불을 머리끝까지 뒤집어쓰고 아직 달큼한 잠을 자고 있었다. 옥수수밭들 사이로 이따금씩 보이는 자그만 동네들, 벽돌집도 있고 초가집도 있었지만 박철이가 그랬던 것처럼 옥수수밭이나 논밭에 꿈을 두기보다는 도시로 나가 자그맣고 낡은 아파트라도 사고 싶어 안달내고 있을 것이었다.

그래, 한번 여기서 시작해보는 거야. 이제 더이상 물러설 곳도 사실 없었다. 별수 없는 촌놈이라고 자신이 느꼈던 그대로, 명실상부한 '촌놈'으로 시작해보는 것이다. 명멸하는 도시의 불빛에 현혹하여 불나방처럼 무의미한 인생을 던지기보다는 이제 그만 텐트를 내려놓고 돌집이라도 지어보고 싶었다. 몽골인들은 텐트만 가지고도 여자를 데려오고 아이를 낳을 수 있겠지만 박철이는 몽골인이 아니라 다만 노마드일 뿐이었으니까.

마을 입구에는 여전히 그 어설픈 조선말 간판을 들고 촌스럽게 서 있는 한족 식당들이 있었다. 더 조선족스러운 식당이 없는 게 그들에게는 참 잘된 일인 성도 싶었다. 식당에서 나오는 자가용들이 마을길에 몇대 있었지만 박철이를 태운 택시는 매끄럽게 그들을 앞질러 빠져나갔다.

"삼촌 온다, 삼촌 맞지?" 택시에서 내려 마당으로 들어서는데 사립문이 열리면서 난데없이 남자아이 하나가 불쑥 튀어나왔다.

"이게 누구야? 준표 아니냐?" 박철이는 막무가내로 자신의 품속으로 뛰어드는 남자아이를 안아서 번쩍 쳐들었다. 소식도 없이 갑자기 날아온 조카애가 반갑기도 했고 왠지 불안하기도 했다.

"철이 왔니? 추운데 빨랑 들어와라." 사립문이 반쯤 열리면서 눈두덩이 벌겋게 부은 누나의 푸석푸석한 얼굴이 잠깐 보였다 사라졌다.

"아니, 우찌된 일인겨? 연락이라도 했으면 내가 공항까지 나갔을 낀데…… 매형은?" 조카애를 안고 들어와서 방 안에 내려놓고 박철이는 심상치 않은 얼굴들로 앉아 있는 식구들을 바라보았다. 매형의 짐은 보이지 않았고 어머니의 눈시울도 붉어져 있었다.

"대체 무신 일인겨? 누나, 와 그라노?" 마을로 돌아오기만 하면 곧바로 경상도 촌놈으로 돌아가는 박철이는 집안의 어수선한 분위기에 언뜻 불길한 예감이 들었다.

"에이, 인자 그놈하고는 끝이다! 얼라도 걍 줘뿌리고 마라. 시방 다시 시집을 가도 댄다, 니는!" 담배꽁초를 무드기 쌓아놓은 재떨이를 턱 밀어놓으며 뚝배기(무뚝뚝한) 아버지가 빽— 하고 돌아앉았다.

"아 앞에서 무신 말을 그라고 험하게 함니꺼? 차차 보이소." 누나는 눈까풀을 파르르 떨며 듣기만 했고 어머니는 코를 훌쩍 들이켜며 아버지를 찔끔 째려보았다.

"시방 야 이 꼴을 보고도 그란 말이 나오나 니는? 에미가 돼서 와 그리 무심노? 걍 끝내뿌라! 난 인자 뭐라 캐도 싫다!" 급기야 아버

262

지는 당신의 화를 이기지 못하고 훌쩍 일어나 방문을 차고 나가버
렸다.

"문디 가시나, 그라고 힘들믄 퍼뜩 왔어야제, 쩌어 쩌어, 그놈아
종자는 와 델꼬 왔노?" 방문을 나서기 전 문지방 곁에 오도카니 택
배화물처럼 앉아 있는 조카애를 보고 아버지는 더욱 화가 치미나
보았다.

아버지의 애먼 화살에 조카애는 겁을 집어먹고 으앙— 울음을
터뜨렸고 누나는 그런 아들을 그러안고 또다시 쿨쩍거리기 시작했
다. 이번엔 매형과 싸워도 단단히 싸운 모양이었다. 전화로 가끔 어
머니한테 하소연을 할 때는 있었으나 이렇게 애를 데리고 중국으
로 오기는 처음이었다.

박철이는 가방을 내려놓고 조카애를 달래기 시작했다.

"우리 준표 착하지? 삼촌이 맛있는 거 사줄까? 자, 삼촌이랑 목
말 타고 슈퍼 가자!" 누나와 매형의 충돌을 자주 보아왔기에 박철
이는 뭐라고 말할 수가 없었다. 선아는 더 안전한 삶을 위하여 떠
났고, 수미는 더 풍족한 삶을 위해 떠났을 것이며, 그 한국 여자는
더 가능성 있는 미래를 위해 떠났을 것인데, 누나더러는 기어이 머
물러 살아야 한다는 말을 차마 해줄 수가 없었다. 역시 인생이란
사는 사람의 것이지 옆에서 보는 사람의 것이 아닌 것이다.

준표를 어깨에 태우고 집을 나서 마을길에 접어든 박철이는 미
끄러운 눈길에 하마터면 넘어질 뻔했다. 겨울아, 이 지긋지긋한 겨
울아, 언제나 지나갈꼬? 머잖아 겨울이 지날 날이 있다는 걸 알면
서도, 언젠가는 반드시 봄이 오리라는 것을 알면서도, 박철이는 지

금 그것이 과연 이루어질 수 있을지 도무지 자신이 없어졌다.

6

겨울이 지나면 봄이 오리라는 것을 굳이 박철이가 믿어서가 아니었다. 긴긴 겨울, 매서운 추위 속에서 박철이는 그 진리 같은 사실을 알고 있으면서도 차마 믿기지 않았는데 그것은 박철이의 믿음과 상관없이 기어이 찾아오고 말았다. 이제 더이상은 못 참아, 지긋지긋해서 죽겠어, 하고 푸념이 나올 즈음에 이미 변화는 미세한 곳에서부터 시작되는 것이다.

콧등을 빨갛게 얼리던 겨울공기가 더는 용을 쓰지 못했고 길가에 쌓인 눈들이며 들판에 허옇게 덮인 눈들이 녹기 시작하더니 그 땅 아래에서 다 얼어 죽었으리라 생각했던 들풀들이 머리를 내밀었다.

정말 봄이 오긴 오나봐, 하는 사람들의 믿음이 강해질수록 그 사실은 더욱 빨리, 더욱 확실한 진실로 변하고 있었다. 들풀에 이어 나무에 물기가 오르고 새잎이 움트고 작지만 선명한 원색의 들꽃들이 탐스럽게 무덕무덕 피어났다.

박철이는 그 풀들이, 꽃들이 긴긴 동면을 하는 동안 마을의 폐가 몇집을 사들였고 인근 논밭과 한족동네 옥수수밭까지 임대계약을 마쳤다. 조만간에 마을도 읍의 개발구가 된다는 소문이 무성하여 사들인 폐가였으나, 금방 개발되지 않는다고 해도 나중에 요긴하게 쓰기 위해서였다.

공기 좋고 아득하니 터가 넓은 옥수수밭을 돌아보다가 박철이는 문뜩 꿈이 하나 생겼다. 저 움푹 꺼진 곳에 못을 하나 파서 낚시터로 삼고, 저 꽤 높직한 뒷산에는 탐스러운 진달래며 과일나무들을 심고, 그 뒷산 깊숙한 곳에 한가로이 소떼를 풀어놓고, 싱싱한 산나물을 한바가지씩 뜯어와서, 여기 햇빛 잘 드는 둔덕에다 황토집을 지어놓고 자연을 찾아온 도시인들에게 구수하면서도 정갈한 조선족 음식을 대접하는 것이었다. 싱그러운 풀밭에서 강아지와 닭들이 도시의 아이들과 뛰어다니고 팔딱팔딱 물고기들이 뛰노는 낚시터 옆 잔디밭에서는 향긋한 불고기 냄새가 진동을 하고……

"그래? 그런 생각이 있다고? 글쎄, 해보아야 알겠지만 일단 크게 밑천 드는 일 아니니까 시작해보는 것도 나쁘진 않겠지?" 조카 준표의 먹거리를 사러 장춘 계림로의 한국 슈퍼에 들렀다가 박철이는 광수와 앉아 이런저런 얘기들을 나누어보았다.

"일이야 사람이 벌이는 것이지만 되고 안되고는 하늘에 달렸지. 하다보면 꼭 그 길이 아니더라도 다른 길이 생길 수도 있어." 구멍가게부터 시작했다는 광수는 신중하면서도 긍정적인 말투로 대답을 해주었다.

"일단 먼저 잘될 거라고 믿어라. 너 자신부터 믿고 해야 일이 일답게 되는 거다. 하다가 하다가 도무지 안될 경우에는 그때 다시 봐야겠지만 말이다." 무척이나 평범한 말이었지만 박철이는 그 말 속에서 여태 본 적이 없었던 다른 어떤 색깔의 빛을 본 것 같았다.

"고맙다, 혼자 생각을 하긴 하면서도 내내 자신이 없었는 데……" 광수는 박철이에게 커피 한잔 건네면서 유리 창문 너머를 턱짓했다.

"우리 맞은편 가게 말이다. 한국 여자가 하는 미용실인데……" 박철이는 광수의 턱짓을 따라 그 맞은편 가게의 간판을 쳐다보았다.

"한국 여자 혼자서 뭘 어떻게 하려나 잠깐 우습게도 봤는데 용케 저렇게 살아났네……" '소예'라는 이름의 미용실이었다. 깔끔한 간판 아래에 환한 통유리창이 나 있어 머리에 무슨 집게 같은 미용 도구들을 주렁주렁 달고 있는 여자 손님들이 들여다보였다. 어리고 상큼해 보이는 아가씨가 유리문을 열고 나와서 마른 걸레로 유리창을 말끔히 닦고 있었으며 그 뒤로 주인 같아 보이는 그 한국 여자가…… 아니, 그 '미림회사' 사모님? 미용실 여사장이?

화사하게 햇빛이 쏟아지는 거리를 가로질러서 박철이가 미용실 문어귀에 가까이 다가갔을 때 여자는 햇빛에 눈이 부셨던지 잠깐 동작을 멈추고 서 있기만 했다.

"안녕하세요? 가게…… 잘되시나봐요?"

"아, 그…… 안녕하세요? 예, 시작은 했는데, 모르지요, 어떨지……" 아는 사이라기에는 좀 무엇하지만 그래도 말을 주고받을 사람이 나타났다는 것이 여자에게는 제법 반가운 모양이었다.

"생각보다 훨씬 어렵네요. 말은 통하지 않지, 중국 애들은 일도 제대로 해주질 않지, 조선족 애들은 머리는 좋은데 오래 붙어 있지를 못하네요……" 어쩌다 대화 상대를 만나서 조잘거리던 여자는 그만 박철이도 조선족이라는 것이 뒤늦게 생각났는지 코를 쨍긋거리며 웃고 말았다.

박철이도 허허 웃어주었다. "예, 아마, 조선족들이 좀 그럴 거예요." 한국에서 듣던 '조선족'과 중국에서 듣는 '조선족'은 분명 또 다르게 느껴졌다. 한국과 구별되는 호칭이라는 것은 같지만 그 속에서 전처럼 '폄하'의 느낌이 사라진 것 같다고 할까? 그러고 보면 그 찝찝하고 불쾌했던 느낌에는 사실 박철이 자신이 과장하여 보태넣은 것도 영 없지는 않았던 것 같다.

"봄인데, 시원하게 제 머리도 잘라주세요." 여자는 손수 박철이를 안으로 안내하고 의자에 앉힌 뒤 가위를 집어들었다. 숙련된 가위질이었다.

"그래도 계속하실 거예요, 여기서?" 거울 속 잘려나가는 머리카락을 흩날리고 앉아 있는 자신을 바라보며 박철이가 여자에게 물었다. 박철이와 하등 상관이 없는 일이기에 여자가 부담 같은 것을 느끼지 않으리라 믿으면서.

"그럼요. 해야죠. 몇달밖에 되지는 않았지만 자신감이 조금씩 더 생겨요. 이제 중국 손님들 대하는 노하우도 생기고……" 여자의 자신있는 가위질에서는 중국 미용실에서 볼 수 없는 편안함과 섬세함도 느껴졌다.

"아들은요? 아직……" 사실 박철이가 궁금했던 것은 그녀의 남편이었지만 차마 그녀에게 물을 수는 없었고 그럴 이유도 없었다.

"지금 학교 알아보고 있거든요, 자리가 좀더 잡히면 내년이나 데려올까, 그냥 그렇게 생각하고 있어요, 어디 세상일이 사람 생각대로 다 되나요……"

"그럼요, 그렇게 되면 누구도 바득거리며 살 필요가 없겠지요. 그저 우리는 그때그때 열심히 살 수밖에……" 여자의 교양있는 말투를 저도 몰래 따라 해서인가, 박철이 제 말도 꽤 유식하게 들리는 것 같았다. 드디어 인간이라는 존재 앞에서 어떤 누구와도 공감이 생기는 화제를 끄집어낸 것 같았다. 그래서 박철이는 오랜만에 한국 사람이 아닌, 여자만도 아닌, 하나의 뜨거운 심장을 가진 '사람'과 대화를 할 수 있었다.

"참 괜찮으신 분 같은데…… 혹시 결혼은 했나요?" 머리를 다 깎고 나서 여자는 솔로 목덜미에 붙은 머리카락을 털어주며 물었다.

"아, 저 정말 괜찮은 사람 맞는데…… 어디 괜찮은 여자 없습니까?" 여자는 박철이의 콧등에 떨어진 머리카락을 털어주다가 씨익 웃었다.

"정말이에요? 에이, 여자친구는 있을 거 아니에요." 박철이는 여자가 하라는 대로 일어서서 머리를 감겨주는 직원에게 다가갔다.

"진짜라니까요. 크게 욕심은 안 부려요. 치마만 두르면 됩니다." 그 여자가 자신의 문제에는 전혀 도움이 되지 않을 거라고 생각한 탓에 박철이는 과감히 농 섞인 진담마저 토해버렸다.

"잘됐네요. 내가 아는 치마가 있긴 한데……" 입귀를 들어 살며시 웃는 여자의 말이 진담인지 농담인지 가릴 수가 없었다. 박철이는 젖은 머리카락을 수건으로 대충 닦으며 여자가 있는 의자 앞으로 다가갔다.

"어떤 치마예요?" 가슴이 떨리지는 않았지만 야릇하게 즐겁긴 했다.

"예쁜 치마. 키는 보통이고, 아주 야무진 똑순이." 여자의 진지한 얼굴을 보아서 노총각을 놀려먹는 재미를 보는 것 같지는 않았다. 예쁘고 야무지다면, 반갑긴 한데 나랑 잘 어울릴까?

"솔직히 말해 다른 건 몰라요. 그냥 사람이 사는 자세가 바른 것 같고 생각도 바른 것 같아서……" 박철이는 드라이어로 머리를 말려주는 여사장을 거울 속으로 쳐다보았다. 그녀의 말을 이해할 것 같으면서도 한편 이해되지 않았다. 한 사람의 과거와 현 상황을 모르고서도 그 사람의 됨됨이를 평가할 수 있단 말인가. 과거가 바로 미래라는 장담은 할 수 없지만 어쨌든 미래의 거울로서는 참고할 가치가 충분히 있을 거라고 박철이는 생각하고 있었다. 그러나 다시 돌아보자면 고작 그 참고서적 한권으로 어떤 사람의 미래를 너무 일찍 판단해버릴 우려도 있는 것이다.

"한국 미용실에서 내가 반년 동안 데리고 있던 앤데, 나는 조선족 중에서 그만큼 예쁜 애 못 봤어요." 여자가 박철이의 앞머리를 자연스럽게 말아주었다. 아무렴, 예뻐도 수미만큼 예쁠까? 박철이의 맞은편 거울 속에는 어느새 수미의 아담진 뒷모습이 비치고 있었다.

"일 잘하지, 착하지, 미용실 다른 직원들하고도 다 잘 맞았어요." 일 잘하고 착해서 수미도 어디 가든지 인기있는 여자였지.

"그 미용실 접고 내가 중국으로 온다니까 자기도 그만 오겠다네." 박철이는 거울 속의 수미를 보고 담담하게 웃었다. 그래, 어떤 여자는 이렇게 온다는데 수미 너는 언제 올 거냐? 다시 오긴 올 거냐? 남편이 있는 건지, 아이도 있는 건지, 차마 물을 수 없었던 수미, 다시 오면 행복하게나 살 수 있을까? 아니면 영 이곳을 정리하고 한국으로 날아가려 할까, 선아처럼?

"다 됐어요. 수고했어요. 근데, 걔 오면 정말 한번 만나보지그래요? 수미 걔 고향이 어디라 했더라……? 흑룡, 뭐라고 했는데……"

여자의 갸우뚱거리는 머리를 돌아다보며 박철이는 눈을 홉떴다.

"예? 그 여자 이름이 뭐라고요?"

"이름? 그거야 모르죠. 그냥 수미라고 불렀지만 진짜 이름이 뭔지는. 알 필요도 없었고. 아, 맞어! 흑룡강이야, 흑룡강이랬어, 고향이……"

매형은 구정을 쇠는 사이 이틀에 한번꼴로 누나한테 전화를 걸어오더니, 마침내 누나가 올 때처럼 기별도 없이 문득 공항에 나타났다. 그즈음 누나는 지겨운 농촌생활에 짜증을 내기 시작했고 조카 준표는 슈퍼맨처럼 짜잔 나타난 아빠가 반가워 어쩔 줄을 몰라 했다. 아버지는 자그만 선물 꾸러미를 내놓는 매형을 며칠이나 본 척 만 척 하고 있다가 누나의 얼굴이 밝아지는 것을 보고는 에잉, 문디 가시나…… 욕을 하면서 하는 수 없이 준표를 업혀주었다. 어머니는 이럴 줄 예상이라도 했다는 듯 "다 그러고 사는 겨, 인생 별거 없어!"라고 씁쓸하게 말했고, 아버지를 곁눈질하다가 사위에게 먹일 닭을 튀겼다.

호영이는 커다란 입을 너펄거리며 박철이를 찾아와 무슨 대통령 훈장이라도 되는 듯 품속에 고이 접어넣은 초청장을 보여주었다. 호영이의 전 부인인 선화라는 여자가 보내온 것이었다.

"호영아, 니…… 그건 몰러, 암도 몰러, 그러이까 가가 한국 사람 이캉……"초청장이라고 해서 다 정말 '초청'하려는 건 아닐 거라고 박철이는 말해주고 싶었다.

"내도 안데이, 한국 남자캉 살고 있을지도 모른다는 거…… 그라도, 그 가시나 내를 내내 기억하고 있었다 아이가? 내도 잘 묵고 잘 살라꼬 이란 거도 보내준 기제. 안 글나?"입이 크면 마음도 큰가? 여태 호영이의 큰 입만 보고 가슴은 들여다보지 못한 박철이였다.

"그 말은 맞다!"

"내는 고거믄 됐다! 지도 잘 살고 내도 잘 살고, 그라믄 다 된 기다!"호영이가 그 초청장을 들고 하루빨리 수속하러 가야겠기에 박철이는 그 선화가 도대체 그 선아인지 영원히 알 수 없어졌다. 선화든 선아든, 한여자든 두여자든, 그들 모두가 호영이 말한 것처럼 '지도 잘 살고, 내도 잘 살았으면' 하는 어렴풋한 바람이 있었을 뿐이다. 그외에 또 다른 무엇이 그리 중요할까?

누나네 일가족이 한국으로 돌아간 뒤, 몇달이 지나 둘째를 임신했다는 소식이 들려왔다. 그리고 박철이는 옥수수밭을 뒤엎고 못을 파다가 소예미용실 여사장으로부터 느닷없는 전화를 받았다.

"박철씨? 요즘 뭐해? 송아지들은 잘 크나?"

"예, 그럭저럭요. 사장님 웬일이세요?"

"저번에 말했던 그 '치마', 중국에 왔대. 장춘에 들렀다가 나 보러 온다나."

"아, 예……"

"아 예는 무슨, 지금 당장 장춘으로 올라와. 운전 조심하고."박철이는 끊겨서 뚜뚜— 신호음만 들리는 휴대폰을 내려다보았다. 가슴이 벌렁거려서 도무지 저 중고 지프차를 끌고 장춘까지 무사히 갈 수 있을지 감이 잡히지 않았다.

수미인지 수미가 아닌지 모르는 여자를 만나기 위해, 결혼했던 여자인지 아이가 있는 여자인지도 모르는 여자를 만나기 위해 박철이는 덜덜 떨리는 지프차의 핸들을 잡았다. 정처없이 풀밭만 찾아다니던 유목민들처럼 끝없이 떠나고 다시 시작하기를 반복하던 노마드 하나가 돌아왔다는 것, 그녀도 이제 그만 텐트를 내려놓고 누군가와 집이라도 짓고 싶어한다는 것, 그것보다 박철이에게 더 중요한 일은 지금 없었다.

돌아오기 위해 떠나는 사람들

그리하여 우리는 지금 모두 떠나왔다.
그런데 사실, 우리는 우리들이 무엇을 위해 떠났는지,
그리고 우리들이 떠난 그것이 무엇인지는 알지 못했다.
─「돌도끼」 중에서

백지연

1. 디아스포라의 삶에 대한 성찰

2007년 「개불」로 윤동주신인문학상(『연변문학』 주관)을 수상하며 왕성한 작품활동을 펼쳐온 금희(본명 김금희)는 한국과 중국 양쪽에서 활동하고 있는 작가이다. 중국에서 첫 소설집 『슈뢰딩거의 상자』(료녕민족출판사 2013)를 출간한 금희는 조선족 문학계에서 리진화, 박초란, 구호준, 김영해 등과 더불어 "문학상상의 중심이 농촌으로부터 도시에로 전이된" 젊은 세대 고유의 문학적인 감각을 보여주는 작가로 평가받는다.[1] 단편 「옥화」(『창작과비평』 2014년 봄호)

---

1) 최삼룡 「우리 소설의 도시상상과 욕망서사 그리고 문체실험 ─2009년 『연변문학』 신인소설 일별」, 『연변문학』 2010년 4호, 186면.

는 금희의 작품세계를 한국 독자에게 인상 깊게 각인시킨 첫 계기가 되었다고 할 수 있다. 이 작품은 조선족 사회에서 바라보는 탈북자의 문제를 세심하고 밀도있게 다룸으로써 깊은 공감을 안겨주었다. 이후 발표한 「봉인된 노래」(『실천문학』 2015년 여름호) 역시 문화대혁명과 개혁개방 이후 중국의 역사에 겹쳐지는 한민족의 역사를 가족사적 기억으로 섬세하게 포착함으로써 독자의 관심을 끌었다.

그동안 중국의 조선족 문학은 학술영역이나 해외동포 문학을 소개하는 잡지를 중심으로 연구되고 소개되어왔다. 금희의 작품 역시 『창조문학신문』 『동방문학』을 통해 중국 조선족 문학작품으로 간간이 소개되었는데, 근작인 「옥화」 「봉인된 노래」는 그동안 축적된 해외동포 문학의 자원들이 현재적으로 공유되는 반가운 사례라 할 수 있다.

실지로 금희의 소설이 다루는 '디아스포라 체험'은 최근 한국소설에서 중요하게 다뤄지는 주제이다. 탈북자와 분단현실에 대한 성찰, 난민의 인권과 자유, 타자와 환대의 문제는 공선옥, 전성태, 조해진의 근작들에서 깊이있게 탐색되어왔다. "국제 이주, 망명, 난민, 이주노동자, 민족공동체, 문화적 차이, 정체성 등을 아우르는 포괄적인 개념"[2]으로 디아스포라를 정의할 때, 금희의 소설은 이러한 디아스포라 체험을 정교하게 구체화함으로써 실감을 더한다. 그의 소설에는 생존을 위한 절박한 선택을 포함하여 '더 잘살기 위해서' 여러 나라를 가로지르는 자발적인 이동의 삶이 포착된다. 이

---

2) 윤인진 『코리안 디아스포라』, 고려대학교출판부 2004, 5면.

산의 삶을 성찰하는 이 고유한 자리는 자본주의 세계체제로서의 근대라는 폭넓은 범주 속에서 사람들의 다양한 욕망을 형상화하는 지반이기도 하다. 이번 소설집에도 중국의 소수민족으로서 체감하는 정체성의 갈등 과정, 조선족 사회에서 바라보는 탈북자 문제, 한국사회로의 이주 체험, 여성의 입장에서 바라보는 가족제도의 모순, 농촌공동체의 해체와 상실, 물질주의로 인한 도덕과 윤리의 타락 등 자본주의 근대 속에 요동치는 이야기들이 포진해 있다. 혼종적인 정체성의 자리를 질문하는 이러한 다채로운 이야기들은 한국소설의 시야를 넓히는 새롭고 의미있는 징표로 우리에게 육박해오고 있는 것이다.

2. 타자에 대한 환대는 어떻게 가능한가

「옥화」로부터 이야기를 시작해보자. 이 소설은 탈북자 문제를 중심으로 북한과 남한, 중국 등 서로 다른 체제의 국가를 가로지르는 디아스포라의 삶에서 제기되는 보편적인 인권과 자유의 문제를 진지하게 묻는 작품이다. 소설은 온정을 베풀어야 하는 대상으로 고정된 타자의 입장에서 평등한 인격적 소통이 가능한가를 끈질기게 묻고 있다. 그 질문은 "인격적인 혹은 개별적인 갈등을 빌미로 윤리적이고 정치적인 책임을 덮어버리지 않는 것, 이를 근거로 타자를 동일한 이해와 책임의 주체로 부르는 그 순간"[3]의 중요성을 일깨우며 "진정으로 남을 돕는다는 것이 무엇인지를, 인간을 떠돌이로 만드는 '불안'이 무엇인지"[4]에 대한 깊은 고민으로 우리를 이끈다.

소설은 주인공 '홍'이 교회의 기도모임에 나갔다가 한 탈북 여성을 만나면서 겪는 심리적 갈등을 세세히 다루고 있다. 자신에게 돈을 빌려달라고 부탁하는 '북한 자매'의 청을 거절할 수 없었던 홍은 그날부터 깊은 고민에 빠진다. 교회 '최권사'가 말했듯이 "그렇게 도와주고 해도 감사하는 마음도 없고, 열심히 해야겠다는 생각도 없고 입만 벌리면 변명에, 돈 달라는 말뿐"인 탈북자들에 대한 사람들의 시선은 곱지 않다. 홍 역시 마음속으로 "왜 이 사람들은 베풂을 한낱 당연한 것으로 생각한단 말인가."라고 되묻는다. 나중에 돈을 벌어 갚겠다는 여자의 당당한 태도는 어느날 갑자기 자취를 감춰버린 남동생의 여자 '옥화'에 대한 기억을 떠오르게 하여 홍의 마음을 더욱 괴롭힌다.

여자가 부탁한 돈의 액수를 애써 조정하면서도, 베푸는 자로서 정당하고 의연해지려는 홍의 심리적 갈등 과정은 시종일관 긴장감을 불러일으킨다. 아무런 댓가를 바라지 않는 순수한 환대란 말처럼 그렇게 간단한 것이 아니다. 홍이 되뇌는 "적반하장"이야말로 호의를 베푸는 자의 우월성을 드러내는 말이다. 사람들은 "아무것도 가지지 못한 구제대상"으로 탈북 여성을 경시하고 홍 역시 이러한 편견에서 자유롭지 않다. 그러나 '여자'로 인해 시작된 무거운

3) 황정아 「탈북자 소설에 나타난 '미리 온 통일': 『로기완을 만났다』와 「옥화」를 중심으로」, 『인문과학논총』 순천향대학교 산학협력단 제34집 2호(2015년 6월), 67면.
4) 이경재 「탈북자를 바라보는 또 하나의 눈」, 『옥화』 해설, 아시아 2015, 106면.

고민은 홍의 가족에게 상처를 주고 떠나간 탈북 여성 '옥화'에 대한 이해까지도 끈질기게 유도한다. 이것은 본질적으로는 '가진 자'와 '가지지 않은 자'의 사이에 작동하는 위계관계를 환기시킨다. 이처럼 자신의 심리적 갈등을 이리저리 되짚어보는 홍의 태도는 시혜를 베푸는 쪽의 우월감이 어디에서 싹튼 것인가에 대한 진지한 성찰을 보여준다.

소설에서 홍이 겪는 정신적 갈등의 과정이 생생하게 다가오는 것은 도움을 받는 여자에 대한 형상화 역시 상투적인 모습에서 벗어나 있기 때문이다. 북한을 탈출하자마자 중국 하북성 산골 오지에 팔아넘겨진 여자는 아이까지 낳고 고된 노동을 하다가 겨우 도망쳤노라고 고백한다. 홍은 고개를 수그린 가련한 동정의 대상이 아니라 자기의 생존 욕구를 이기적으로 밀어붙이며 육박해오는 이 힘겨운 대상에게 복잡한 마음을 표출한다. 중국을 떠나면서 여자는 그런 홍의 마음을 짐작이라도 하듯 "집사님이 내를 방조한 거, 내 꼭 까먹지 않는다요. 내 이땀에 돈 많이 벌믄, 꼭 갚을 거라요. 기리구 나는 잘살믄……"이라고 말하지만 홍은 여자의 머뭇거림 속에도 일정한 허위의식이 깃들어 있음을 잊지 않는다.

결국 이 소설의 깊은 울림은 이기적인 여자의 내면을 들여다보면서도 "길을 떠난 여자의 안전"을 간절하게 기도하는 홍의 마음에서 읽히는 평등한 소통의 노력에서 생겨난다. 주는 쪽, 받는 쪽, 그 어느 쪽도 처음부터 우월한 자리는 없다. 홍은 옥화의 기억을 떠올리며 자신과 가족들이 베푸는 자의 주도권을 과시해왔던 것일 수 있음을 자각한다. '도움받을 위치'로 누군가를 고정해놓는 것,

그 자리에서 평등한 소통이란 처음부터 불가능한 것이다.

「옥화」에서 보이듯 탈북 여성은 금희 소설의 여러 인물들 중에서도 가장 민감한 정치적 함의를 머금은 인물이라 할 수 있다. "조국에서 중국으로, 중국에서 다시 한국으로" 향하는 탈북자들은 조선족 사람, 남한 사람, 북한 사람 어디에도 속하지 않는 '이방인'으로 차별과 배제를 체험한다. 특히 탈북 여성은 이러한 이동의 과정 속에서 성적 침탈과 노동 착취를 동시에 겪는다. 자신의 의사와 무관하게 팔려가 원하지 않는 아내, 엄마 노릇을 해야 하는 이들에게 가족제도는 가장 처절한 억압을 겪는 생활터전이다. "힘든 노동, 사람들의 배척과 편견, 보장받지 못하는 인권" "몸뚱어리 하나와 불법체류자의 신분 외에 아무것도 가진 것이 없는 사람들"의 최전선에 탈북 여성이 존재하는 것이다.

탈북 여성의 삶이 주인공에게 윤리적 각성을 일으키는 과정은 길 찾기 서사를 표방하는 「노마드」에서도 뚜렷하게 드러난다. 「옥화」에 스치듯이 등장하는 '시숙'의 모습은 이 소설에서 '박철이'라는 인물로 구체화되고 '여자'의 모습은 선아, 선화, 수미로 나뉘어 등장한다. 주인공 박철이는 "자신의 원천을 그리워하는, 강렬한 소망"을 품고 한국에 왔지만 핏줄이 같은 동포들에게 받는 차별과 상처에 더 깊은 울분을 느낀다. 생계를 위해 한국에 온 박철이나 수미와 달리 선아는 "생명을 걸고 이 나라로 달려온" 탈북자이다. 박철이는 별 뜻 없이 친절한 말을 건넨 자신에게 선아가 깊이 고마워하자 탈북자에 대한 한국 사람들의 멸시에 맞장구쳤던 자기 행동을 떠올리며 미안함과 부끄러움을 느낀다. 한국 사람은 조선족에게 조선족은 다시 탈북자에게 편견과 경멸을 행사하는 차별의 악순환을 실감하는 것이다.

"저저, 김대중, 노무현…… 정말 못살아. 아니, 우리도 먹고살기 힘든데 싫다는 사람들한테 왜 퍼주느냐고?"
"이제는 오든 말든 지네가 알아서 하라고 해야 돼. 아파트도 주고 돈도 주고 한다니까 여기가 뭔 천국인 줄 알고 까맣게 오고 있잖아."
"일이나 잘하면 모를까? 열심히 사는 사람 하나 못 봤네……"
(239면)

조선족 노무자 '박철이'의 입장에서 전달되는 한국 사람들의 일상적 대화를 통해 작가는 조선족 사람들이 한국사회에 적응하고 정착하기 어려운 현실 위에 탈북자 문제까지 함께 포착한다. 이 지점에서 탈북 여성 선아에 대한 형상화 역시 「옥화」 못지않게 날카롭고 현실적이다. 박철이는 선아를 배려하면서도 선아 역시 처지가 달라지면 불법체류자인 수미에게 '가해자'가 될 수 있다고 생각한다. 그는 마음속으로 "그녀는 과연 수미한테 관용을 베풀었을까"라고 되짚어보면서 선아가 한국에서 적응하면 탈북 남자가 아니라 한국 남자를 좋아하게 될 거라고 냉정하게 생각해본다. 이처럼 어느 인물에게도 우월한 위치를 쉽게 주지 않고 인물들의 관계 전도를 쉴 새 없이 파고드는 금희 소설 특유의 집요한 심리묘사는 이 작품에서 세심한 결로 살아 있다.

금희의 소설은 여러가지 "가능성의 유혹"에 몸을 싣고 생계의 터전을 떠나는 전지구적인 현상 중의 하나로서 디아스포라의 삶을 들여다본다. 「노마드」에서 '장춘'으로 이사 온 미용실 사장은 원래는 '미국'에 가고 싶었으나 '가능성의 유혹' 때문에 중국 땅에 왔다고 선선히 대답한다. "북한 사람은 중국을, 중국 사람은 한국을, 한국 사람은 미국을 동경하듯이 어차피 좀더 잘살고 싶어하는 사람들의 욕망은 다 같은 것"이라는 소설 속의 고백처럼 사람들은 더 나은 삶을 찾아 국경을 넘는다. 박철이는 우리는 다 같은 '노마드'라고 되뇌어보지만 탈북자 선아가 한국에서 살아가는 것과 한국인 미용실 여사장이 중국에 정착하는 것은 엄밀하게 다름을 자각한다. 이렇듯 「옥화」와 「노마드」에서 본 것처럼 금희의 소설에서 그려진 '타자'의 형상화가 실감나는 것은 단순히 소외된 이방인의 모습을 포착하는 데 머물지 않기 때문이다. 그의 작품에 나타나는 '이동의 삶'과 '정착의 욕망'은 떠돌아다닐 수밖에 없으면서도 자신의 정체성을 확인할 수 있는 땅에 뿌리내리고 싶은 욕망을 다층적으로 드러내고 있다. 방랑을 멈추고 자신의 집을 짓기 위해 돌아오는 사람들, 금희 소설은 이렇듯 '돌아오기 위해 떠나는' 부초 같은 삶의 현실을 예리하게 들여다본다.

3. '이동의 삶'과 '뿌리 찾기'의 갈망

조선족 젊은 작가들의 작품에서 북경, 대련, 상해, 항주, 하얼빈

등의 도시 공간이 각각의 독특한 지역적 색채를 띠고 부각되는 것처럼 금희 소설은 '장춘'이라는 도시 공간을 중심으로 자신의 이야기를 펼쳐나간다. "건조하고 서늘한 공기에 어두운색 계열의 전형적인 북방 도시"의 모습을 띤 장춘은 금희 소설에서 자본주의 근대의 변화를 담아내는 중요한 배경이다. 화려한 건물과 드넓은 옥수수밭이 공존하는 그곳은 도시화의 물결 속에서 하루가 다르게 변화해간다.

금희 소설이 포착하는 도시 공간의 변화 과정은 물질주의의 번성과 급격한 윤리감각의 마비, 황금만능주의의 어두운 그림자를 거느리고 있지만 한편으로는 자본주의 타락으로만 단순화할 수 없는 중국사회의 복잡하고 역동적인 활력을 포함하고 있다. 그런 점에서 금희 소설이 "도시라는 근대 공간 속 개인적 서사와 근대와 전근대의 비교적 서사를 통해 근대성을 재현하고 다각도로 근대성의 여러 측면을 조명"[5]한다고 지적한 대목은 흥미롭게 다가온다. 작가는 농경공동체에 대한 짙은 향수를 드러내다가도 어느 지점에 이르러서는 과거로 돌아갈 수 없는 현재를 냉정하게 들여다본다. 그런 점에서 금희의 소설이 그리는 고향 공간에 대한 감정은 양가적이다. 그것은 '뿌리'에 대한 그리움과 '이동'의 욕망을 동시에 표출한다.

"아직도 소수레를 끌고 휘청거리며 가는 한족 농부들을 볼 때면, 장마철의 김치움에 물이 차오르듯 자신감이란 것이 이유도 없이

---

5) 로신주 「김금희 소설의 근대성 성찰」, 『장백산』 2014년 4호, 218면.

절로 솟"(「노마드」)는 강렬한 '뿌리 찾기'의 욕망은 상실해버린 '원형'을 탐색하여 현재의 자신을 복구하려는 결의와 연관된다. 「돌도끼」에서 호적을 옮기러 고향에 들른 주인공은 변해버린 현재의 풍경 속에서 "빗살무늬의 주름을 넓게 접으면서 소리 없이 웃고 있"던 강물의 풍경을 떠올린다. "찍혀나간 버드나무 둥치와, 피지 못한 들꽃들과, 말라버린 한적한 빨래터"에서 '흐르는 물의 깊은 표정'은 '기억의 봉인' 속에만 저장되어 있을 뿐이다. 포근했던 유년의 동네는 이제 사라졌지만 자연의 숨결과 싱싱함이 고스란히 살아 있는 원형적 공간에 대한 그리움은 여전히 깊은 충동으로 남아 있다.

이러한 고향과 자연에 대한 기억들은 금희 소설이 품고 있는 자기정체성에 대한 열망과 연결되어 있다. 조선족 문학들에서 공유되는 '민족혼'의 소설적 탐구는 별도의 집중적인 고찰을 요하는 주제이지만, 금희 소설에서는 이러한 테마의 발견이 때때로 관습적인 상징에 머무는 아쉬움도 있는 것이 사실이다. 중화민족이라는 정체성을 요구받는 중국소수민족들의 현실에서 조선족 문학이 강조하는 민족혼은 문화 정체성을 보존하는 중요한 대응방식일 수 있다. 그러나 이러한 저항의 과정은 경제사회적인 자치영역이 이미 소실된 현실 속에서 어느정도의 굴절을 겪을 수밖에 없다. 금희 소설에서 자연적이고 원시적인 삶에 대한 양가적 감정이 민족적인 정체성 찾기와 모호하게 얽히는 장면들은 이런 굴절을 반영한다.

가령 「월광무」에서 주인공이 회상하는 고향과 자연은 따뜻하고 풍요롭지만은 않다. 곰을 생포하여 잔인한 방식으로 담즙을 빼내고 그것을 상품으로 팔아 생계를 꾸렸던 그의 삼촌은 캐나다로 이민을 가고 삼촌의 일을 물려받은 마로얼도 재산을 늘려간다. 그들의 자본 축적은 자연을 침탈하면서 시작된 것이다. 「쓰레기통 위의 쥐」 역시 아들을 도시의 학교에 진학시키는 고된 농부의 삶을 어떤 환상도 없이 건조하고 쓰라리게 비춰 보이고 있다. 그는 정신이 온전하지 않은 아내를 보살피며 피땀 흘려 옥수수 농사를 짓지만 어렵게 번 돈은 학교 교사의 부당한 요구에 고스란히 바쳐진다. 황폐해진 농촌에서 사람들은 '진정한 도시의 환한 불빛을 볼 그날'을 향해 길을 떠난다. 그러나 어렵게 떠났던 길은 결국 힘겨운 귀환의 여정이 된다. 금희의 소설들에서 드러나는 모호한 상징들은 그러한 현실에 대한 미묘한 상징적 해결이다. 유년의 추억을 돌아보며 손에 쥐어보는 부드러운 촉감의 돌도끼와 노랫소리(「돌도끼」), 새로운 터전으로 다가오는 옥수수밭(「노마드」), 고향 친구의 집 앞에서 서성이다가 듣는 '곰의 포효'(「월광무」)는 현실에 대한 차가운 자각을 상쇄하기에는 힘겨운 상징으로 다가온다. 소설에서 그려지는 이러한 귀환의 결말이 앞부분에서 펼쳐지는 다양한 균열을 충분히 해명하지 못한다는 미완의 느낌을 남기는 것도 이와 관련된다.

그와 비교한다면 「세상에 없는 나의 집」은 '뿌리'에 대한 욕망과 현실의 갈등을 균형있게 포착한 활력있는 작품으로 흥미롭게 다가온다. 이 소설은 주인공이 혼종적인 자기정체성을 있는 그대로 수긍하는 가운데 '뿌리 찾기'의 문제를 현실적으로 형상화하고 있어 흥미롭다. 소설에서 '나'가 남편과 공동명의로 마련한 '나의 집'은 "우리들 이름으로 서류를 작성한 최초의 '우리 집'"이다. '나'는 중국식 집에 '조선의 감각'을 채워넣기로 마음먹는다. 외양은 중국식이지만 인테리어는 조선식으로 하겠다는 강한 의욕은 주인공에게 늘 고민거리로 남는 자기정체성의 갈등을 반영한다. 시어머니의 심부름으로 연길로 가는 기차 안에서 그녀는 어린 시절 성장했던 '조선동네'의 꿈을 꾼다. "앞마당에 높이 자란 늙은 백양나무, 인(人)자 형으로 둥글게 말린 지붕 마구리, 담장을 타고 그 지붕까지 올라간 푸른 떡잎의 호박 넝쿨, 싸리빗자루 자국이 선명한 마당과 설익은 토마토 바가지를 내밀던 이웃집 할머니네 격자식 나무 바자…… 그 와중에 우리 집 진돌이가 뚫어놓은 바자 구멍"까지 생생하게 재현되는 그 꿈속의 장면들은 "밝고 정겹고 따뜻하고 (…) 조화와 역동이 느껴지는" 분위기로 집을 꾸미고 싶다는 욕망을 생생히 반영한다.

가까운 거리의 한족 유치원을 두고 먼 거리의 조선족 유치원에 아이를 보내며 주변의 타박을 듣는 '나'는 "어느 누구하고도 같지 않은 나 자신"을 매 순간 자각하며 살아간다. 친구와 함께 입천장까지 얼얼한 중국음식 '마라탕'을 즐기지만 내가 그 속에서 찾아내는 것은 조선 사람들만이 확실하게 즐길 수 있는 매운맛이다. 중국인도 한국인도 아닌, "확실하게 존재하는 무수한 소수"의 삶으로서의 자기 자신을 각인하고 그런 자신을 있는 그대로 받아들이는 것, 금희 소설의 자연스럽고도 생동감 있는 개성은 이러한 현실의 능동적 발견에서 구축된다. 그런 점에서 이 소설에서 가장 인상적인 장면은 조선식 인테리어로 완성된 '나'의 집에 중국인 친구 닝이 선물한 르네 마그리뜨의 「인간의 아들」이 걸리는 순간이다. 조선의 시골 분위기와 기묘하게 어울리는 초현실주의 화풍의 그림, 중국식 외관과 조선식 인테리어, 조선족 사람과 중국 사람이 함께 커피와 녹차를 나누는 그 풍경은 그 자체로 전지구적인 자본주의 시대를 살아가는 우리의 현실을 자연스럽게 포착한다. 민족과 핏줄에 대한 그리움을 잊지 않으면서도 다중적인 자기정체성 위에서 아슬아슬한 평형의 삶을 살아가는 것, 금희 소설의 낙천적이고도 현실적인 감각은 이 지점에서 고유의 개성을 보여준다.

4. '봉인된' 역사의 노래를 듣다

「세상에 없는 나의 집」에서도 알 수 있듯이 금희 소설의 활력은 현재적인 삶과 고민에 대한 정치한 성찰 속에서 역사적 삶의 무게를 환기하는 치열한 현실감각에서 생성된다. 여러 작품 중에서도 「옥화」와 「봉인된 노래」가 각별하게 다가오는 것은 중국에서 소수민족으로 살아가는 자리를 기반으로, 분단된 남북한의 갈등 현실을 자연스럽게 환기하기 때문이다. 특히 「봉인된 노래」는 중국 '반우파 투쟁'(1957~59)과 '문화대혁명'(1966~76)의 험난한 역사 속에서 평범한 개인들이 어떻게 살아왔는가를 담담하게 서술한 작품으로 깊은 공감을 준다. 이 작품은 중국의 역사 속에 한민족의 역사를 겹쳐놓음으로써 조선족이라는 소수민족의 정체성이 포착할 수 있는 고유의 역사적 시선을 보여준다.

이야기는 '나'가 수년 전 설명절 때 집에 찾아온 외삼촌과의 만

남을 떠올리는 장면에서 시작된다. 76년 용띠인 외삼촌은 모택동이 사망한 이튿날 태어났다는 이유로 '이념(李念)'이라는 이름을 갖게 된다. 그는 "충실한 당원이자 모의 열렬한 지지자였던 외할아버지"가 이끄는 분위기 속에서 어머니나 누나 등 집안 여자들의 희생을 당연한 것으로 여기며 성장한다. 그러나 집안의 모든 기대를 받고 자란 외삼촌은 현실에 잘 적응하지 못하는 이상주의자로 식구들을 점점 지치게 한다. 직장에서의 좋은 기회들을 다 놓치고 끝내는 도박에 빠져 가산을 탕진한 외삼촌은 걸핏하면 "근데 왜 내 인생은 이따위로 풀리지 않소? 이게 대체 누구 탓이란 말이오"라고 하소연한다. 외삼촌이 유토피아적 이상의 공동체에 헌신한 세대가 남긴 무기력한 산물이라면 '나'의 아버지는 "부농 출신의 '부패분자' 할아버지, 그 할아버지의 둘째아들"로 일찌감치 현실적인 생활감각에 눈을 뜬 사람이다. 아버지의 집안사람들은 개개인의 의사와 이익이 우선시되는 개혁개방 이후 중국사회의 분위기를 반영하듯 실용적이고 현실적이다.

격변기의 중국 역사를 거쳐온 두 가문의 삶을 대조적으로 반추하는 이 소설은 평범한 가족 일상을 매개로 지나간 역사를 담담하게 서술한다. 이 지점까지의 소설은 문화혁명 전후의 역사를 돌아보는 중국문학의 한 흐름을 연상시킨다. 위화의 소설이 그러하듯 이 평범한 사람들의 일상사를 건조하고 담담하게 담아내면서 격변기의 역사를 살아가는 민중들에 대한 연민과 공감을 드러내는 서술적 태도가 연상된다. 그런데 외삼촌과 아버지가 함께 '조선의 옛 노래'를 듣는 장면에 이르러서 소설은 흥미로운 전환을 맞는다. 평소나 다름없는 외삼촌의 처량한 넋두리와 주사를 듣던 아버지는 분위기도 바꿀 겸 자신이 수집한 음반의 노래들을 들어보자고 제안한다. 아버지와 외삼촌이 각자 고른 노래를 번갈아 듣던 중에 외삼촌은 문득 북한의 혁명가극 음반을 집어들게 된다. 축음기에서 흘러나온 그 노래는 "혁명 1세대의 정권 시절이 지나고 중국 땅에 거대한 개혁의 바람을 몰고 온 등의 시절에 성장한 외삼촌이나 어머니, 아버지마저도 그런 노래에 온전히 노출되어본 적은 없지 않았나 싶"은 낯선 느낌으로 다가온다. 축음기에서 혁명가극의 삽입곡이 흘러나오는 순간 외삼촌과 아버지는 각자 다른 상념에 잠긴다.

개인을 뛰어넘어 인간의 성스러운 신념적 차원 속에서 흘러나오는 숭고한 아픔의 노래들이었다. 모든 시간이 정지된 듯 그 순간 집 안은 고요했고 조선옷을 입은 가수가 옆에서 부르는 것처럼 노랫소리는 생생하게 살아 있었다. 아무도 입을 열지 않았다. 외삼촌은 마룻바닥 위에 반듯이 드러누워 고요히 천장을 올려다보았고 그의 뒤로 빙글빙글 돌아가는 레코드판만 들여다보고 있는 아버지의 등이 반쯤 보이고 있었다.(59면)

"싸르락싸르락 잡음을 내며 돌아가는 축음기의 노랫소리"가 집 안에 퍼지는 가운데 가족들은 이상에 헌신하며 몸 바쳤던 사람들의 '숭고한 한 시절'을 떠올린다. 그 순간 혁명가극의 노래는 중국에만 존재했던 것이 아닌, 지금은 남과 북으로 갈라진 현실에서 뜨겁게 존재했던 '숭고'의 이념을 환기시킨다. '웅장하면서도 진지

한 합창곡'의 세계는 북한 체제의 산물에만 머무르지 않고 '숭고'
에 헌신했던 사람들의 보편적 감각으로 확산되어 와닿는다. 이 장
면은 중국 국민으로서 살아온 이들의 삶 위에 한민족이라는 공동
체의 운명과 역사를 자연스럽게 접속시키며 깊은 감동을 준다.

'혁명'의 구호가 '사랑'의 잠언으로 바뀐 이 현실 속에서 우리는
어떻게 살아가는가. 한 시절 사람들을 뜨겁게 달구었던 '혁명'은
이제 '노래' 속에 전해져오는 '삶' 그 자체로 형상화된다. 사람들의
일상적 삶과 마찬가지로 중국 내부의 조선족 문학의 역사에서도
극심한 이념투쟁이 있었고 문화대혁명을 거치면서 상당수의 작가
들이 사라지고 한동안 암흑기를 견뎌야 했다. 금희 세대의 작가가
이 공백기를 거쳐 '다원화 시기의 문학'이라는 이름 속에 다양한
서구 사상과 철학들의 유입을 맞이한 맥락이 여기에 있을 것이다.
그런 점에서 외삼촌으로 비유된 무력한 이상주의자는 이전 세대의
낡은 틀에서 자유롭지 못한 후세대 문학의 곤경을 암시하는 듯도
하다. 작가는 외삼촌과 아버지 사이에 '자기' 세대의 고유한 위치
를 둠으로써 '과거'와 '현재'의 간극을 예민하게 투시한다. "외삼
촌의 얼굴에 머물러 있던 역사 속의 표정과 그 한단락의 역사를 봉
인하고 있는 노랫가락"이 주는 복합적인 울림은 이 소설이 품는 이
러한 다양한 질문들에서 오는 것이다.

금희는 한 산문에서 "조선어로 창작된 나의 소설로는 직접 교류
를 할 수가 없는 한족 문인들과의 거리감, 재중국 한인(韓人) 기업
에서 중국인 노동자들을 관리할 때에 느끼는 미묘한 이중의 이질
감, 한국에 체류하면서 깨달은 동일 민족으로부터의 배척감, 그리

고 버스 안에서 정체성을 질문당하는 어린 아들의 혼란을 보고 있어야 하는 쓸쓸함"이 자신이 글을 쓰게 된 복합적인 자원이었음을 토로한 바 있다.[6] 국가와 민족, 신분 등은 '세상에서 사는 동안 입어야 할 육체, 아바타'이며, '진정한 보편의 자유지에서 세계 여러 곳의 문학과 만나기 위해서 자신에게 할당된 시간과 자원만큼 최선을 다해 창의적으로 생존해나가야 할 것'이라는 젊은 작가의 결의와 각오는 오늘의 한국문학을 일깨우는 신선한 전언으로 다가온다. 국가와 민족의 의미를 복합적으로 사유할 수밖에 없는 정체성의 자리에서 제기하는 이 진지한 문학적 질문들이 어떤 세계로 심화되어갈지 기대하는 마음이 크다.

白智延 | 문학평론가

---

6) 김금희 「국가와 민족이라는 이중의 아바타 속에서 —— 글로벌시대의 파도를 맞는 재중국 조선민족의 문학」, 『아시아』 2014년 겨울호, 348면.

소낙비를 맞으며 집 문 앞에서 엄마를 기다리던 날, 친구들이 하나둘 밥 먹으러 돌아가고 빈 강둑 위에 홀로 남겨지던 날, 아버지의 자리가 비어 있는 호구부를 선생님께 제출해야 하던 날, 그런 날들을 거쳐오면서 외로움이 무엇인지 알게 되었다.

이제는 말재주도 늘고 유머감각도 생겼다 생각했는데 어찌된 일인지 외로움은 늘 그림자처럼 나를 미행하고 있었다. 시장에서도, 슈퍼에서도, 중국에서도, 한국에서도.

심장질환으로 돌아가시기 전, 어머니는 가파르게 톺아오르는 숨 때문에 밤마다 잠을 못 이뤄 힘들어하셨다. 나는 어머니와 그렇게 가까이 있음에도 어머니가 만들어주신 손과 팔로 당신을 껴안고 있음에도 그 고통을 조금도 느낄 수 없다는 것이 의아했다.

이 세상에서 개개의 인간들은 온전히 혼자만의 우주를 소유하고 있다는 것, 다른 이의 우주 속으로는 결코 한발자국도 들어갈 수 없다는 것, 그것이 외로움의 근원이라는 것, 그럼에도 우리는 한우주 속에서 엄연히 살아가고 있다는 것을 그 순간 느꼈다.

언젠가 흔적 없이 사라질 나 자신이 세상에 대하여 실체가 아닌 것처럼, 내 위에 덧입힌 가족, 직업, 민족, 국적 같은 것들도 결국 그 자체만으로 나에 대하여 실체가 될 수는 없는 것이다. 이런 세상 속에서 나는 영혼의 자유로운 탈출을 마련해보려는 요량으로 소설을 쓰고 있다. 하지만 아직도 맨얼굴의 내 영혼과 조우하지 못한 느낌이다. 중국에서 쓴 글들이 묶여 한국 독자들의 선택권 안에 들어왔다는 것, 그 자체만으로 홀가분해진 것 같다. 펴낸이들의 수고에 진심으로 감사드린다.

2015년 11월
금희

| 수록작품 발표지면 |

세상에 없는 나의 집 『장백산』 2013년 3호(「나의 집」으로 발표)

봉인된 노래 『실천문학』 2015년 여름호

옥화 『창작과비평』 2014년 봄호

월광무 『장백산』 2015년 4호

쓰레기통 위의 쥐 『도라지』 2014년 2호

돌도끼 『도라지』 2012년 4호

노마드 『장백산』 2010년 2호